btb

Aus Freude am Lesen

Sveinn hat sich der Kunst verschrieben, lebensgroße Sexpuppen aus Silikon herzustellen, und darüber fast sein Leben vergessen. Da bleibt eines Tages Lóa mit einer Reifenpanne direkt vor seiner Haustür liegen. Er bietet ihr seine Hilfe an und bittet sie herein. Lóa ist alleinerziehende Mutter zweier Töchter und hat eigentlich nur einen Gedanken: möglichst schnell wieder nach Hause zu kommen. Vorher höchstens noch ein Gläschen Wein. Völlig erschöpft schläft sie wenig später auf Sveinns Sofa ein. Als sie am nächsten Morgen aufwacht, stößt sie zufällig auf Sveinns Werkstatt und die Puppen. Seltsam fasziniert, packt sie eine davon in ihr Auto und setzt damit eine Kette unvorhergesehener Ereignisse in Gang …

Gudrún Eva Mínervudóttir, geboren 1976, studierte in Reykjavík Philosophie und fing bereits früh an zu schreiben. Mittlerweile zählt sie zu den vielversprechendsten jungen Autoren des Landes und wurde unter anderem mit dem Isländischen Literaturpreis ausgezeichnet.

Gudrún Eva Minervudóttir

# Der Schöpfer

Roman

*Aus dem Isländischen*
*von Tina Flecken*

btb

Die isländische Originalausgabe erschien 2008
unter dem Titel »Skaparinn« bei Forlagid, Reykjavík.

MIX
Papier aus verantwortungsvollen Quellen
FSC® C083411

Verlagsgruppe Random House FSC® N001967
Das für dieses Buch verwendete FSC®-zertifizierte
Papier Lux Cream liefert Stora Enso, Finnland.

1. Auflage
Genehmigte Taschenbuchausgabe Mai 2013

Umschlaggestaltung: semper smile, München
Umschlagmotiv: plainpicture/cultura
Druck und Einband: CPI – Clausen & Bosse, Leck
SL · Herstellung: sc
Printed in Germany
ISBN 978-3-442-74625-5

www.btb-verlag.de
www.facebook.com/btbverlag
Besuchen Sie auch unseren LiteraturBlog www.transatlantik.de

*Lóa Lóa Lóa, ich würd so gern*
*'ne Brücke zu dir baun*

Megas

# Erster Teil

## I

## Freitag & Freitagabend

Sveinn hängte die Letzte zum Trocknen auf, der Haken steckte in ihrem Nacken. Nach dem Aufsetzen der Köpfe würden die Hakenlöcher zum Glück von seidenweichem Haar verdeckt sein. Er befestigte einen ein Meter langen Stock zwischen ihren Fußknöcheln – es war wichtig, sie mit leicht gespreizten Beinen trocknen zu lassen, sonst bestand die Gefahr, dass sie schwer zu handhaben sein würden, wie verängstigte Jungfrauen. Und da hingen sie nun, vier Stück, Körpermodell Nummer vier. Sveinn streckte sich, stützte seine nasse, schmerzende Hand in die Hüfte und bewunderte ihre Farbe, honiggold, so als hätten sie sich einen ganzen Sommer lang bei leicht bedecktem Himmel nackt gesonnt. Die Tönung war perfekt, und er nahm sich vor, die exakten Farbanteile zu notieren, bevor sie in seiner Erinnerung verblassten.

Er betrachtete sich nicht als Künstler, auch wenn ihm andere Menschen diese dubiose Bezeichnung manchmal aufzwängen wollten. Er war Handwerker, hochkompetent in seinem Fach, ohne damit anzugeben – denn Selbstgefälligkeit war schließlich nichts anderes als die verwöhnte Schwester des Stillstands. Seine Aufgabe bestand darin, so genau wie möglich zu arbeiten, die Illusion eines menschlichen Bewusstseins zu erzeugen –

von blonden, blauschwarzen oder kupferroten Locken geziert, aus blauen oder moosgrünen Augen strahlend, hinter halb geschlossenen, blassroten Lippen schlummernd – und seine hübschen Mädchen in die Welt zu entlassen, in der Hoffnung, dass sie ihren Besitzern Vergnügen bereiteten.

Sveinn zog die Gummischürze aus und hängte sie an einen Nagel neben der Tür, wusch sich die Hände in der Kammer hinter dem Trockenraum, band die Uhr um, und als er sah, dass es fast neun war, spürte er, wie sein Magen vor Hunger rumorte. Sein Kiefer war verspannt und das Pochen in den Schläfen kaum auszuhalten. Der Schmerz in seinen brennenden Fingerknöcheln zog sich bis in die Handgelenke und Ellbogen. Es war immer das Gleiche – der Körper begann zu protestieren, sobald die Konzentration nachließ.

Er lehnte sich an den Türrahmen und versuchte, sich zu erinnern, was im Kühlschrank lag. Er hätte auch in die Küche gehen, den Kühlschrank öffnen und eine Bestandsaufnahme vornehmen können, aber das war ihm im Moment zu viel – er musste sich ausruhen, bevor er irgendetwas tat, wusste aber andererseits, dass er sich nicht ausruhen konnte, bevor er etwas gegessen hatte.

Was hatte er im Haus? Fast abgelaufenes Rinderhackfleisch, Zwiebeln, Kartoffeln, Fladenbrot, Butter. Was noch? Käse, Thunfisch in Öl, hauchdünne Scheiben geräuchertes Lamm in einer sperrigen Verpackung. Sveinn hatte keine Lust zu kochen – die Messer und Kochlöffel erschienen ihm unendlich schwer. Schwerer als der Stahl, den er für die Gelenke seiner Mädchen verwendete. Schwerer als Blei. Gottlob zerbrachen die Böden der Schubladen nicht unter ihrem Gewicht.

Er konnte sich Fladenbrot mit Kaffee machen, aber es widersprach seinen Prinzipien, dreihundert Gramm Rinderhackfleisch einfach so verkommen zu lassen. In der Nachbarschaft gab es ein paar Restaurants, doch wie so oft am Ende einer mehrtägigen Arbeitsphase wagte er es nicht, unter Menschen zu gehen.

Nein, es gab nur eine Möglichkeit: sich vom Türrahmen zu lösen. Obwohl er ihn am liebsten mit in die Küche genommen und sich mit der Stirn an ihn gelehnt hätte, während das Hackfleisch und die Zwiebeln in der Pfanne brieten. Einen Fuß vor den anderen setzen, es war durchaus machbar. Ein Luxusproblem im Vergleich dazu, dass der Kühlschrank leer sein könnte und er in den Laden gehen müsste. Oder wenn er pleite wäre und sich Geld leihen müsste, um einkaufen gehen zu können, wie es manchmal vorgekommen war, als er noch studiert hatte, damals, bevor die Puppenproduktion richtig anlief.

Vier mittelgroße Kartoffeln in einen Topf, ausreichend Wasser, um sie zu bedecken – er konnte sich ein Grinsen nicht verkneifen, als er den Topf mit beiden Händen von der Spüle zum Herd trug. Dieses Arbeitspensum war bestimmt nicht gut für seinen Körper. Davon zeugte der Schmerz in seinen Gelenken, und der kleine Finger seiner rechten Hand war jetzt schon seit Anfang Januar wegen eines eingeklemmten Nervs im Arm taub.

Zwei rote Zwiebeln, eine hatte schon ausgetrieben. Er nahm ein schweres Messer aus der zweitobersten Schublade, schob mit der Spitze die Küchengardinen beiseite und ließ die hellgelbe Maisonne herein. Um neun Uhr abends war das Licht noch schneidend grell und blendete ihn ein paar Sekunden lang, sodass er sich nicht sicher war, ob ein Auto in der Einfahrt stand oder ob es sich um eine optische Täuschung handelte – ein grüner Fleck, der vor seinen Augen tanzte, während er sich an die Helligkeit gewöhnte. Er würde Butter und

Salz auf die Kartoffeln geben. Der Gedanke an Butter fuhr ihm in den Magen wie ein kräftiger Stoß mit dem Ellbogen. Tatsächlich, da stand ein Auto, ein knallgrüner Renault, und eine Frau mit blonden Kringellöckchen stieg aus (*Honey-Golden Susie*, dachte er reflexhaft), aber das war wohl das einzig Puppenhafte an ihr.

Was wollte sie hier?

Was auch immer ihr Anliegen war, sie würde warten müssen, bis er gegessen hatte. Das Hackfleisch in die Pfanne, die Pfanne auf die Herdplatte. Er probierte das rohe Fleisch, was seinen Hunger noch verstärkte. Vollkommen konzentriert auf dieses Hungergefühl achtete er kaum auf die Frau, die sich über den geöffneten Kofferraum beugte. Vielleicht wollte sie etwas verkaufen. Oder mit ihm über Jesus sprechen. Er würde ihr die Tür sofort vor der Nase zuschlagen.

Wagenheber. Felgenschlüssel. Erst jetzt bemerkte er den platten Reifen.

Die Frau schleppte den Ersatzreifen aus dem Kofferraum, rollte ihn vors Auto, lehnte ihn gegen den Kühlergrill und machte einen albernen Versuch, den Schmutz von ihren Händen zu entfernen, indem sie sie schüttelte und aneinanderrieb. »Tüchtig«, murmelte er mit von den Zwiebeln tränenden Augen, als er ihr resolutes Auftreten sah. Sie schien zu wissen, was sie tat, obwohl sie einen schneeweißen Wollmantel und elegante Schuhe zu ihrer Jeans trug. Die Radkappe mit einem Handgriff abnehmen, so, ja, den Felgenschlüssel ansetzen, die erste Schraubenmutter lösen.

Als er selbst zum letzten Mal einen Reifen wechseln musste, hatte er zuerst den Wagen aufgebockt, ihn dann aber wieder heruntergelassen, um die Schrauben lösen zu können. Er hatte sich deswegen nicht besonders geschämt, sich weder in seiner

Männlichkeit noch in seinen handwerklichen Fähigkeiten verletzt gefühlt; er war einfach zerstreut gewesen.

Die Frau drehte den Felgenschlüssel, aber die Schraube bewegte sich nicht. Dann trat sie auf den Schlüssel wie auf eine Leitersprosse, stützte sich mit beiden Händen am Autodach ab und wippte energisch auf und ab, doch nichts geschah. Sie versuchte es mit der nächsthöheren Schraube, aber die löste sich auch nicht, woraufhin sie den Felgenschlüssel auf den Boden schleuderte, sich mit dem Ellbogen ans Autodach lehnte und das Gesicht in den Händen verbarg.

Er hatte das Gefühl, dass sie gleich in Tränen ausbrechen würde. Zögernd schaltete er die Herdplatte aus und ging zur Tür, ein bisschen zu schnell, sodass ihm schwindelig wurde. Auf dem Weg nach draußen nahm er sich vor, freundlich zu sein.

»Klemmt's?«, fragte er, und obwohl seine Stimme barscher klang als beabsichtigt, lächelte sie zaghaft.

»Ja«, seufzte sie. Ihrem Seufzen und ihren hängenden Schultern nach zu urteilen, war sie genauso müde wie er. Sie hatte Krähenfüße an den Augenwinkeln, eine beharrliche Sorgenfalte zwischen den Augen und einen empfindsamen Mund mit einem Grübchen auf der einen Seite. »Ich dachte, ich hätte Glück im Unglück, direkt vor einer Autowerkstatt liegen zu bleiben, aber dann habe ich gesehen, dass hier gar keine Werkstatt mehr ist«, sagte sie und schaute über die gepflegte Rasenfläche, auf der es keinen einzigen vertrockneten Halm gab und das frische Gras noch grüner war als auf den umliegenden Wiesen.

»Die ist vor zehn Jahren in ein größeres Haus hinten an der Straße umgezogen«, sagte er, bückte sich nach dem Felgenschlüssel, setzte ihn an der Schraube an und stützte sich mit vollem Gewicht darauf, aber nichts geschah. Er lachte ungläubig. »Wer hat den denn aufgezogen?«, murmelte er.

»Mein Vater«, antwortete sie, und während sich ihr Grübchen vertiefte, zog sich ein Schatten über ihr Gesicht. »Er war Taxifahrer und Europameister im Bankdrücken der Senioren.«

»Das glaube ich gerne«, sagte er und maß ihre dralle Figur ab. In dieser Familie mangelte es offenbar nicht an Fleisch auf den ansehnlichen Hüften. Er schaute wieder in ihr Gesicht und wollte ihr besorgtes Lächeln gerade genauer begutachten, als es verschwand und ihr Gesicht ausdruckslos wurde.

Sveinn konnte seine Augen nicht von ihren Händen lösen, ohne genau zu wissen, was an ihnen besonders war. Und die Handgelenke. Die waren kompliziert. Beweglich. Fachkundig hergestellt, wenn man das so sagen konnte, und er musste an diesen blinden Musiker denken – wie hieß er noch mal? Ray Charles, oder? –, der die Handgelenke von Frauen berührte, um herauszufinden, ob sie hübsch waren. Geniale Idee. Es wäre nicht gerade gentlemanlike gewesen, ihre Gesichter mit den Händen zu betatschen, bevor er sie überhaupt nach ihren Namen gefragt hatte. Was Ray wohl gedacht hätte, wenn er diese kräftigen Handgelenke hätte anfassen dürfen?

Sie steckte die Hände in die Manteltaschen und schaute ihn an, mit einem Ausdruck, den er nicht deuten konnte.

»Ist was?«, fragte sie.

»Nein«, sagte er und blickte auf seine Füße, die scheinbar weit weg im Nebel lagen. Die Frau in dem weißen Mantel ermüdete ihn allein durch ihre Anwesenheit – er war nicht in der Verfassung, damit umzugehen. »Ich habe einen Hammer in der Abstellkammer«, sagte er. »Wenn ich was gegessen habe, helfe ich Ihnen. Ich habe seit heute Morgen oder gestern Abend nichts mehr gegessen.«

Sie hob die Augenbrauen und sah sich um, so als würde sie nach anderen Lösungen Ausschau halten. Da bekam er wieder einen klaren Kopf und fügte mit aller Freundlichkeit, die er besaß, von der er jedoch fürchtete, dass sie mehr wie Hohn oder unterdrückte Ungeduld klang, hinzu: »Wenn Sie so nett wären, solange bei mir in der Küche zu warten, verspreche ich Ihnen, dass Sie in eineinhalb Stunden wieder fahrbereit sind.«

Sie folgte ihm zögernd, und er war ihr dankbar, dass sie ihn mit Ziererereien, Ausflüchten und Entschuldigungen verschonte. So war es gut. Er wollte nicht, dass sie sofort wieder ging, denn obwohl er ruhebedürftig war, spürte er intensiv, dass er seit Tagen keinen Menschen mehr gesehen hatte. Er wollte in ein Gesicht schauen, das sich bewegte, selbst wenn sie nichts sagte oder nur Banalitäten von sich gab – er hatte ohnehin keine Kraft, zuzuhören oder etwas Vernünftiges zu entgegnen.

Die Frau legte ihren Mantel über eine Stuhllehne und setzte sich schwerfällig auf den Platz daneben. Sie sah sich um, nicht besonders interessiert, sprach kaum und bewegte sich vorsichtig, bestimmt aus Rücksicht darauf, dass er müde und hungrig war. Er wollte keine Rücksichtnahme; bei dem Gedanken an verständnisvolle Frauen lief ihm ein Schauer über den Rücken. Millionen und Abermillionen verständnisvolle Frauen auf der ganzen Welt, die wenig dachten und noch weniger sagten.

Die Fantasie ging mit ihm durch, und er wunderte sich darüber, denn das war ihm oder der Vorstellung, die er von sich hatte, gar nicht ähnlich. Man hätte meinen können, er hätte einen Funkempfänger im Kopf, und sexistische Typen würden seine Gedanken manipulieren. Er schaltete die Herdplatte wieder ein, hantierte mit ein paar Gewürzdöschen über der Pfanne herum und deckte den Tisch für zwei, ohne viele Worte darüber zu verlieren, dass er sie einladen würde, mit ihm zu essen. Er glaubte nicht an wortreiche Erklärungen, daraus wurde immer nur dummes Geschwätz, und er glaubte auch nicht daran,

Menschen dabei helfen zu können, Entscheidungen zu treffen. Wenn diese Person zu schüchtern war, um sich zu bedienen, oder zu höflich, um das Essen einfach unberührt stehen zu lassen, dann war es eben so.

Das Hackfleisch war durch, aber die Zwiebeln noch halb roh. Das war nicht weiter schlimm. Sveinn öffnete den Gläserschrank und beschloss nach kurzem Überlegen, die Weingläser stehen zu lassen und stattdessen kleine Wassergläser für den Wein zu nehmen. Sonst könnte sie denken, er hätte unpraktische, romantische Vorstellungen von einer Mahlzeit. Er hob eine halbvolle Rotweinflasche hoch und sagte: »Ich hoffe, Sie finden das nicht unpassend, aber zu Fleisch trinke ich immer Wein.«

Sie schüttelte den Kopf, und in ihren Augen lag ein vager Glanz. Er konnte sich beruhigt entspannen – offenbar war sie keine von denen, die jede Kleinigkeit symbolisch auslegten. Sie schien noch nicht mal richtig mitzukriegen, was um sie herum geschah.

Was sie wohl dachte? Er wusste genau, dass er betrunken wirkte, wenn er müde war. Hatte sie keine Skrupel, einem Säufer in sein Haus zu folgen?

Sie schenkte Wein in beide Gläser und nahm sich etwas aus der Pfanne. Das war das Letzte, was er von ihr wahrnahm, dann vergaß er fast, dass sie da war, denn seine gesamte Konzentration richtete sich darauf, die Kartoffeln in zwei Hälften zu schneiden und auf den glatten Seiten Butterstückchen zu verteilen. Salz. Himmlisch! Bei dem Geschmack von Kartoffeln mit Salz und Butter kamen ihm die Tränen.

Als er das nächste Mal aufschaute, hatte sie ihr Glas leer getrunken und füllte es erneut. »Sieh mal einer an!«, dachte er, und jetzt schienen sich seine Nerven ein wenig beruhigt zu haben, denn er freute sich aufrichtig darüber, dass eine fremde Frau mit ihm am Tisch saß, auch wenn sie beide nicht sehr gesprächig waren.

»Ich wusste, dass ich die Schrauben nicht aufkriegen würde«, sagte sie, schaute ihm kurz in die Augen und richtete ihren Blick dann auf die Gabel in seiner Hand. »Deshalb habe ich gehofft, dass die Werkstatt noch hier wäre und die Jungs noch nicht alle Feierabend hätten.«

Sie schüttelte den Kopf und fügte hinzu: »Wenn mein Vater eine Glühbirne ausgewechselt hat, hat er oft die Fassung und die Birne kaputt gemacht, und manchmal hat er den Türgriff aus der Tür gerissen. Ich glaube, das hat er extra gemacht, damit wir solche Geschichten über ihn erzählen.« Sie lachte, und er musste einfach mitlachen, vor allem jedoch, weil sie schon ganz rote Ohren vom Wein hatte.

»Ist er schon tot?«, fragte er.

»Wir haben ihn letzte Woche beerdigt. Herzinfarkt. Er ist zwar nicht mehr Auto gefahren, hat aber weiter Gewichte gestemmt, obwohl sein Arzt und ich ihn bekniet haben, es zu lassen.«

Das unangenehme Gefühl, das Sveinn seit Tagen abzuwehren versuchte, legte sich mit voller Wucht auf ihn. Er musste einfach an den Mann denken, der sich letztens umgebracht hatte. Und als diese fremde Frau jetzt über den Tod ihres Vaters sprach, hatte er das Gefühl, dass überall um ihn herum Männer wie die Fliegen umfielen. Dass die Kralle des Todes auch mit ihm liebäugelte, ihm in die Rippen stach, um herauszufinden, ob er fett genug war, damit es sich lohnte, ihn zu schlachten. Eigentlich ziemlich irreal, denn diese beiden Männer waren alt genug, um seine Väter sein zu können.

Der Selbstmörder hatte sich durch seinen Tod in Sveinns

Leben gedrängt. Sveinn hatte sich zwar geweigert, mit der Reporterin zu reden, aber sie hatte trotzdem neben ihrem Artikel ein Foto von ihm abgedruckt und damit durchblicken lassen, er sei indirekt für die Tragödie verantwortlich.

Konnte man da nicht genauso gut denen die Schuld geben, die dem Mann einen Fernseher verkauft hatten? Wenn der Mann krank im Kopf war und Fantasie und Realität durcheinanderbrachte, konnte Sveinn nichts dafür, geschweige denn die Puppe, die ihm laut dem Artikel in der Klatschpresse in den Tod gefolgt war. Der Mann hatte ihr anscheinend den Kopf abgerissen, die Brüste abgeschnitten und die Haut zerfetzt, bevor er sich mit einem alten Jagdgewehr erschossen hatte.

Sveinn hatte versucht, der Reporterin klarzumachen, wie geschmacklos es war, überhaupt darüber zu berichten. Dass der Selbstmord eines alten Mannes keine Nachricht sei, unabhängig davon, wie viele Sexspielzeuge er im Schrank hatte oder ob er sich entschieden hatte, vor dem Blick in den Gewehrlauf noch sein Eigentum zu zerstören. Aber sie hatte nicht auf ihn gehört, schien ganz besessen davon, sich in ihrem neuen Job zu beweisen, und war genauso fasziniert von seinen Mädchen wie alle anderen. Und auf dieselbe Weise, wie die meisten sich bemühten, ihr Interesse geflissentlich zu verbergen, rechtfertigte sie ihre Neugierde indem sie vergab, es ginge um etwas, das sie aus moralischer Journalistenpflicht ans Tageslicht zerren müsste.

Sveinn musterte die Frau, die ihm am Tisch gegenüber saß, genauer. Sie sah so aus, wie die Frauen aus der Landnahmezeit oft gezeichnet wurden: große, runde Augen und große, runde Brüste, die fest an einem starken, soliden Körper ruhten, und Beine wie zwei Hochsitzpfosten. Er reckte sich ohne aufzustehen nach der zweiten Flasche und öffnete sie unauffällig. Er wollte sie betrunken sehen. Wenn sie in diesem Zustand noch nach Hause fahren wollte, konnte man ihn nicht dafür verantwortlich machen.

Obwohl, andererseits, das stimmte nicht. Er trug eine gewisse Verantwortung für sie, denn sie war aufgewühlt, wunderbar sanft aufgewühlt zwar, keine Spur von hysterisch, und saß bei ihm zu Hause auf einem Stuhl, und er war gewillt, sie abzufüllen, obwohl sie mit dem Auto unterwegs war und eben noch fast Tränen auf dem Autodach vergossen hätte. Er wollte mehr über den Todesfall und die Wunde wissen, die er aufgerissen hatte. Er wollte, dass sie etwas Hässliches sagte, sich lächerlich machte, sich von Sentimentalität entstellen ließ. Das war der einzige Weg, etwas in ihm zu befriedigen, das er nicht benennen konnte.

Später am Abend saß sie im Wohnzimmer, das dieser Bezeichnung jedoch kaum gerecht wurde – es handelte sich um einen kleinen Raum neben der Küche mit drei Sesseln und einem Tischchen. Da saß sie, schlief mit halb geöffnetem Mund, und er hatte sie mit ihrem Mantel und einer Wolldecke zugedeckt. Im Schlaf war ihr Gesicht friedlich und kindlich, und mit den leicht geöffneten Lippen erinnerte es an den Gesichtstyp, den er *Lovely* nannte, wobei dieser Typ nicht annähernd so beliebt war, wie er es seiner Meinung nach verdient hatte. Sie würde alles andere als erfreut sein, wenn sie wieder aufwachte, aber es hatte keinen Zweck, sie zu wecken – in diesem Zustand konnte sie ohnehin nicht nach Hause fahren.

Sveinn hatte den Reifen gewechselt. Als es ihm endlich gelungen war, das ganze Zeug auseinanderzubauen, stellte sich heraus, dass die Stahlfelge von den Schrauben verbeult war – ihr Vater musste wirklich Bärenkräfte besessen haben –, und während er den Felgenschlüssel mit dem Hammer und seinem eigenen Körpergewicht traktierte, hatte sie einen Großteil der zweiten Weinflasche geleert. Trotzdem war sie nicht richtig betrunken gewesen, nur von Müdigkeit überwältigt, und als er ihr einen bequemeren Sitzplatz angeboten hatte, war sie fast sofort eingenickt. Davor hatte er allerdings noch rausgekriegt, dass ihr Aufenthalt in Akranes Teil einer mysteriösen Suche nach Rettung für ihre zwei Töchter war. Oder was hatte sie ihm sagen wollen?

»Meine Töchter haben beide den Halt verloren, obwohl sie noch gar nicht richtig angefangen haben zu leben, und ich muss etwas tun«, hatte sie auf seine Frage, was sie hier mache, geantwortet und dann mit zitterndem, zum Weinen verzogenem Mund den Kopf geschüttelt.

Da hatte sie sich das einzige Mal während des gesamten Abends wirklich verwundbar gezeigt und ihm ein wenig Hässlichkeit offenbart. Anscheinend gehörte sie zu jenen, die sich in den Schlaf trinken können, ohne die Selbstbeherrschung zu verlieren.

Jetzt setzte er sich vor ihr auf den Tisch, tastete unter der Decke nach ihrer rechten Hand und fand sie auf ihrem Oberschenkel, mit geöffneter Handfläche und leicht gekrümmten Fingern. Er zog die Hand unter der Decke heraus und betrachtete sie. Die Frau, die sich als Ólöf vorgestellt hatte, rührte sich nicht. Man hätte meinen können, sie stehe unter Medikamenteneinfluss. Man hätte meinen können, er hätte ihr kein Essen und keine Getränke serviert, sondern sie mit dem Felgenschlüssel erschlagen.

Durchsichtiger Nagellack, leicht abgeblättert. Ein fast verheilter Schnitt an der Kuppe des Zeigefingers. »Der hat bestimmt ein bisschen geblutet«, dachte er. Die Hand war warm, und er drehte sie und beobachtete, wie sich die Knochen unter der Haut bewegten.

Ihre Hände waren nicht seltsam, sondern ganz im Gegenteil völlig normal. Sein Hirn war nur vorhin draußen auf dem Parkplatz noch nicht richtig in Gang gekommen, und genau genommen waren die Hände das, was die Mädchen am allerwenigsten wie Menschen aussehen ließ. Ihre Finger bogen sich in merkwürdige Richtungen, die Handgelenke waren steif, und auf den Handrücken sah man keine Knochen, die sich bewegten. Sveinn wusste nicht, wie er etwas herstellen konnte, das dem glich, was er gerade festhielt und betrachtete.

Er hatte seine Müdigkeit fast vergessen, aber jetzt überfiel sie ihn mit doppelter Wucht, und er legte Ólöfs Hand auf die Sessellehne, breitete eine Ecke der Decke über dieses erschlaffte Kunstwerk und knöpfte auf dem Weg zum Bett sein Hemd auf.

## II

## Samstagmorgen

Lóas Augenlider waren mit Schminke von gestern verklebt. Das Klappern des Briefschlitzes hatte sie geweckt, und jetzt hörte sie, wie sich die Schritte des Briefträgers entfernten. Sie hatte das Gefühl, durch ein ganzes Meer von Ärgernissen zu waten, und musste so dringend aufs Klo, dass sie kaum aufstehen konnte. Ihre Körperhaltung war äußerst unbequem, denn anstatt wie sonst im Dämmerschlaf auf dem Bauch zu liegen, saß sie halb, das Kinn auf die Brust gesunken und die rechte Hand in der Luft baumelnd. Sie zog sie heran, legte sie auf ihre Wange und öffnete dann mithilfe zweier vor Kälte steifer Finger erst das eine und dann das andere Auge, nur um anschließend eine leere Wand anzustarren, eine hellgrüne Tapete mit dunkelgrünem Muster. Lóa schwitzte am Bauch und an den Oberschenkeln, aber ihre Beine waren kalt und schwer. Als sie an sich herunterschaute, sah sie, dass jemand sie mit einer rauen, karierten Wolldecke, an die sie sich nicht erinnern konnte, zugedeckt hatte. Sie trug noch ihre Schuhe, und ihr Mantel lag zerknittert auf dem Boden.

Natürlich. Sie war nicht zu Hause, sondern bei diesem Mann, der ihr geholfen hatte, den Reifen zu wechseln. Ihre Zunge war ganz trocken. Margrét. Ína. Ihr Herzschlag, den sie vom Schritt bis hinauf in den Hals spürte, war nahezu episch und erzählte von allem, was ihren Töchtern alleine zu Hause über Nacht hätte zustoßen können.

Als sie die Decke wegschob, wurde ihr sofort kalt, aber sie wagte nicht, sich nach ihrem Mantel zu bücken, sondern stand vorsichtig auf, spürte, wie sich von der Leistengegend ein Prickeln ausbreitete, als das Blut wieder ungehindert in ihre Beine strömte, und machte sich dann auf die Suche nach dem Badezimmer. Durch die Küche, wo keine Spuren der Mahlzeit des gestrigen Abends mehr zu sehen waren und die Morgensonne den Raum und ihre Augen ausfüllte, so dass ihr zum zweiten Mal, seit sie hier war, die Tränen kamen. In den Ecken lag Staub, aber ansonsten war die Küche sauber – viel sauberer, als ihre eigene Küche es je gewesen war. Außer vielleicht, als sie vor sieben Jahren mit den Mädchen bei deren Vater ausgezogen war und versucht hatte, das Scheitern zu kaschieren, indem sie alles tipptopp hielt.

An den Wänden waren Magnetstreifen für Messer befestigt, und an schmiedeeisernen Haken hingen Küchenutensilien: Töpfe, Kochlöffel, Schöpfkellen, Schneebesen und Fleischgabeln. Die Einrichtung war aus Eiche, alt und schlicht. Die Bänke niedrig, die Schubladen flach. Die Türen der Oberschränke waren entfernt worden, so dass das Geschirr ins Auge stach, weiß und aufeinander abgestimmt wie in einem Gästehaus.

Auf dem Küchentisch lag eine gelbe Tischdecke und darauf Lóas Handy und ihre Schlüssel – die Uhr auf dem Handy zeigte 6:47. Vielleicht, hoffentlich hatten die Mädchen ihre Abwesenheit noch nicht bemerkt. Sie machte sich vor allem Sorgen um Margrét, die oft lange brauchte, um wieder ins Gleichgewicht zu kommen, wenn sie beim Aufwachen alleine war. Sie war fünfzehn, fast sechzehn, musste aber im Grunde den ganzen Tag betreut werden.

Von der Küche ging ein Flur mit drei geschlossenen Türen ab. An der Decke hingen zwei große Neonlampen, aber es war kein Schalter zu sehen, und Lóa fand auch keinen, obwohl sie an der Wand bei der Tür herumtastete. Der geflieste Boden führte in die Dunkelheit, und ihre Absätze klapperten, obwohl sie sich bemühte, vorsichtig aufzutreten.

Lóa schnüffelte nicht gern in fremden Häusern herum, aber ihr blieb nichts anderes übrig, denn der Druck auf den Unterleib zwang sie dazu. Wenn der Hausherr jetzt aufwachte und sie überraschte, würde er bestimmt verstehen, dass sie unmöglich noch länger hatte warten können, die Rotweinflasche von gestern Abend loszuwerden.

Ganz langsam öffnete sie die erste Tür und erblickte ein kleines Zimmer, das wie die Küche nach Süden lag. Ihre Augen gewöhnten sich schnell an das Licht, und sie sah den Mann, der in einem schmalen Bett an der Wand unter dem Fenster lag. Sie erschrak so sehr, dass sie hastig auf Zehenspitzen zurückwich. Aber er schlief so tief und fest, dass man sich kaum vorstellen konnte, er werde jemals wieder aufwachen, und Lóa wagte es, einen Moment innezuhalten. Hauptsächlich, um tief Luft zu holen, damit sie nicht gegen etwas stieß oder versehentlich die Tür zuknallte.

Vor dem Fenster hingen keine Gardinen, die Sonne strahlte am morgenblauen Himmel, und unter der Sonne wartete ihr Auto, das sich nun nicht mehr platt zur Seite neigte, dank des Mannes, der mit der Bettdecke im Arm schlief. Er trug eine schwarze, altmodische Unterhose – keine Boxershorts und kein Label auf dem Gummizug –, und Lóa erinnerte sich daran, dass er nicht namenlos war. Das waren halbnackte Männer in den seltensten Fällen, und dieser, das schwarze Hinterteil auf der harten Bettkante ruhend und das Gesicht von einem Zipfel der Bettdecke verdeckt, hieß Sveinn.

Seine Kleidung hatte er sauber gefaltet und über eine Stuhllehne gelegt, und Lóa bemerkte auch, dass neben dem Kleiderschrank ein großer Bastkorb für schmutzige Wäsche stand und daneben ein kleinerer Korb mit Schuhcreme, Bürsten und Lappen. Das war hübsch und berührte sie, aber es ging sie nichts an, und sie durfte sich nicht davon aufhalten lassen. Leise zog sie die Tür zu, tastete sich weiter durch den Flur, fand eine Türklinke und drückte sie nach unten, aber es war abgeschlossen.

Hinter der dritten Tür befand sich ein leeres Zimmer, spärlich beleuchtet von den Sonnenstrahlen, die sich durch die gräulichen Jalousien zwängten. Lóa kniff die Augen zusammen und hatte wegen der Staubschicht auf den Jalousien den Eindruck, ihr Blickfeld zerlaufe an den Rändern. Der Teppich war verdreckt, und der Geruch von Schmieröl erinnerte sie an die unzähligen Stunden, die sie als Kind mit untätigem Warten in der Werkstatt ihres Vaters verbracht hatte. Weil Taxis regelmäßig geölt werden mussten, wie er nicht müde wurde, ihr zu erklären. Obwohl es westdeutsche Qualitätsprodukte seien, die fast wie neu aussähen, wenn man sie polierte. Bei der Beerdigung hatte sie wieder das paradoxe Gefühl gehabt, auf ihn zu warten.

Ína hatte in einem zu engen Sonntagskleid neben ihr gesessen und die Füße baumeln lassen. Lóa hatte in ihren Schoß gestarrt, mit Tränen in den Augen, und sich an Ínas Sonntagsmantel festgekrallt, sich aber ab und zu umgeschaut, so als sei sie wieder ein wartendes Kind in einer schmuddeligen Kaffeestube, wo es nichts anderes zu tun gab, als Zuckerwürfel zu lutschen und die Bikini-Mädchen an der Wand zu betrachten.

Als sie die dritte und letzte Tür zuziehen wollte, erkannte sie an der Form der verschwommenen Sonnenstrahlen, dass der Flur am Ende offen war, dass es dort keine Wand gab, sondern noch mehr Dunkelheit, aus der ein säuerlicher, an Lack und Essig erinnernder Geruch drang. Lóa tastete neben der Tür herum, bis sie einen Schalter fand, und mit schnarrendem, rasselndem Geräusch sprang eine lange Reihe von Lampen an und gab ihr den Blick auf eine große, fensterlose Halle frei. Dies musste der Teil des Hauses sein, der von außen wie eine kleine Baracke aussah und an das gemauerte Wohnhaus anschloss. Die Neonlampen waren mit dicken Drähten an der gewölbten Decke befestigt.

In der Ecke, die am weitesten von der Tür entfernt war, hingen menschliche Körper ohne Köpfe, genauer gesagt Frauenkörper, deren Beine mit Stöcken auseinandergehalten wurden – vier Stück, vollkommen identisch, mit so prallen Brüsten, dass die Brustwarzen Richtung Decke zeigten. Ihre Arme baumelten nicht locker an den Seiten herunter, sondern standen etwas abgespreizt vom Körper, wie wenn man versucht, auf einem Schiff das Gleichgewicht zu halten. Die Armstellung erweckte den Eindruck, dass die Frauen trotz der fehlenden Köpfe lebendig waren, und Lóa fühlte sich umzingelt. Ihre Schultern verspannten sich, und der Druck auf ihre Blase war nicht mehr auszuhalten.

Sie duckte sich erschreckt und rührte sich nicht von der Stelle, obwohl sie am liebsten hinaus an die frische Luft gerannt wäre. Fieberhaft atmete sie aus und wieder ein, trat in der Türöffnung von einem Fuß auf den anderen, um die Beklemmung abzuschütteln, und schaute sich genauer um. Es war nichts zu hören, nichts bewegte sich, außer ihr selbst. Sie war allein, wurde von niemandem beobachtet und hatte nichts zu befürchten. Jetzt kam es darauf an, klar zu denken, sich zu vergewissern, dass sie wach war, um dann eine glaubhafte Erklärung für diesen bizarren Anblick zu finden.

Gestern Abend, kurz bevor sie auf dem Sessel eingeschlafen war, hatte Sveinn ihr erzählt, er sei Puppenmacher, aber sie hatte nicht richtig zugehört und sich vielleicht irgendwas Romantisches vorgestellt. Geschnitzte Marionetten mit märchenhafter Anmut in den hölzernen Gesichtszügen oder blasse Porzellanpuppen in cremefarbenen Seidenkleidern. Etwas weniger Romantisches als dies war jedoch kaum denkbar.

Ein langes, erleichtertes Seufzen befreite Lóa von den letzten Resten der Angst und schärfte ihre Wahrnehmung. Die Haut der Puppen war aus Silikon – daher der Geruch. Sie hatte den sauren Essiggeruch des trocknenden Silikons schon vorher wahrgenommen und hätte die Puppen gerne genauer betrachtet, überprüft, ob ihre Oberfläche der menschlichen Haut so ähnlich war, wie sie schien.

Nein, jetzt war es wichtiger, das Bad zu finden und nach Hause zu kommen, bevor die Mädchen aufwachten, und außerdem war dieser Sveinn vielleicht verrückt und drehte durch, wenn er sie hier entdeckte. Hatte er sich gestern Abend nicht ziemlich merkwürdig verhalten? Abwechselnd barsch und sanft, mal interessiert und dann wieder teilnahmslos.

Lóa wollte gerade das Licht ausschalten und gehen, als sie sah, dass der Raum noch eine zweite Tür hatte. Der Gedanke, dass es sich dabei um die Tür handeln könnte, nach der sie suchte, zog sie in deren Richtung, obwohl sie sich in der Halle nicht wohl fühlte. Fensterlose Räume waren unheimlich, Körper ohne Köpfe waren unheimlich, und dasselbe galt für mehr oder weniger fremde, schlafende Männer. Die Schmach, mit weinblauen Lippen dummes Zeug geredet zu haben und dann einfach eingeschlafen zu sein, war auch unheimlich, aber zu ungewohnt, als dass Lóa sie an sich heranließ.

Der Raum hinter der Halle entpuppte sich als eine Art Lager für in Plastikfolie gehüllte Rümpfe und Köpfe, Perücken, große Kanister mit Flüssigkeit, Säcke mit Silikonpulver, Kartons in unterschiedlichen Größen, wasserfeste Farben und Pinsel, aber es befand sich auch ein Waschbecken darin. Blitzsauber, obwohl man sehen konnte, dass dort jahrelang viele Hände gewaschen worden waren – die emaillierte Oberfläche war abgenutzt, und der Stahl schien durch. Lóa starrte in den Abfluss, und dann standen ihre Gedanken plötzlich still, und etwas anderes übernahm die Führung. Sie schloss die Tür, bis sie fest einrastete, zog einen kleinen, mit Farbklecksen beschmierten Holzhocker heran, stieg darauf, zog ihre Hose herunter, tastete mit den Händen nach hinten, bis sie an der Wand Halt fand, und ließ es dann laufen. Sie musste etwas warten, weil ihre Muskeln vom Einhalten verspannt waren, aber am Ende gelang es ihr, den kräftigen Strahl mit wütendem Lärm und schmerzhafter Erleichterung direkt in den Abfluss prasseln zu lassen.

Als sie wieder vom Hocker stieg und ihre Hose zuknöpfte, fühlte sie sich fast schwerelos. »Innerlich leer wie die Puppen draußen in der Halle«, dachte sie, lachte laut auf, wusch sich die Hände und spritzte Wasser auf die Ränder des Waschbeckens, um die Spuren zu verwischen.

Sie hatte sich lange nicht mehr so leicht gefühlt, das letzte Mal lange vor dem Tod ihres Vaters, vielleicht sogar vor Margréts Krankheit. Es war eine physische Freude, beruhend auf physischer Erleichterung, doch der Kopf machte kaum einen Unterschied zwischen dieser und einer anderen, erhabeneren Freude. Ihr folgte eine übertriebene Kühnheit und Neugier. Lóa war immer noch ein Mensch, auch wenn sie in erster Linie eine besorgte Mutter und eine trauernde Tochter war.

Die Beschriftungen auf den Kartons und Säcken machten sie neugierig: *Plaster. Alginade. Skinflex.* Und auf den Perücken: *Candy-Pink Lisa. Hot-Red Daisy. Raven-Black Lola. Honey-Golden Susie.*

Als Lóa den Lagerraum verließ, stach ihr als Erstes ein riesiges Poster des Da-Vinci-Mannes ins Auge, der allerdings kein Mann war, sondern eine Frau. Sie streckte ihre Beine vor den Kreis und lenkte die Aufmerksamkeit auf ihre vollkommenen Proportionen im Goldenen Schnitt. Es lagen auch Entwürfe, Fotografien einzelner Körperteile, Skizzen und Modelle von den Gestellen im Inneren der Puppen herum. In einer Ecke stand ein kleiner, abgenutzter Schreibtisch mit Computer und Drucker.

Lóa hatte fast den Eindruck, durch die Werkstatt eines alternden Uhrmachers zu schleichen – alles schien auf die Sublimierung des Geistes durch unablässiges Arbeiten ausgerichtet zu sein. Das Dach der Baracke wölbte sich über ihr wie in einer Kirche, und trotz des schneidenden Neonlichts hatte sie das Gefühl, sich in einem entrückten Heiligtum zu befinden und allein durch ihre Anwesenheit eine uralte Übereinkunft zu brechen.

Sie spürte ihre Beine kaum, als sie zu der Ecke ging, in der die Puppen hingen, und mit jedem Schritt schien sich der Boden von ihr zu entfernen und durchlässig zu werden. Es hatte etwas Verbotenes, Voyeuristisches, die Puppen so halbfertig zu sehen, abgesehen davon hatte sie gar keine Erlaubnis, hier zu sein. Immerhin waren sie nackt, aber das war nicht die Hauptsache, sondern dass sie keine Gesichter hatten, keine Augen, und Lóa das Gefühl gaben, jemanden anzustarren, der nicht wusste, dass er beobachtet wurde. Nicht so wie bei Gegenständen, sondern so, als würde man in eine Privatsphäre eindringen.

Sie waren schön, makellos, bis auf unauffällige Nähte an den Seiten und außen an den Beinen. Sie hatten noch keine Fingernägel, aber an der Form der Finger und Zehen konnte man erkennen, dass Nägel vorgesehen waren.

Vorsichtig berührte Lóa die Naht am Oberschenkel einer Puppe. Da sie dort hingen, konnte es sein, dass sie noch trockneten, aber die Plastikhaut unter Lóas Fingern war dick und fest, und sie hinterließ keinen Abdruck, obwohl sie die Haut ein bisschen eingedellt hatte.

Der Fußballen fühlte sich an wie ein vom Wasser geschliffener Kiesel. Lóa strich mit dem Finger über die nach innen gewölbte Fußsohle und spürte ein Kribbeln in ihren Beinen, die nach dem nächtelangen Sitzen in der engen Hose immer noch taub waren. Es war offensichtlich, wozu die Puppen gemacht waren, und Lóa konnte nicht anders, als zwei Finger in die Scham zu stecken; sie war weich und fest und fühlte sich ein bisschen kalt an.

Lóa hätte die Puppen gerne fertig gesehen, ihr Haar berührt, gewusst, wie echt sie wirken würden. Sie schaute sich in der Halle um und entdeckte an einer Wand eine längliche Holzkiste. Zwei Eisenbügel, der eine auf dem Deckel und der andere an der Kiste, steckten ineinander, anscheinend für ein Vorhängeschloss bestimmt. Aber da war kein Vorhängeschloss.

Lóa hockte sich neben die Kiste und hob den Deckel an. Wieder schlug ihr das Herz bis zum Hals, und ihr Puls pochte in ihren Fingern. Sie war sich nicht sicher, wie es sich anfühlen würde, dem starren Blick einer fertigen Puppe zu begegnen, und wollte die Kiste schon wieder schließen, bevor sie richtig hineingeschaut hatte. Sie sollte endlich ins Auto steigen und nach Hause zu Margrét fahren. Und zu Ína, die sich überhaupt nicht wohl fühlte, wenn sie mit ihrer Schwester alleine war. Lóa hatte ihr hoch und heilig versprochen, dass das nicht noch mal vorkommen würde. Aber jetzt konnte sie einfach nicht anders, als die Kiste weiter zu öffnen. Sie würde bestimmt keine andere Gelegenheit mehr dazu bekommen, und fünf Minuten mehr oder weniger machten für die Mädchen jetzt auch keinen Unterschied.

In der Kiste hätten mindestens drei Puppen Platz gehabt, aber darin lag nur eine. Sie schwamm in weißem Styropor, in einem Meer aus weißen Kügelchen, die aussahen wie frische Hagelkörner und an den reglosen Händen hinaufkrochen und am Kleid festklebten. Ihre Haut war fast genauso weiß wie das Styropor, ihre Haare glatt und tiefschwarz, ihr Gesicht merkwürdig vertraut und ihre rosa Lippen leicht geöffnet.

Lóa spürte ihre Hand deutlich zittern, dennoch wirkte sie ganz ruhig, als sie sie ausstreckte, um ein Auge zu berühren. Es war aus Glas und fühlte sich kalt an, obwohl es nicht tot oder kalt aussah. Lóa hatte sich davor gefürchtet, dem leeren Blick der Puppe zu begegnen, aber jetzt graute ihr, weil er so lebendig wirkte, als schienen die Augen sich zu bewegen und die Lider mit den schwarzen, gebogenen Wimpern zu zucken. Sie berührte auch den Mund und stellte fest, dass die Puppe keine Zähne hatte, aber das Plastikmaterial in der Mundhöhle sanft nachgab, genauso wie die Vagina der anderen Puppe an der Decke, wobei Vagina vielleicht nicht die richtige Bezeichnung war. Eine seltsame Vorstellung, dass die Puppe zahnlos war, denn die jugendliche Fülle ihres Gesichts ließ wirklich nicht darauf schließen.

Das Kleid aus rosa, halbtransparenter Seide mit dünnen

Schulterträgern fiel in einem weichen Bogen über die Brüste, die vibrierten, wenn man sie berührte, und etwas fester waren als ihre natürlichen Vorbilder. Unter der Seide zeichneten sich ein Büschel schwarzer Schamhaare sowie Brustwarzen ab, die rosa anstatt hautfarben waren wie bei ihren unvollendeten Schwestern.

Lóa wunderte sich darüber, wie dick der Po und wie breit die Oberschenkel waren. Die Puppe in der Kiste war kurviger und weiblicher als die meisten Frauen aus Fleisch und Blut.

Sie musste an Margrét denken und spürte, wie sich ihr Hals zuschnürte. Tränen verzerrten ihren Blick, so als seien ihre Augen wie die der Puppe – aus dickem Glas.

Wenn Margrét die Puppe bei sich hätte, wäre ihre Einsamkeit vielleicht nicht mehr so schmerzhaft. Die Puppe könnte womöglich dazu beitragen, dass sie ihre Isolation durchbrechen und sich zurück in die Welt tasten könnte.

So behandelte man doch Phobien. Wer krankhafte Angst vor Spinnen hatte, wurde erst mit Plastikspinnen vertraut gemacht und dann mit lebendigen Spinnen konfrontiert, die schnell in unvorhersehbare Richtungen liefen. Und Margrét litt doch an Körperablehnung und Lebensablehnung. Ein tief verwurzeltes Misstrauen gegenüber allen möglichen Dingen. Einer Puppe konnte man zwar nicht unbedingt vertrauen, aber auch nicht misstrauen. Sie wartete immer dort, wo man sie zuletzt abgelegt hatte, und verhielt sich nie so, dass es einen überraschte.

Margrét hatte sich vom Leben abgewandt, weil sie nicht von ihm überrascht werden wollte. Niemand konnte ihr klar machen, dass ihre Reaktion widersprüchlich und sogar falsch war. Vielleicht gelang der Puppe das, was allen anderen misslungen war, und sei es nur durch das Vorbild ihres Sex-Appeals. »Sieh mich an, ich bin ein Abbild der perfekten, gesunden Frau.«

Etwas in Lóa ging entzwei, wie wenn ein Schnürsenkel reißt oder eine Feder bricht. Alles, bis auf Ínas und Margréts fragilen Lebenswillen, war ihr plötzlich egal; sie dachte noch nicht mal darüber nach, was so ein Ding kostete, brandneu, mit rosa Seide ausstaffiert und in zwanzig Liter Styropor gebettet, das aussah, als sei es bei einem Kälteeinbruch im Januar vom Himmel gefallen. Sveinn konnte eine neue Puppe machen. Viele neue, die genauso aussahen wie diese.

Das Rascheln der Styroporkugeln erinnerte an flüsternde Stimmen, aber sie klangen nicht warnend oder tadelnd, als Lóa einen Arm unter die Kniekehlen der Puppe und den anderen unter ihren Rücken schob. Sie wollte die Puppe hochnehmen, konnte sie aber nicht bewegen, denn sie war viel schwerer, als sie gedacht hatte, wie mit Sand gefüllt, und Lóas Rücken schmerzte vor Anstrengung. Sie massierte ihre Wirbelsäule an der Stelle, von der der Schmerz ausging, stellte sich an das Kopfende der Puppe, packte sie unter den Achseln und zog sie halb aus der Kiste. Indem sie ihre Finger unter den Brüsten der Puppe ineinanderkrallte, fand sie besseren Halt und brachte die Puppe schließlich in eine sitzende Position.

Ein Schauer lief über Lóas schmerzenden Rücken, weil die Berührung der Puppe so sehr an die Berührung eines lebendigen Menschen erinnerte und weil sie einfach sitzen blieb, wie ein krankes Mädchen, dem man geholfen hatte, sich im Bett aufzusetzen.

Da bemerkte Lóa die kleine Box am anderen Ende der Kiste: ein schwarzes, mit Samt bezogenes Kästchen, halb begraben vom Styroporhagel. Es war nicht verschlossen und beinhaltete eine Flasche Gleitmittel, ein Gläschen rosa Nagellack und einen Zettel. Lóa faltete ihn auseinander und las:

| | |
|---|---|
| Haare/Hair: | Goth-Chick Alma |
| Gesicht/Face: | Lovely |
| Körpermodell/Body-type: | 1 |
| Schamhaare/Bush: | Schwarz, unrasiert/ Black, whole |
| Lippen/Lips: | Rosarot/Natural Pink |

Sie faltete den Zettel wieder zusammen, packte das Kästchen ein und musterte die Puppe, die immer noch dasaß, als wartete sie darauf, hochgehoben und mitgenommen zu werden. Aber natürlich war sie nicht in der Lage, auf etwas zu warten oder etwas zu wollen, und aus dieser Entfernung betrachtet war ihr Gesichtsausdruck unendlich leer. Lóa schoss durch den Kopf, dass ihr Plan nicht nur falsch, sondern auch dumm war. Das hier war etwas anderes, als ein Feuerzeug oder einen Kugelschreiber mitgehen zu lassen, eher so, wie eine Hauskatze oder ein teures Gemälde zu stehlen.

Doch die Welt stand und fiel nicht mit Gemälden und Hauskatzen.

»Ich bringe sie später zurück«, dachte sie. »Ich bringe sie zurück, wenn es Margrét besser geht. Dieser Sveinn weiß ja nicht, wie ich heiße oder wo ich wohne. Er wird fluchen und gegen Dinge treten, bittere Schlüsse über die versoffene Frau ziehen, die zu blöd war, einen Reifen zu wechseln – und die Sache dann vergessen.«

Lóa schaute sich nach Verpackungsmaterial um und entdeckte eine durchsichtige, mit weißen, transparenten und hautfarbenen Flecken verschmierte Plastikplane auf dem Boden unter den trocknenden Rümpfen. Sie breitete die Plane hinter der Puppe aus und betastete die Flecken, um sicherzugehen, dass sie eingetrocknet waren, kümmerte sich aber nicht um den weißen Staub, der jedes Mal, wenn sie das Plastik bewegte, in dicken Wolken aufstob. Dann packte sie die Puppe unter den Armen, hievte sie mit einem Ruck über den Rand der Kiste und legte sie rücklings auf die Plane. Die Beine der Puppe ragten in die Luft, aber das war besser, als wenn ihre Fersen über den Boden schliffen und an den Türschwellen hängenblieben. Das Kleid rutschte allerdings schamlos nach oben, und die Puppe kippte wegen des Gewichts ihrer Beine auf die Seite.

Die Plane glitt wie ein Schlitten auf Schneeharsch über den betonierten Boden, mit Quietschen und Knistern, das an Lóas angespannten Nerven zerrte und ihre Ohren und die verkrampften Schultern schmerzen ließ.

Der Flur war dunkel und zu eng für diesen ganzen Lärm. Wenn der Hausherr davon nicht aufwachte, war er entweder krank oder stand unter Medikamenten. Trotzdem kam aufgeben nicht infrage.

»Ist mir scheißegal«, dachte Lóa immer wieder zusammenhanglos, als seien diese Worte der Brennstoff, den man brauchte, um die Puppe das letzte Stück zu ziehen, durch die Küche, über die Schwelle an der Haustür, über den gepflasterten Weg zum Parkplatz.

Neben ihrem Wagen stand ein weinroter Pick-up, der dem Puppenmacher gehören musste. Ein Dodge Ram. Eine Marke, von der ihr Vater entweder hellauf begeistert gewesen wäre oder die er nicht hätte leiden können. Lóa wusste es nicht mehr genau, nur, dass solche Autos bei dem alten Haudegen eine gewisse Sentimentalität ausgelöst hatten.

Sie streckte sich, froh über das Tageslicht, das im Vergleich zu dem blauweißen Schein der Neonlampen schön gelb war, und stützte sich am Wagen ab, um ihren Rücken zu entlasten. Die verdammten Schlüssel lagen noch auf dem Küchentisch.

Und ihr Handy. Und genau in dem Moment hörte sie es klingeln. Natürlich war Ína aufgewacht und würde jetzt auch den Puppenmacher wecken.

Lóa drückte die Beine der Puppe auf den Boden, bedeckte sie hastig mit der Plane und rannte dann zurück zur Haustür – sie hatte vergessen, darauf zu achten, sie nicht ins Schloss fallen zu lassen. Lóa hielt die Luft an und griff nach der Türklinke.

Sie bewegte sich nicht.

Lóas Magen drehte sich um, und sie spürte, wie sich Tränen in ihrer Kehle und hinter ihren Augen aufstauten, so dass sie Schwierigkeiten hatte, sie offen zu halten. Wieder packte sie die Klinke, drückte kräftig gegen die Tür, die jetzt mit leisem Knarren aufging, fiel fast in die Küche und griff nach ihren Schlüsseln und ihrem Handy, doch es war stumm wie der ganze Frühlingsmorgen. Es hatte nicht geklingelt. Das Display zeigte 7:09.

Sie rannte wieder nach draußen, zog die Tür diesmal nicht hinter sich zu, öffnete mit zitternden Händen, in denen die Schlüssel rasselten, den Kofferraum, wickelte die Puppe in die Plane ein, hievte sie mit größter Anstrengung in den Wagen und brauchte eine ganze Ewigkeit, um sie in die richtige Position zu bringen – zusammengekrümmt und wenigstens größtenteils mit Plastikplane bedeckt. Jedes Mal, wenn Lóa aufschaute, meinte sie, einen Schatten an der Tür zu sehen, und sie schaute ständig auf, denn ihre überdrehte Fantasie verwandelte jedes Knacken in sich nähernde Schritte.

Als sie den Kofferraum vorsichtig zugemacht und die Klappe mit beiden Händen hinuntergedrückt hatte, bis es klackte, setzte sie sich ans Steuer und versuchte, ihren ruckartigen Atem zu beruhigen. Dann fiel ihr ein – es war wie ein Schlag gegen die Brust –, dass ihr Mantel noch im Wohnzimmer auf dem Boden lag.

Lange schaute sie zur offenen Haustür und schickte sich mehrmals an, aus dem Wagen zu steigen, zögerte aber jedes Mal. Sie versuchte, sich daran zu erinnern, ob sich noch etwas in den Manteltaschen befand, und versicherte sich dann, dass sie nichts außer dem Handy und dem Schlüsselbund mit ihrem Hausschlüssel und ihrem Autoschlüssel dabeigehabt hatte, der jetzt im Zündschloss steckte und nur leicht hin- und herschwang, aber dennoch genug, um ihr Unbehagen zu verstärken. Mit Mühe ließ sie den Wagen an, denn aus ihren Fingern war jegliche Kraft gewichen. Sie legte den Rückwärtsgang ein und trat fest aufs Gaspedal. Zu fest. Der Wagen ruckelte und ging dann aus.

Mit einem lauten Schluchzen brachen ihre Tränen hervor, und sie drehte den Schlüssel erneut, obwohl sie am liebsten den Kopf aufs Lenkrad fallengelassen und hemmungslos geweint hätte, bis jemand sie gefunden und an einen Ort gebracht hätte, an dem sie sich hätte ausruhen können, am besten im Schutz einer hoch gewachsenen Dornenhecke oder in einem gläsernen Sarg mit schwerem Deckel.

Lóa setzte zurück auf die Straße, fuhr los und wunderte sich darüber, dass der Wagen auf der Straße blieb, dass er nicht in einen Graben schlitterte oder explodierte. Sie konnte sich nicht erinnern, jemals etwas gestohlen zu haben, außer als Jugendliche Zigaretten und Kleingeld aus den Taschen und Geldbörsen ihrer Eltern, und ihre Panik, sich durch den Puppendiebstahl aus der Gesellschaft ausgegrenzt zu haben, war größer, als sie sich vorgestellt hatte. Sie warf einen kurzen Blick zurück – die Haustür stand immer noch weit offen, doch der Hausherr war nirgends zu sehen. Lóa konnte kaum glauben, dass sie es geschafft hatte, aber anstatt erleichtert zu sein, packte sie die Angst, und die weite Landschaft um sie herum wurde weißglühend und bedrohlich. Man hätte meinen können, ihr Ziel sei gar nicht gewesen, etwas zu stehlen und abzuhauen, sondern geschnappt und aus dem Verkehr gezogen zu werden. Dass ihr die Freiheit und Verantwortung von den Schultern genommen würde, damit fähigere und bessere Menschen Ína und Margrét in die Arme schließen und ihnen helfen könnten. Lóa hatte keine Kraft mehr und konnte niemandem helfen, am allerwenigsten sich selbst.

Das Blau des Himmels war so penetrant, dass Lóa es fast schmecken konnte, und sie registrierte die Farben und Formen aller Häuser, an denen sie vorbeifuhr. Der Berg Akrafjall, die Zaunpfähle, die Wiesen, die nach dem Winter gerade wieder begannen, grün zu werden, und als sie dem Jungen am Eingang des Hvalfjörður-Tunnels mit zitternder Hand ihre Kreditkarte hinhielt, musste sie ihm nur in die Augen schauen, um den Klang seiner Erwartungen und Sehnsüchte zu hören.

Obwohl sie ihren Blick nicht von der Straße löste, war es, als würde sie alles von oben sehen. Einen Trawler an der Mündung des Fjords, ruhige, funkelnde Wellen, fleckige Wiesen und schiefe Zäune, einen müden Jungen in einer kleinen Kabine. Sie schaute ins Meer und durch die Felsen unter dem Meer. Und auf den grünen Renault in dem schlecht beleuchteten Tunnel mit ihr selbst am Steuer und einem in Seide gehüllten Verbrechen im Kofferraum. Ihre Wahrnehmung war voller Sonnenschein, von der Wasseroberfläche reflektiert, dennoch wurde sie geblendet, als sie aus dem Tunnel herauskam und der ebenmäßige Himmel die rauen Felsen ablöste. Ab und zu schaute sie in den Rückspiegel, halb damit rechnend, einen roten Dodge durch die Tunnelöffnung rasen oder auf dem Höhenzug auftauchen zu sehen.

Eine Sekunde, nachdem sie den Motor vor ihrem Haus im

Framnesvegur ausgeschaltet hatte, ging die Tür auf, und Ína kam ihr in Unterhose und einem kurzärmeligen T-Shirt mit dem Schriftzug *Curious* und einem Bild von Britney Spears entgegengelaufen.

Lóa stieg aus dem Wagen, nahm Ína in die Arme und lachte erleichtert, als sie spürte, wie sich vier unversehrte Extremitäten um sie schlangen, und sie den vertrauten Geruch von Erdnussbutter und Marmelade im Atem ihrer Tochter wahrnahm. In Ínas aschblondem Haar glänzte hier und da eine dumpfrote Strähne, denn sie malte sich gerne die Haare an, obwohl Lóa ihr das oft verboten hatte.

»Du siehst ja aus wie ein Tintenfisch«, sagte Lóa und löste Ínas rundlichen Arm und hob sie auf ihre Hüfte. Im Stillen gelobte sie sich, dass so etwas nie wieder vorkommen würde.

Andererseits waren solche Schwüre unnötig, denn es handelte sich nur um einen schrecklichen Unfall oder eine ungewöhnliche Art von Nervenzusammenbruch. Lóa konnte sich nicht erinnern, jemals auf diese Weise nach dem Genuss von Alkohol eingeschlafen zu sein, schon gar nicht in einem fremden Haus.

»Wo warst du?«, heulte Ína. »Ich hatte solche Angst! Warum bist du nicht nach Hause gekommen?«

»Ich bin doch nach Hause gekommen!«, sagte Lóa mit so viel Überzeugung, dass sie es fast selbst glaubte. »Ich bin nach Hause gekommen, als Margrét und du gerade eingeschlafen wart, und dann musste ich ganz früh heute Morgen nochmal weg, um was für Margrét zu kaufen. Warum bist du denn schon so früh auf den Beinen? Du schläfst doch samstags so gerne aus.«

»Ich bin aufgewacht, weil ich gehört hab, dass du nicht zu Hause bist.« Ína machte sich steif, ließ sich von der Hüfte ihrer

Mutter gleiten und verschmierte die Tränen in ihrem ganzen Gesicht. »Was hast du denn für mich gekauft?«

»Ich habe nichts für dich gekauft, aber morgen bekommst du ein Fahrrad als Sommergeschenk«, sagte Lóa. »Und jetzt musst du mir mit Margréts Sommergeschenk helfen. Lauf schnell rein und zieh deine Jacke und deine Schuhe an.«

»Nein, es ist doch Sooommer!«, sagte Ína. »Du hast auch keinen Mantel an.«

»Der Sommer ist noch nicht ganz da«, entgegnete Lóa, strich mit dem Finger über Ínas Arm und verdrängte den Gedanken daran, wo sich ihr Mantel gerade befand. »Du hast ja schon eine Gänsehaut, mein Schatz. Zieh schnell deine Jacke und deine Schuhe an.«

Als Lóa den Kofferraum öffnete, bot sich ihr ein trauriger Anblick – nichts im Vergleich zu der Schönheit, die sie vor einer guten Stunde erblickt hatte, als sie in der Halle des Puppenmachers die Kiste öffnete. Die Puppe lag zusammengekauert da, halb von der schmutzigen Plastikplane verdeckt, das zusammengeknüllte Kleid bis unter die Brüste hochgeschoben. Ihre Haare waren zerzaust und elektrisiert und voller Styroporkügelchen. Ihre Augen, die vorher so warm und lebendig gewirkt hatten, waren jetzt nur noch leicht geöffnet und starr.

Einen Moment bereute Lóa zutiefst, was sie getan hatte, aber nun war es zu spät, um viel Aufhebens darum zu machen. Sie wagte nicht, einem eben aufgewachten Mann in die Augen zu schauen und ihm sein rechtmäßiges Eigentum auszuhändigen, zerfleddert und verdreckt nach einer sinnlosen Reise.

Lóa riss sich zusammen, Ína zuliebe – ihre Tochter wäre entsetzt, wenn sie das Zögern und die Unsicherheit ihrer Mutter bemerken würde –, schob die Plastikplane zur Seite, zupfte das Kleid so gut es ging zurecht und versuchte mit wenig Erfolg, das Styropor aus dem schwarzen Seidenhaar zu schütteln. Dann hievte sie die Puppe aus dem Kofferraum, legte sie rücklings auf den Asphalt und richtete sie auf, als Ína in schmutzigen Turnschuhen und flatternder rosa Daunenjacke angerannt kam. »Wow!«, rief sie. »Ist das eine Schaufensterpuppe? Warum ist sie so schmutzig?«

»Weil sie eigentlich in eine Kiste gehört, aber für die war nicht genug Platz im Auto, mein Schatz. Pass auf deine Finger auf«, sagte Lóa und ließ den Kofferraum zuknallen. »Wir stellen sie einfach unter die Dusche. Nimm sie an den Beinen, nein, nicht unter den Knien, das ist zu schwer für dich, halt einfach die Fersen hoch, damit sie nicht über den Boden schleift.«

Sie schleppten die Puppe die Stufen hinauf, und zu Lóas großer Erleichterung begegnete ihnen keine Menschenseele.

Drinnen war die Treppe noch wesentlich steiler, und die Puppe rutschte Ína mehrmals aus der Hand. In der Mitte des Treppenhauses ließ sie sich auf den Boden fallen und keuchte übertrieben. »Warte, Mama, das ist so schwer«, stöhnte sie theatralisch.

»Nur noch zehn Stufen«, sagte Lóa. »Lass uns zusammen zählen: Eins … zwei …«

Das Kleid war eine Nummer zu groß und am Rücken nach unten gerutscht, so dass es ein Leichtes war, die Puppe auszuziehen. Lóa klemmte sie aufrecht in die Duschkabine und erlaubte Ína, das Kleid im Waschbecken mit kaltem Wasser auszuspülen. Sie nahm den Duschkopf aus der Halterung und richtete den lauwarmen Strahl auf Haare und Gesicht der Puppe – das Wasser vermischte sich mit dem Staub, der sich von der Plastikplane auf der Puppe verteilt hatte, und strömte in magermilchgrauen Streifen an ihrem Körper hinunter. Der Schmutz löste sich leicht von der Haut, und auch Lóas Gewissen schien dabei wieder rein zu werden. Die panische Angst, einen so wertvollen Gegenstand gestohlen zu haben, löste sich bald im Wasser und in Ínas Geplapper auf.

»Victoria's Secret!«, brüllte Ína durch das Rauschen des Wassers. »Das Kleid ist von Victoria's Secret, Mama, darf ich es haben?«

Lóa wollte sagen, es sei zu groß und die Puppe könne ja nicht nackt bleiben, hielt aber inne, da das Kleid nach dem Waschen ohnehin nicht mehr wie neu sein würde und es daher keinen Sinn hatte, es zusammen mit der Puppe zurückzugeben, wenn es so weit wäre. Und bis dahin war es Unsinn, die Puppe wie ein Flittchen aussehen zu lassen. Sie drehte den Hahn zu, umarmte Ína, die auf einem kleinen rosa Schemel am Waschbecken stand, und küsste sie auf die runde, seidenweiche Wange. »Wenn du versprichst, gleich selbst duschen zu gehen und deine Haare gut auszuspülen, darfst du es haben«, sagte sie. »Und jetzt gib mir mal ein Handtuch und hol meinen karierten Schlafanzug – der ist in meinem Zimmer im Schrank hinter der Tür.«

»Ich finde ihn nicht!«, schrie Ína aus Lóas Schlafzimmer.

»Dann such weiter!«, rief Lóa zurück und trocknete der Puppe vorsichtig die Haare ab. »Und schrei nicht so. Margrét schläft vielleicht noch.«

Kurz darauf lehnte Ína mit dem Schlafanzug im Arm an dem Türrahmen neben der Duschkabine und sagte: »Margrét schläft nicht. Sie ist eigentlich immer wach.«

»Ich weiß, mein Schatz«, sagte Lóa. »Aber manchmal tut sie so, als würde sie schlafen, und du weißt ja, dass sie keinen Lärm vertragen kann. Du musst ihre große Schwester sein, bis es ihr wieder besser geht. Glaubst du, dass du das kannst?«

»Ja«, sagte Ína schmollend, legte den Schlafanzug auf den Waschbeckenrand und begann, die Styroporhagelkörner vom Fußboden aufzuheben.

»Lass die doch einfach liegen«, sagte Lóa. »Ich sauge sie nachher weg.«

»Nein, nicht wegsaugen. Ich sammle sie alle ein. Darf ich die haben? Bitte, Mama, ich bastle eine Weihnachtskarte daraus, oder nein, keine Weihnachtskarte, ein Bild.«

»Natürlich darfst du sie haben«, sagte Lóa und breitete das Handtuch auf dem Boden aus. Es war riesengroß mit einem Motiv aus Sonnenschirmen und Wasserbällen. Sie faltete das Schlafanzugoberteil in der Mitte des Handtuchs auseinander, legte die Puppe mühevoll darauf und bugsierte ihre Arme in die Ärmel.

»Warum hat die Schaufensterpuppe Haare?«, fragte Ína und zeigte auf die Scham der Puppe.

»Nur so«, antwortete Lóa und zog die Hose hoch. »Du darfst das Oberteil zuknöpfen.«

Lóa lockerte ihren Rücken, indem sie sich vorsichtig hin- und herwiegte, strich Ína über ihr nach der eifrigen Kleiderwäsche feuchtes Haar und fragte: »Sollen wir Margrét wecken?«

## III

## Samstag

Der Tag war längst angebrochen, als Sveinn erwachte. Seine Stirn und seine Augen waren entspannt, wie wenn lang ersehnter Sonnenschein einsetzt, obwohl seine Muskeln immer noch vor Erschöpfung schmerzten. In einem Zimmer voller Licht und schwüler Hitze und mit der zusammengeknüllten Bettdecke zwischen den Beinen.

Er setzte sich im Bett auf und strich sich mit den Fingern durchs Haar, das vor Schmutz trocken und stumpf war. Woher kam diese ungewohnte Vorfreude? Erwartete ihn etwas Spannendes? Lange unter der Dusche stehen. Sich Kaffee und eine Scheibe Brot genehmigen, die Zeitung lesen. Die letzten paar Handgriffe ausführen, bis die Mädchen fertig waren. Ihnen die Nägel ankleben, die Köpfe auf den Rümpfen befestigen. Ihnen die Kleider überstreifen, die Kisten zusammenbauen.

Anschließend musste er die Schwarzhaarige zu Kjartan bringen. Sie war längst fertig, aber er hatte noch keine Zeit gehabt, sie auszuliefern. Vielleicht hatte er auch nur die Geduldsprobe, die ein Treffen mit Kjartan bedeutete, vor sich hergeschoben.

Kjartan hatte bereits eine Puppe gekauft und wollte jetzt die zweite erwerben. Er arbeitete für einen gerade noch menschenwürdigen Lohn bei der Müllabfuhr und hatte monatelang für die zweite gespart. Für die erste hatte er seine gesamten Ersparnisse ausgegeben, kurz nachdem Sveinn nach Akranes gezogen war. Sveinn hatte den Eindruck, dass sich Kjartan Gesellschaft erkaufen wollte, und zwar ebenso Sveinns wie die der Puppe, und das war ihm anscheinend geglückt. Nicht, weil Sveinn finanziell auf solche Geschäfte angewiesen wäre, sondern weil ihm Kjartans verzweifelte Lage nahe ging und er manchmal selbst froh war, mit jemandem reden zu können. Vor allem, nachdem Kjartan begonnen hatte, wie verrückt im Internet zu surfen und alle Informationen aufzusaugen, die er über Puppenherstellung finden konnte. Manchmal war es befreiend für Sveinn, laut über seine Arbeit, über die er fast jeden Tag nachdachte, reden zu können, und Kjartan war bestimmt der Einzige, der Lust hatte, ihm zuzuhören.

Trotzdem war es jedes Mal, wenn sie sich trafen, so, als sickere ein Teil von Kjartans Elend in Sveinns Nerven, und der Gedanke, eine weitere Abendstunde auf dem sauteuren, pissgelben Ledersofa zu verbringen und Flaschenbier zu trinken, dämpfte die Vorfreude, die sich beim Schlafen in ihm breitgemacht hatte.

Er stieg aus dem Bett, zog dabei die Unterhose aus und wischte sich damit den gröbsten Schweiß vom Rücken, bevor er sie in den Wäschekorb fallen ließ. Mitten im Flur blieb er abrupt stehen, als ihm die Frau einfiel, die er gestern Abend schlafend auf dem Sessel zurückgelassen hatte. Sie konnte noch da sein. Vielleicht schlief sie noch. Oder hantierte in der Küche mit der Kaffeekanne und frisch gebackenem Brot herum. Man konnte nie wissen, auf was für Ideen die Leute kamen, und er wollte ihr nicht splitternackt im Flur begegnen.

Er ging zurück ins Schlafzimmer, fischte eine zerknitterte Hose aus dem Wäschekorb und zog sie an, seufzte, nahm saubere Unterwäsche, eine Hose und ein Hemd aus dem Schrank und ging ins Bad.

Das Wasser beflügelte etwas in ihm, das das Tageslicht noch nicht ganz hatte wecken können, und als er aus dem Bad kam, barfuß, frisch rasiert und in sauberen Klamotten, ertappte er sich dabei zu hoffen, dass diese Ólöf noch im Haus war. Dass sie ihm ihre Anteilnahme und ihre Bedürfnisse aufdrängen würde, wie es Frauen in Kinofilmen manchmal taten. Am Ende würde es ihr gelingen, sein verstaubtes, erstarrtes Herz zu berühren, und er würde ein besserer Mensch werden, und sie wäre für den Rest ihres Lebens glücklich und zufrieden, weil sie ihren Willen durchgesetzt hätte. *The End*. Er lachte, ein leises, schnaubendes Lachen, und ging ins Wohnzimmer. Es war leer. Die Decke lag auf dem Boden, und als er sie aufhob, um sie zusammenzulegen, kam der Mantel darunter zum Vorschein, ein weißer Wollmantel mit hellgrünem Futter.

»Hallo!«, rief er und ging mit dem Mantel in die Küche, wo er ihn gedankenlos über einen Stuhl hängte. Er schaute aus dem Fenster und sah, dass ihr Wagen nicht mehr vor dem Haus stand. Sie war weg und hatte ihren Mantel liegen lassen.

Sie würde bestimmt noch mal wiederkommen. Vielleicht konnte er sie zu einem Kaffee einladen, und dieses Mal würde sie womöglich nicht einschlafen. Er hatte das Gefühl, dass sie anständiger war, als der gestrige Abend vermuten ließ. Sie waren beide todmüde gewesen.

Wie lange war es eigentlich her, seit er mit einer Frau geschlafen hatte? Viele Monate. Über ein Jahr. Na ja, wenn sie beide keine Lust hätten, sich körperlich näher zu kommen, konnte man sich vielleicht mit ihr unterhalten. Zu seinen wenigen Freunden hatte er ohnehin keinen Kontakt mehr. Sie war bestimmt nett. Zumindest hatte sie nicht die ganze Zeit gequasselt, wie Frauen es oft taten, weil sie glaubten, sie würden sich dadurch interessant machen oder die Atmosphäre lockern.

Sveinn setzte Kaffee auf und holte Fladenbrot, Käse und geräuchertes Lammfleisch heraus, schnitt mit einem gezahnten Brotmesser eine dicke Scheibe Käse ab und legte ein paar Scheiben Fleischaufschnitt zwischen zwei Fladenbrothälften.

Nachher musste er einkaufen gehen. An den starrenden Augen der Dorfbewohner vorbei und versuchen, so zu tun, als bemerke er ihr Interesse gar nicht.

Obwohl schon früher über ihn geredet wurde, war durch den Artikel in der Klatschpresse Öl aufs Feuer gegossen worden. In kleinen Gemeinden war den Menschen das Weltgeschehen und der Sinn des Lebens womöglich egal, aber alles, was innerhalb der Ortsgrenzen geschah, beobachteten sie haargenau und bekamen immer mit, wenn eine ihnen bekannte Person in der Zeitung stand.

Sveinn hatte keine Milch mehr und gab stattdessen vier Stück Würfelzucker in den Kaffee. Als er ein paar Mal von dem Fladenbrot abgebissen hatte, fiel sein Blick wieder auf den Mantel, der nachlässig über der Stuhllehne hing, so dass der eine Ärmel den Boden berührte. Als er sich reckte, um ihn hochzuschieben, starrte ihn eine grün gefütterte Innentasche an. Ihm blieb gar keine andere Möglichkeit, als seine Hand hineinzustecken.

Beide Taschen waren leer.

Sveinn ließ den halbgetrunkenen Kaffee stehen und ging mit dem Mantel in den Flur.

Die Haustür stand offen. Er schloss sie und hängte den Mantel auf einen Bügel. Er verströmte einen schwachen Parfümduft, der eher an Weihrauch als an Blumenfelder erinnerte. Sveinn wusste nicht mehr, wann er beschlossen hatte, dass alle Parfümdüfte penetrant seien, aber dieser war es nicht direkt. Er war exotisch und löste tief in seinem Inneren eine Erregung aus, die ihn glauben ließ, dass Ólöf hübscher war, als er sie in Erinnerung hatte – dass er vielleicht etwas verpasst hatte, das sich direkt vor seiner Nase abgespielt hatte.

Bei Frauen über dreißig konnten Stress und Unzufriedenheit die Gesichtszüge völlig verändern, so dass sie fast nicht mehr wiederzuerkennen waren. Daran hatte er gestern Abend nicht gedacht. Er hatte sich zu sehr nach Gesellschaft gesehnt, um etwas anderes wahrzunehmen als die begrenzte Befriedigung, die ihm, wie er selbst beschlossen hatte, eine fremde Frau in diesem Moment geben konnte. Er hatte damit gerechnet, dass sie ziemlich oberflächlich wäre oder zumindest unsicher genug, um oberflächlich zu wirken – das lief auf dasselbe hinaus –, und als sie seine Erwartungen nicht erfüllte, hatte er vollkommen vergessen, dass sie da war. Zwei Weingläser später hatte er sich gewünscht, sie könnte etwas Unterdrücktes, Vulgäres in ihm befriedigen, indem sie die Kontrolle verlor, aber das hatte sie nur einen kurzen Moment getan, und zwar auf ziemlich gemäßigte Art und Weise – nachdem er sie mit Fragen nach ihren Töchtern in die Enge getrieben hatte. Ein zitterndes Kinn war wohl kaum besonders unbeherrscht oder dramatisch.

Sveinn ließ den Mantel los und roch ihren Duft an seinen Händen, schaute auf sie hinunter, als erwarte er, dass sie plötzlich ihre Form veränderten, und sah dabei aus dem Augenwinkel, dass die Zeitung, die auf dem Boden neben der Haustür lag, zertrampelt war, so als hätte eine ganze Kompanie sich darauf die Stiefel abgetreten. Daneben lag ein Umschlag, sauber und glatt, wie um die zerfetzte Zeitung zu verhöhnen. Ein Umschlag ohne Fenster, die Schrift des Absenders war hübsch und feminin.

Sveinn wischte den gröbsten Dreck von der Zeitung und blätterte sie durch, während er den Kaffee austrank und das Fladenbrot aufaß.

Der Umschlag lag unangetastet neben dem Kaffeebereiter, ein weißes Rechteck, das jemand zugeklebt und beschriftet hatte. Doch, natürlich war er neugierig, aber auch beunruhigt. Unsicher, ob er in der Stimmung für unvorhergesehene Vorkommnisse war, außerdem hatte er das Gefühl, dass sein friedliches Leben im letzten halben Jahr auf mysteriöse, schicksalhafte Weise obsolet geworden sei. Wie eine gestürmte Festung, von Zeit und Verwahrlosung gebeutelt.

Schließlich schob er eine Messerspitze unter die Lasche, schnitt den Umschlag auf und zog eine kleine Karte mit einem aufgeklebten Zeitungsausschnitt heraus.

Es war eine Todesanzeige. Mit dem Foto eines Mannes zwischen sechzig und siebzig, über seinem Kopf ein kleines schwarzes Kreuz. Unter dem Bild stand:

*Unser geliebter Vater und Bruder,* ***Hans Sigurjónsson*** *aus Hlíd im Svarfadardalur, starb am ersten Mai im Kreise seiner Familie. Das Begräbnis findet auf Wunsch des Verstorbenen in aller Stille statt. Wer sein Beileid bekunden möchte, sei an die Kollekte des Roten Kreuzes verwiesen.*

Sveinn legte die Karte weg, davon überzeugt, dass das der Typ war, der seinem Leben mit einem alten Schafsgewehr ein Ende gesetzt hatte. Wahrscheinlich ein Bauer oder ein ehemaliger Bauer. Das war aus dem Zeitungsartikel, der weder Name noch Foto enthalten hatte, nicht hervorgegangen. Das entsprach natürlich den selbst gesetzten moralischen Regeln der Zeitung, die Toten zu schützen und die Lebenden zu verleumden.

Aber Moment mal. Wurden solche Anzeigen normalerweise nicht unterschrieben? Sveinn schaute wieder auf die Karte. Die Namen der Angehörigen waren abgeschnitten worden – offenbar war der Absender einer von ihnen. Die Schwester? Die Tochter?

In einer Ecke der Küche lag ein Stapel alter Zeitungen, und obwohl Sveinn der Meinung war, dass es am besten wäre, nichts zu unternehmen – er musste die Sache einfach aus dem Kopf kriegen –, konnte er sich nicht beherrschen, hastig ein paar Zeitungen durchzublättern und die Todesanzeige zu suchen.

Er fand sie nicht, wahrscheinlich lag die Zeitung schon im Müll. Er legte immer ein paar alte Zeitungen unter den Bottich, in dem er die Silikonmischung anrührte, und warf sie später weg, wenn der Bottich leer war.

Sveinn betastete die Karte, handelsüblicher weißer Karton mit dem ungeheuer penibel aufgeklebten Ausschnitt, drehte sie halb um und sah jetzt, dass auf der Rückseite ein Computerausdruck klebte. Seine eigene Todesanzeige mit seinem Foto aus dem Zeitungsartikel und anstelle des Kreuzes ein Pentagramm.

*Unser Schöpfer und Vater in Sünde,* ***Sveinn Gudmundsson****, verstarb unerwartet am Freitag, dem dreizehnten Juni, im Kreise seiner Familie.*

*Die unschuldigen Püppchen*

Sveinn stand schwerfällig auf, streckte sich, holte tief Luft und versuchte, die Angst und den Lebensüberdruss wegzuatmen. Schleuderte die Karte in den Mülleimer, besann sich dann aber, fischte sie wieder heraus und legte sie in eine Schublade mit Schraubenziehern, Zangen und Sechskantschlüsseln.

Er nahm sich vor, nicht weiter an die indirekte Morddrohung dieser kranken Person zu denken, machte den Kopf frei und schlenderte in den Flur. Seine Beine trugen ihn automatisch zur Werkstatt.

In der letzten Zeit hatte er öfter merkwürdige Anrufe bekommen und eine innere Kälte verspürt, wenn er der aggressionsgeladenen Stille im Hörer lauschte. Und jetzt hatte er wirklich das Gefühl, verfolgt zu werden.

Vielleicht würde es ihm trotz allem gut tun, am Abend mit Kjartan ein paar Bier zu trinken. Der Alkohol würde ihm helfen, sich zu entspannen. Manchmal machte er sich Sorgen, weil er immer, wenn er nicht in seine Arbeit vertieft war, vor Unruhe fast zitterte und weil er es so sehr genoss, wenn sein Kopf bei voller Konzentration ganz leer war.

Ingunn, die Frau, mit der er eine Beziehung gehabt hatte, hatte ihn vor anderthalb Jahren mit den Worten verlassen, es gebe viele Arten von Fremdgehen – und Arbeitssucht sei eine davon.

Er hatte sie gefragt, ob es daran läge, dass es sich um diese Arbeit und nicht um irgendeine andere handele, ob sie die Beziehung auch beenden würde, wenn er behinderte Kinder unterrichten oder mit Aktien handeln würde.

Sie hatte geantwortet, das würde verdammt noch mal nichts ändern. Sie hätte einfach keine Lust mehr mitanzusehen, wie er sich quäle, wenn er sich gezwungen fühlte, Zeit mit ihr zu verbringen oder mit ihr zu reden.

Er hatte ihr geglaubt, zumal sie nie ein Zeichen von Eifersucht gezeigt hatte, obwohl er den ganzen Tag mit perfekten Frauenkörpern aus Plastik verbrachte. Vielleicht tat sie nur so, als mache ihr das nichts aus, und versteckte ihre Verletztheit vor ihm. Er hätte ihr vielleicht nicht so vorbehaltlos glauben sollen. Was hatte sie sonst noch vor ihm versteckt?

Es stimmte nämlich nicht, dass das Zusammensein mit ihr eine einzige Qual für ihn gewesen war. Er hätte keine andere Frau lieben können. Er wollte ihr vorschlagen zusammenzuziehen und ihr versprechen, dass er es nicht zulassen würde, dass die Arbeit ihr Leben zerstören würde. Aber sie war realistischer gewesen und hatte sofort gewusst, dass er unfähig war, ein solches Versprechen zu halten.

Vielleicht brauchte er eine Frau, die ihn mit all seinen Ecken und Kanten akzeptierte und sogar sein Interesse für das Puppenmachen teilte. Eine Gefährtin *in Sünde*, die abends mit ihm im Lichtkegel einer starken Arbeitslampe sitzen und Kleider nähen, Nägel lackieren, Perücken befestigen würde. Die ihn mit einem gütigen Lächeln und gut gewählten Worten besänftigen würde, wenn er ausgelaugt und verletzlich war. Eine Frau, die vollkommen verstand, dass eine Frau etwas ganz anderes war als eine Puppe und jeglicher Vergleich unsinnig. Ein Mann verglich sich ja auch nicht mit der heldenhaften Statue eines Geächteten, der mit seiner Familie und all seinen weltlichen Besitztümern auf dem Rücken umherzog, und bekam dabei Minderwertigkeitskomplexe.

In jüngeren Jahren hatte er ziemlich viel Energie daran verschwendet, sich einzureden, er bräuchte keine Frau. Aber er hatte sich längst damit abgefunden, dass er nicht anders war als andere und dass der Mensch von seinen Bedürfnissen und Trieben gesteuert wird und nicht umgekehrt. »Das Alter foltert, quält und demütigt einen«, dachte er und lachte über diesen Gedanken – gerade mal vierzig und schon dabei, sich Gicht und einen Buckel einzubilden.

Das Lachen lag immer noch auf seinen Lippen, ein halbes Lachen, das er oft in seiner Einsamkeit ausstieß, als er abrupt stehen blieb. Die Werkstatt war nicht so, wie er sie hinterlassen hatte. Licht brannte, und überall lagen Styroporkügelchen herum, so als hätte jemand sie aus der Kiste der Schwarzhaarigen gekippt. Die Plastikplane lag nicht mehr auf dem Fußboden unter den aufgehängten Puppen. Eine böse Ahnung beschlich ihn, und obwohl er nicht glaubte, dass seine Vermutung begründet war, hielt er instinktiv die Luft an, als er zu der Kiste marschierte und den Deckel aufriss.

Als er die fertige Puppe in die Kiste gelegt hatte, hatten die Styroporkugeln eine ziemlich glatte Oberfläche gebildet, wie der See Thingvallavatn an einem schönen Tag, aber jetzt sah er nur wogende Hügel und Mulden, und an einer Stelle schien der Boden der Kiste durch. Das Samtkästchen lag an seinem Platz, aber die Schwarzhaarige war verschwunden. Sveinn schaute sich hektisch um. Spähte in jede Ecke. Er war sich sicher, dass sie irgendwo sein musste, bekam aber ein mulmiges Gefühl bei dem Gedanken, dass jemand in seiner Werkstatt herumgeschnüffelt hatte, während er, sich in falscher Sicherheit wiegend, wie ein Baby geschlafen hatte.

Nachdem er jeden Fleck im ganzen Haus abgesucht hatte, rannte er hinaus auf den Hof. Stellte sich an die Stelle, wo er gestern Abend gehockt und den Reifen gewechselt hatte, schirmte seine Augen gegen die Sonne ab und starrte auf die Straße, als erwarte er, der Dieb würde genau in diesem Moment mit der Schwarzhaarigen im Schlepptau am Horizont verschwinden.

Im Kies unter seinen Füßen konnte er undeutliche Reifenspuren erkennen. Die Gute musste es wohl eilig gehabt haben, als sie losgefahren war, ohne sich von ihm zu verabschieden, ohne sich zu bedanken. Das war ja wohl keine Art – sich für einen Gefallen zu bedanken, indem man den wertvollsten Gegenstand im Haus stahl!

Aber wie konnte er sich überhaupt sicher sein, dass sie es

gewesen war? Er vergaß oft, die Haustür abzuschließen, bevor er ins Bett ging, und alle wussten, dass sich in seiner Werkstatt einiges befand, das sich leicht zu Geld machen ließ.

Nein, das wäre ein zu großer Zufall. Eine fremde Frau schlief in seinem Wohnzimmer ein, und am nächsten Tag war die Puppe verschwunden – die erste Puppe, die ihm je gestohlen worden war. Sie musste sie mitgenommen haben. Er würde sie finden, und wenn ihm das nicht gelänge, würde er die Polizei einschalten. Die Mädchen waren nichts Illegales, auch wenn manche Leute sie unmoralisch und geschmacklos fanden.

Er musste an die morbide Botschaft in dem weißen Umschlag denken, und auf einmal fiel es ihm wieder ein. Hatte diese Lóa nicht den Tod ihres Vaters erwähnt? »Wir haben ihn letzte Woche beerdigt«, hatte sie gesagt. Auch dass es ein Herzinfarkt gewesen sei, aber vielleicht war das gelogen. Lóa musste Hans' Tochter sein und die Todesanzeige gebastelt haben. Was sonst hätte sie für einen Grund haben sollen, die Schwarzhaarige zu klauen?

Ohne genau zu wissen, was er tat, stürmte Sveinn zur Tür an der Westseite der Baracke und riss sie auf. Die Staubschicht unter seinen Füßen bewies eindeutig, dass dort niemand herumgelaufen war, wahrscheinlich seit seinem Einzug nicht mehr. Warum hatte sie die Werkstatt nicht durch diese Tür verlassen? Wahrscheinlich hatte sie sie übersehen. Die Tür passte sich genau in die Täfelung ein, war wie die Wände holzverkleidet.

Sveinn schloss die Tür wieder, ging ins Lager und ließ seinen Blick über die Regale schweifen. Er wusste nicht genau, wie viele Säcke, Dosen und Eimer mit Gips, Silikonpulver, Bindemittel und Farbe dort genau standen, aber soweit er sehen konnte, befand sich alles an seinem Platz. Bis auf den kleinen Holzhocker, der nicht mehr an der Wand hinter der Tür stand, sondern unter dem Waschbecken. Was hatte das zu bedeuten? Na ja, vielleicht hatte er den Hocker selbst dorthin gestellt, ohne sich daran erinnern zu können.

Er war völlig irritiert und wusste überhaupt nicht, was er als Nächstes tun sollte. Er setzte sich auf den Holzhocker, legte den Arm auf den Rand des Waschbeckens, und zum ersten Mal, seit er eingezogen war, fiel ihm auf, dass es kein Fenster gab, weder im Lager noch in der Werkstatt. Dann schaute er auf die Uhr, die sein Vater ihm zu seinem vierzigsten Geburtstag geschickt hatte. Sie war schwer, altmodisch und vertrauenerweckend.

Es war zwanzig Minuten nach zwei. Kjartan ging samstags oft zum Mittagessen zu seiner Mutter, aber jetzt war er bestimmt wieder zu Hause und saß vor dem Computer. Sveinn musste sich gezwungenermaßen eingestehen, dass Kjartan der Einzige war, zu dem er in einem Moment wie diesem gehen konnte. Er musste sich jemandem anvertrauen. Jemandem, mit dem man laut nachdenken und die Lage abschätzen konnte, über die Blödsinnigkeit lachen und sich dann ablenken konnte, indem man über etwas ganz anderes sprach.

Warum war er so aufgewühlt? Er hatte doch wohl keine Angst? Er hatte in Lóas Augen geschaut und gesehen, dass sie genauso harmlos war wie er selbst oder die Schwarzhaarige – in diesen Dingen vertraute er auf seinen Instinkt. Und er hegte keine Gefühle für die Puppe, Gott weiß, was auch immer sich die Leute bei Einzelgängern wie ihm vorstellen mochten. Wenn sie mehr für ihn wäre als nur ein schöner Gegenstand, würde er sie Kjartan niemals überlassen.

Es bedeutete auch keinen nennenswerten finanziellen Schaden. Ein paar Bestellungen würden sich verzögern, aber damit musste man rechnen. Kjartan würde die Sache gleichmütig aufnehmen. Er legte immer Wert darauf, wie ein ausgeglichener

Mann vom Land zu wirken, der sich vom Trubel in der Welt nicht aus dem Gleichgewicht bringen ließ.

Es musste also ein Fünkchen Wahrheit daran sein, wie viele behaupteten: dass Drohungen einem zusetzten, auch wenn man sie nicht ernst nahm, und dass Diebstahl, abgesehen von dem Verlust, immer ein unangenehmer Eingriff in die Privatsphäre war.

Sveinn zog trotz des Sonnenscheins und der Wärme seine schicke, englische Wachsjacke an – als glaubte er, sich damit gegen die Wirklichkeit und weitere unfaire Übergriffe schützen zu können – und machte sich zu Fuß auf den Weg zu Kjartan.

## IV

## Samstag & Samstagabend

Lóa klopfte an Margréts Tür, den Arm voll sauberer Wäsche, und es war eine Erleichterung, nach der morgendlichen Aufregung nur noch den altvertrauten Angstschmerz zu spüren. Sie hatte Angst, das kahle Zimmer ihrer Tochter zu betreten und in ihre tödlich verwundeten Augen zu schauen, die bereits merkwürdig glänzten und hervorquollen, so als wollten sie sich einen Weg aus dem Kopf bahnen.

»Herein«, hörte sie Margrét sagen.

Ína war nirgends zu sehen. Die pflückte ja im Badezimmer Beeren – sammelte die Styroporkügelchen auf, die sie offenbar sehr faszinierten.

Lóa trat ins Zimmer und versuchte, Liebe und Fürsorge auszustrahlen, versuchte, die heilige Mutter zu sein. Der Psychologe, bei dem Margrét in Therapie war, hatte Lóa erklärt, Wut sei nur natürlich und nichts anderes als ein aggressives Erscheinungsbild von Angst, Lóa dürfe sie aber keinesfalls gegen Margrét richten und ihr keine Schuldgefühle verursachen.

Der Schreibtisch am Fenster war mit Stiften, Büchern und ausgedruckten Notizen übersät, und ganz oben auf dem Stapel thronte der summende Laptop. Die königsblauen Vorhänge, denen Margrét nie Beachtung geschenkt hatte, standen offen.

Entweder war sie am frühen Morgen aufgestanden und hatte sie aufgezogen oder, was wahrscheinlicher war, sie vor dem Zubettgehen gar nicht erst zugezogen. Die schwarzen Verdunkelungsvorhänge waren ebenfalls unberührt, obwohl Margrét die nicht ganz so schlimm fand wie die königsblauen.

Das Fenster war ihre Frontlinie gewesen, bevor Lóa den Kampf um die Vorhänge gewonnen hatte. Margrét wollte keine Decken, keine Kissen, nichts, was das weiß gestrichene Zimmer beleben und ihm eine wärmere Atmosphäre verleihen könnte, aber Lóa hatte ihr klargemacht, dass in ihrem Heim keine nackten Fenster in Frage kämen, die fälschlicherweise signalisieren würden, Margréts Zimmer stünde leer.

Lóa legte den Kleiderstapel auf die alte Eichenkommode, die Margrét von ihrer Großmutter väterlicherseits geschenkt bekommen hatte. Socken und Unterwäsche kamen in die untere Schublade, Hosen in die mittlere und T-Shirts in die obere, Kleider und Röcke in den großen Einbauschrank in der Ecke neben der Kommode.

Margrét beobachtete ihre Mutter, als sei diese mit irgendwelchen dunklen Machenschaften beschäftigt. Als Lóa alles eingeräumt hatte, setzte sie sich vorsichtig auf die Bettkante, als hätte sie Angst, etwas kaputt zu machen. Früher hatte sie manchmal die Kontrolle verloren und Margrét angeblafft, versucht, sie aus ihrer Apathie zu reißen. Mittlerweile war es undenkbar, sie zu verletzen, doch zugleich unvermeidlich, da jedes Wort, das man an sie richtete, jeder Atemzug und jeder Blick eine Art Übergriff war.

Margrét saß halb im Bett, das wuchtige Geschichtsbuch aufgeschlagen auf ihrem mageren Bauch. Lóa konnte sich nie an diesen Anblick gewöhnen: ihr stumpfes Haar, ihre knochigen Arme, ihre spitzen Kieferknochen, die über den eingefallenen

Wangen herausstachen, die zarten, hellen Härchen, die sich wie Flaum an ihrem ganzen Körper gebildet hatten. Das Kind bestand nur noch aus Augen und Ellbogen. Sie sah aus wie ein Jungvogel, der frisch aus dem Ei geschlüpft war. Das grüne T-Shirt, das sich früher nahezu obszön über ihrem Bauch gespannt hatte, hing schlaff von ihren hervorstechenden Schlüsselbeinen.

»Kennst du deine Schulbücher nicht schon auswendig, mein fleißiges Bienchen?«, sagte Lóa. »Weißt du noch, was wir besprochen haben? Dass du dich anziehst und frühstückst, bevor du anfängst zu lernen?«

»Ich stehe ja gleich auf«, antwortete Margrét. »Es ist noch nicht mal neun Uhr.«

Sie war zwar einigermaßen höflich, aber die Verbitterung war nicht zu überhören. Ihre Stimme klang wie die einer Neunzigjährigen.

»Sie hasst mich nicht«, dachte Lóa. »Nicht direkt. Ich darf das nicht zu persönlich nehmen.«

»Ich habe ein Geschenk für dich«, sagte sie. »Bitte beurteile es nicht sofort, versuch erst mal, dich an sie zu gewöhnen, mir zuliebe. Sie soll dir helfen, dich besser zu fühlen. Sie verringert das Hungergefühl«, fügte sie hinzu, obwohl sie dagegen war, Kinder anzulügen. Aber in der Liebe und im Krieg war alles erlaubt, und dies war beides. Ein Krieg mit dem Tod, geführt im Namen der Liebe.

»Ich hab keinen Hunger«, sagte Margrét.

»Sie ist ja auch nicht essbar, nur hübsch. Warte einen Moment, ich hole sie.«

Da es nicht in Frage kam, Ína zu stören, wenn sie so ruhig und brav spielte, hatte Lóa keine Möglichkeit, die Puppe vernünftig zu transportieren. Es ging eben nicht anders, auch wenn Margrét pikiert sein würde, wenn sie mitansehen musste, wie ihre Mutter ungelenk mit einem toten Gegenstand herumhantierte. Vielleicht würde es ihr ja auch guttun.

Nach mehreren Versuchen beschloss Lóa, dass es am besten war, der Puppe von hinten die Arme um die Taille zu legen; die Brüste sorgten dafür, dass sie ihr nicht aus den Händen glitt. Sie musste um die fünfzig Kilo wiegen. Wie die Dünger- und Futtersäcke, die Lóa als junges Kindermädchen und Viehhirtin in Landeyjar nie ohne fremde Hilfe hatte hochheben können.

Das blauschwarze, seidenweiche Haar fiel über Lóas Arme, und die Berührung löste eine eigenartige Ruhe in ihr aus, die unter die Haut glitt, bis in die Knochen.

Sie hatte manchmal beobachtet, wie Ína ihr T-Shirt abstreifte, das Gesicht in die Höhe reckte und den Kopf hin- und herschwenkte, so dass ihre Haare über ihren Rücken strichen. Jetzt wusste sie, warum Ína das tat. Das sanfte Streicheln auf der ausgehungerten Haut beruhigte sie.

»Igitt, Mama, die ist ja ekelhaft«, nörgelte Margrét, ohne das schlafanzugbekleidete Geschenk richtig anzuschauen. Sie schien überhaupt nicht mehr neugierig zu sein, keine Achtung mehr vor ungewöhnlichen Dingen zu haben.

»Sie ist nicht ekelhaft, mein Schatz«, sagte Lóa, keuchend vor Anstrengung, nachdem sie die Puppe in den weinroten Sessel neben dem Bett gehievt hatte.

»Ich finde sie ekelhaft. Was soll die in meinem Zimmer? Und den alten Stuhl will ich auch nicht haben«, sagte Margrét und zeigte auf den bequemen Plüschsessel mit der Puppe. »Der riecht nach Abstellkammer.«

»Ich möchte nur, dass immer jemand bei dir ist«, sagte Lóa und versuchte, eher streng als bittend zu klingen.

»Sie ist nicht *jemand*. Bist du verrückt geworden? Nimm sie wieder mit. Was glaubst du, was die Leute von mir halten, wenn sie die hier sehen? Ich bin nicht behindert!«

»Es kommt doch sowieso niemand außer mir.« Im selben Moment, als Lóa das gesagt hatte, fühlte sie sich, als würde ihr der Boden unter den Füßen weggerissen. Bisher war sie wenigstens so schlau gewesen, keine Kommentare dazu abzugeben, dass Margrét neuerdings keine Freunde mehr hatte. Sie wusste nicht, ob sie das aus Gehässigkeit gesagt hatte oder weil sie Margrét etwas klarmachen wollte. Um ihr zu helfen.

Tränen rannen lautlos über Margréts Wangen; sie wirkte zu schwach, um richtig weinen zu können. Ihr Mund verzog sich wie bei einem quengelnden Kleinkind und bildete ältliche Falten in ihrer trockenen, hauchdünnen Haut. Ihre Mundwinkel waren vernarbt von Rissen, die erst vor zwei Wochen im Krankenhaus verheilt waren.

Etwas aus Margréts Körper dringen zu sehen, selbst wenn es sich nur um Wasser handelte, war, wie Zeuge eines tödlichen Unfalls zu werden. Die Tränen beinhalteten kostbares Salz und Mineralien, die Margrét brauchte, um am Leben zu bleiben.

»Ich fühle mich so schlecht, Mama«, sagte Margrét mit belegter Stimme. »Ich fühle mich so furchtbar schlecht.«

»Ich weiß.« Lóa setzte sich wieder zu ihr auf die Bettkante und versuchte, dieses federleichte Etwas, das sich mit einem Bein in dieser Welt und mit dem anderen in irgendeiner verzauberten Elfenwelt befand, in den Arm zu nehmen. Margrét ließ es einen Moment zu und stieß sie dann weg, ohne ihre Abscheu gegen die Berührung verbergen zu können.

»Entschuldige«, heulte Margrét in ihr rosa Kissen.

Da war es wieder in all seiner Macht: das hohle Triumphgefühl, das Lóa immer verspürte, wenn es ihr gelungen war, Nähe zwischen sich und ihrer fast verlorenen Tochter zu erzwingen. Es wurde immer leichter.

Jetzt würde Margrét wenigstens eine Zeit lang umgänglicher sein. Das Weinen war ein Ventil für Wut. Ein speziell erfundenes Ventil für alle, die zu taktvoll oder zu schwach waren, um zu schreien und mit Gegenständen um sich zu werfen.

Vorsichtig zog Lóa Margrét die Daunendecke weg, wickelte sie zusammen und legte sie ans Fußende. Sie kam nicht umhin, ausdruckslos auf Margréts Becken zu starren, das in der blaugestreiften Schlafanzughose aus Flanell wie ein kantiger Fels aussah.

»Lass uns in die Küche gehen«, sagte sie.

Margrét setzte sich im Bett auf und legte die Hand auf ihre Stirn. Ihr Gesichtsausdruck wirkte, als sähe sie in weiter Ferne ein unbeschreibliches Grauen. »Mir ist schwindelig.«

»Kein Wunder«, sagte Lóa und hielt ihr zur Stütze den Arm hin.

Als sie am Bad vorbeigingen, hörten sie Ína hinter der geschlossenen Tür plappern und singen. Eine freie Kombination aus all ihren Lieblingsliedern. »Sie heißen Barbapapa, Barbamama, Barbabella, Barbaletta, hmhmhm … Alle meine Entchen schwimmen auf dem See. You're toxic, na nana na na.«

Margrét setzte sich wie eine verurteilte Strafgefangene an den Küchentisch, blätterte lustlos in der Zeitung von gestern und ließ ihren Blick über Fotos und Überschriften gleiten, während Lóa Milch in den Mixer goss, eine Banane schälte und sich nach dem Proteinpulver reckte, das sie ganz hinten im obersten Regal im Schrank aufbewahrte, damit Ína es nicht fand.

Margréts Schweigen war eine einzige Qual. Sie beschwerte sich nicht mehr über den schlechten Geschmack, denn Lóa hatte ihr klargemacht, dass Jammern zwecklos war. Eine Vereinbarung war eine Vereinbarung. Nun saß sie da und löffelte das Zeug, ganz langsam, mit bemitleidenswerter Märtyrermiene. Es spielte keine Rolle, wie lange sie die Sache hinauszögerte. Lóa ließ sie nicht aus dem Blick, drehte ihr nie den Rücken zu und ging nicht aus der Küche.

Die Ärztin, die Margrét aus dem Krankenhaus entlassen hatte, eine überlastete Frau mit kurzen Haaren und bis auf die Haut abgekauten Nägeln, hatte Lóa eingeschärft, Margrét beim Essen nicht aus den Augen zu lassen. Sie hatte immer weiter insistiert, bis Lóa die Geduld verloren und barsch gesagt hatte: »Glauben Sie etwa, ich wüsste das nicht?«

Dann hatten sie einander mit Blicken abgemessen, bis Lóa in den Augen der Ärztin einen Vorwurf gesehen und aufgegeben hatte. Sie hatte sich hastig verabschiedet und war zu Margrét geeilt, die auf ihrer Tasche beim Aufzug gesessen hatte. Immer wieder hatte sie auf den Aufzugknopf gedrückt, während Margrét sie unter ihren langen, stumpfen Ponyfransen nervös beobachtet hatte.

Es war eine einvernehmliche Entscheidung von Lóa, Margrét und der Ärztin gewesen, Margrét für die Abschlussprüfungen nach Hause zu lassen, aber Lóa fühlte sich oft so, als trage sie allein die Verantwortung dafür, und hatte große Angst, dass es ein Fehler gewesen sein könnte. Dass sie der Herausforderung nicht gewachsen wäre und dass sich Margréts Zustand in ihrer Obhut verschlechtern werde.

Margréts Notenspiegel war Lóa vollkommen egal, aber für Margrét war der Tod im Vergleich zu schlechten oder mittelmäßigen Noten anscheinend bedeutungslos.

Als Margrét ihr Glas leer getrunken hatte, spülte Lóa es aus, füllte es mit Wasser und legte zwei riesige Omega-Fettsäure-

Tabletten daneben. Margrét hatte Tränen in den Augen. »Ich schaffe das nicht«, jammerte sie. »Mein Bauch ist total voll. Da ist kein Platz mehr für Wasser.«

Lóa hatte Mitleid mit ihr, aber sie durfte keine Nachsicht zeigen. »Liebes«, sagte sie, und Wasser spritzte aus dem Glas, als sie es auf den Tisch knallte, »wir müssen aufpassen, dass dein Gehirn keinen Schaden nimmt. Wenn du durchhältst, musst du nur noch ein paar Tage ins Krankenhaus.«

»Ich kann die nicht schlucken.«

»Es ist kein Problem, sie runterzuschlucken, sie bleiben nicht im Hals stecken, auch wenn sie groß sind«, sagte Lóa. »Sieh mal, sie sind ganz glatt.«

»Ich hab jetzt keine Zeit, ich muss für die Prüfung lernen.«

»Dann beeil dich mit den Tabletten.«

Am Ende schleppte sich Margrét in ihr Zimmer, die Omega-Tabletten gründlich mit Wasser hinuntergespült, und Lóas Kater machte sich wieder bemerkbar. Sie konnte ihren Kopf vor Müdigkeit kaum hochhalten, und ihre Hals- und Schultermuskeln schmerzten.

Lóa machte sich nicht die Mühe, sich auszuziehen, bevor sie unter die Bettdecke kroch, zumal sie nicht vorhatte zu schlafen, sondern nur einen kurzen Moment die Augen zu schließen.

Sie wachte davon auf, dass Ína auf ihr herumkletterte, und als sie endlich die Augen aufbekam, merkte sie, dass sich das Licht verändert hatte, seit ihr dröhnender Kopf aufs Kissen gesunken war. Der Nachmittag war wie eine unsichtbare Lawine in den Morgen gestürzt. Lóas Haare klebten an ihrem verschwitzten Hals, sie war hungrig, und hinter jedem Gedanken lauerten fieberhafte Erinnerungen an die morgendlichen Ereignisse.

Plötzlich bekam sie Angst, Herzklopfen und einen trockenen

Mund, als würde sie von der Polizei, von Margréts Ärzten, dem blutrünstigen Puppenmacher und einem wütenden Mob mit Schusswaffen und Knüppeln verfolgt. Ein karminroter Dodge Ram raste über die blinden Hügel auf sie zu.

»Guck mal, was ich gemacht hab«, sagte Ína und hielt ihrer Mutter etwas vors Gesicht.

Lóa umfasste Ínas Hand, die einen A4-Pappkarton hielt, und schob sie ein Stück weg, bis sich ihre Augen einstellen konnten. Das Bild zeigte ein grünes Auto mit blauen Fenstern auf einer schwarzen Straße. Der Himmel bestand aus eingetrocknetem Leim, in dem Styroporkügelchen klebten, die einen Schneesturm darstellten, der ziemlich überzeugend gewesen wäre, wenn er bis auf das Auto und die Straße gereicht hätte.

»Das ist aber schön, meine Süße«, sagte Lóa. »Hat Margrét heute Mittag was gegessen?«

»Weiß ich nicht«, antwortete Ína und strich sich eine bemalte Haarsträhne aus der Stirn. Ihr Gesicht wirkte angespannt – vielleicht fiel ihr plötzlich ein, dass sie versprochen hatte, sich die Farbe aus den Haaren zu waschen –, und sie fügte hastig hinzu: »Björg ist da.«

»Björg?«

»Ja, sie kocht.«

»Warum habt ihr mich denn nicht geweckt?«

»Björg hat gesagt, ich soll dich noch nicht wecken«, sagte Ína und betrachtete ergriffen ihr neues Kunstwerk. »Findest du es nicht toll, Mama?«

»Doch, es ist toll.«

»Hängst du es auf?«

»Wenn ich darf, mein Engelchen?«

Ína nickte. Ein tiefes Grübchen grub sich in ihre rundliche

Wange. Sie hatte nur auf einer Seite ein Grübchen, wie ihre Mutter.

»Dann hänge ich es auf«, sagte Lóa und stützte sich auf die Ellbogen. Sie war verblüfft, wie kurz der Abstand zwischen der Bewusstlosigkeit des Schlafs und jenem Zustand war, bei dem man sich in Gedanken an vielen Orten gleichzeitig befand und sich Sorgen über alles Mögliche machte. »Warum sind nie Leute auf deinen Bildern?«

»Da sind oft Leute drauf«, sagte Ína und wirkte enttäuscht. Die Kritik war ja auch ziemlich ungerecht – zu verlangen, dass ihr Bild etwas anderes zeigte, als es tat.

»Nur, wenn ich dich darum bitte, Leute zu malen«, entgegnete Lóa. »Aber ist auch egal. Mach mal Platz, ich muss aufstehen.«

Natürlich spielte es eine Rolle. Lóa war es nicht egal. Mädchen in Ínas Alter malten fast nur Menschen: sich selbst, ihre Familie, Prinzessinnen, Popstars und andere imaginäre Personen.

Lóa ging direkt ins Badezimmer, ohne Björg zu begrüßen. Sie musste erst richtig wach werden und zu sich kommen, bevor sie einem erwachsenen Menschen in die Augen schauen konnte. Bevor man von ihr verlangen konnte, etwas Vernünftiges zu sagen.

Lóa zitterte vor Anspannung. Nachmittagsanspannung im Bauch. Als sie sich das eingestanden hatte, weinte sie eine Weile unter der Dusche, und die Tränen vermischten sich mit dem nahezu kochend heißen Wasser.

Der Grund für ihre Tränen war der bohrende Gedanke an die Weinflasche, die im obersten Regal des Küchenschranks stand, neben Margréts verdammtem Proteinpulver, einem Pulver für kranke Kinder und alte Menschen, die keinen Lebenswillen mehr hatten.

Sie würde sich nicht beherrschen können, ein Glas zu trinken, obwohl Björg bei ihnen und Ína wach war und garantiert alles ihrem Vater erzählen würde.

Aber sie würde die Wirkung erst richtig spüren, wenn Ína im Bett war. Sie würde nicht laut werden und lallen – vier oder fünf Gläser reichten, um dieses Etwas einzulullen, wie auch immer man es nennen mochte. Es durfte nicht Trauer heißen, denn das wäre so, als hätte sie Margrét bereits aufgegeben.

»Wenn sie doch verdammt noch mal auf der Straße rumhängen und Drogen nehmen oder klauen würde, alles besser als diese Hölle«, zischte sie leise und bekam Tränen und heißes Wasser in die Kehle. Sie räusperte sich und versuchte, die Tränen zu stoppen. Schließlich konnte sie nicht ewig in diesem abgegrenzten Schutzraum bleiben, den das sandgestrahlte Glas der Duschkabine ihr bot.

Zum Glück hatte sie nur diese eine Flasche da, aber die wäre gegen Mitternacht leer, und morgen würde sie natürlich versuchen, irgendwo einen Alkoholladen zu finden, der sonntags geöffnet hatte.

Das war neu für sie. Früher hatte sie nur selten getrunken, nur, wenn man ihr Alkohol aufgenötigt hatte, meist bei irgendwelchen besonderen Anlässen. Kaum jemand würde behaupten, sie sei eine richtige Alkoholikerin, aber sie war auf bestem Wege, das zu werden, was man eine alte Schnapsdrossel nannte. Es wäre vielleicht in Ordnung, wenn sie Künstlerin oder eine begnadete Popsängerin wäre, aber das war sie nicht. Sie arbeitete in einer Werbeagentur und war alleinerziehende Mutter mit zwei Kindern. Eineinhalb Kindern, besser gesagt. Sie musste funktionieren.

Lóa schämte sich ein bisschen für ihre Spießigkeit – Wert auf die Meinung anderer zu legen, wenn alles andere viel wichtiger war. Aber was sollte sie machen? Sie war nun mal eine Spießerin. Eine alte Schnapsdrossel, die sich selbst bemitleidete und an die öffentliche Meinung dachte, während ihr Kind dem Tod nahe war.

Lóa drehte den Hahn zu und lachte schnaubend bei dem Gedanken, dass man sie auf so schreckliche Weise beschreiben könnte.

Es war wichtig, über alles lachen zu können – vor allem über das Allerschlimmste. Das hatte sie von ihrer Mutter gelernt. Ihre Mutter hatte es all die Jahre immer wieder betont, trotz der ratlosen Blicke ihres Ehemanns, der zwar ein lieber Kerl und einigermaßen intelligent, aber merkwürdig humorlos war. Das war im Grunde die einzige entscheidende Einstellung ihrer Mutter – darüber hinaus war ihr Leben von gütiger Toleranz gekennzeichnet.

Was würde jetzt aus ihr werden, nachdem ihr Mann gestorben war? War es Lóas Aufgabe, ihr Leben in die Hand zu nehmen? Oder würde sie sich in eine selbstständige Macherin verwandeln? Sie war gerade mal sechzig, man konnte nie wissen, ob das Schicksal ihr nicht ein neues Leben zudachte. Aber das war nicht so wichtig. Wichtig war, dass sie weiterhin bei den unpassendsten Gelegenheiten lachte.

Wie zum Beispiel beim Trauermahl.

Lóa hatte sich im Badezimmer ihrer Eltern frisch gemacht und ihre Wimperntusche erneuert, die bei der Beerdigung verschmiert war. Da klopfte es ungeduldig an der Tür, und sie konnte gerade noch den Schlüssel rumdrehen, bevor ihre feuerrote Mutter hereinstürmte, auf den Badewannenrand sank, ein großes Handtuch an sich riss, es zusammenknüllte und sich vors Gesicht hielt.

Lóa dachte zuerst an einen Nervenzusammenbruch und

wollte Unterstützung holen, jemanden bitten, einen Krankenwagen zu rufen, aber ihre Mutter versperrte ihr den Weg und stöhnte am Ende, ihre Schwester Gugga hätte sie fest in den Arm genommen und mit Tränen in den Augen und inniger Anteilnahme versehentlich gesagt: »Herzlichen Glückwunsch.«

Lóa hatte einfach mit ihr gelacht, denn falls es sich tatsächlich um einen Nervenzusammenbruch handelte, war das die bestmögliche Reaktion.

Dann war sie rausgegangen und hatte Tante Gugga damit getröstet, dass sie die trauernde Witwe seit zwei Wochen zum ersten Mal zum Lachen gebracht hätte.

Lóa kämmte sich eilig, putzte sich die Zähne und die Zunge, trug Feuchtigkeitscreme und Deo auf und warf ihre Klamotten in den Wäschekorb – zerknittert und fleckig, nachdem sie nicht nur einmal, sondern zweimal darin geschlafen hatte. Wickelte sich in ein Handtuch und ging in die Küche.

»Oh la la«, sagte Björg und warf einen Blick auf Lóas nackte Beine. »Ich hoffe, du verlangst nicht, dass wir uns alle so fürs Essen stylen.«

»Du kannst gerne ein größeres Handtuch haben, wenn du zu prüde bist«, konterte Lóa und grinste zögernd die Tischplatte an. Sie sah sich selbst aufstehen, sich beiläufig nach der Flasche recken und damit kämpfen, sie zu öffnen, während sie versuchte, das Handtuch nicht über ihre Brüste rutschen zu lassen. Nein, das war zu kompliziert und zu früh. Zu verzweifelt.

»Ist die Bohnenstange in ihrem Zimmer?«, fragte Björg.

Lóa nickte. Ihr Hintern und ihre Oberschenkel klebten am Stuhlsitz, und kaltes Wasser tropfte aus ihren Haaren auf ihre Schultern. Sie spürte alles viel zu intensiv. Sie spürte sich selbst zu intensiv.

»Gulasch und Kartoffelpüree, das versetzt sie bestimmt in

gute Laune«, trällerte Björg, stieß den Kartoffelstampfer in den Topf und fügte hinzu: »Ína hat gesagt, du wärst die ganze Nacht weg gewesen.«

»Ach, hat sie das?«, fragte Lóa und versuchte, amüsiert zu klingen.

»Ich hoffe, du hast was Spannendes gemacht.« Björg schlug den Kartoffelstampfer ein paar Mal energisch gegen den Topfrand. »Du gehst ja nie weg. Ich weiß überhaupt nicht, warum ich für dich einkaufe und Besorgungen mache. Es ist nicht gesund, immer nur zu Hause herumzuhängen.«

»Um Himmels willen, nimm doch nicht alles wörtlich, was Ína von sich gibt«, sagte Lóa. »Ich musste heute Morgen nur mal kurz weg, und die arme Ína war ein bisschen erschrocken, als sie aufgewacht ist und mich nicht gefunden hat.«

»Kurz weg? Wo muss man denn samstagmorgens kurz hin?«

»Manche gehen kurz zum Bäcker, andere besuchen ihre Oma oder gehen schwimmen.« Lóa konnte ihre Nervosität kaum verbergen. Sie würde nicht damit durchkommen, die Puppe unerwähnt zu lassen und so zu tun, als sei sie beim Bäcker gewesen. Ína würde diese Notlüge sofort richtigstellen. »Ich erzähle es dir gleich«, sagte sie und stand schwerfällig auf. »Ich muss mich erst anziehen.«

»Ja, das wird echt höchste Zeit«, entgegnete Björg. »Ich hab keinen Bock auf Schamhaare in der Soße.«

Lóa stand ziemlich lange vor dem Schrank und strich über die Kleidungsstücke, bevor sie einen limonengrünen Rock mit moosfarbenen Blumen herauszog. Der Schnitt stand ihr nicht, aber sie brauchte frische Farben. Auf dem Boden lag ein schwarzer Pulli, den sie nur einmal getragen hatte, aber sie zog ihn nicht an, schüttelte nur den imaginären Staub heraus und legte ihn über die Stuhllehne. Sie konnte sich nicht vorstellen, etwas anzuziehen, das nicht frisch aus der Wäsche kam. Sauber und frisch, auf Leben und Tod. Sie brauchte einen Ausgleich. Für etwas Fauliges in ihr und das stärker werdende Gefühl, dass die Welt schmutzig war, dass der Schmutz der Welt ihr auflauerte – darauf lauerte, sich über sie, ihre Töchter und ihr Heim zu legen.

Sie war barfuß, denn es war warm in der Wohnung. Ína drehte immer die Heizungen auf, wenn niemand hinsah. Nicht, weil sie fror, sondern weil es ihr Sicherheit zu geben schien, wenn in der Wohnung eine tropische Hitze herrschte. Wenn sie in Unterwäsche oder im Nachthemd auf dem Fußboden liegen und Bilder von Schneestürmen malen konnte, die bullernd warme Heizung in Reichweite.

Lóa drehte die Heizung im Schlafzimmer runter und rief nach Ína, die mit lautem Klappern angelaufen kam, in Sandalen mit Absatz, die sie unbedingt im Hagkaup hatte haben müssen. Ihre Freundinnen besäßen auch solche Schuhe, und Lóa hatte es nicht übers Herz gebracht, sie ihr zu verbieten, auch wenn es für einen weichen Kinderrücken nicht gerade gesund war, so unnatürlich gekrümmt zu werden. Lóa verließ sich darauf, dass Ína es bald leid sein und wieder ihre bequemen, alten Turnschuhe herausholen würde.

»Waaaas ist?«, fragte Ína ungeduldig. Wahrscheinlich hatte sie Björg gerade in der Küche geholfen.

»Du kannst die Heizung in deinem Zimmer hochdrehen, aber nicht in meinem und nicht im Wohnzimmer, das habe ich dir schon hundertmal gesagt, hast du das verstanden?«

»Jaahaaa.«

»Wenn du willst, kannst du jetzt den Tisch decken.«

»Bin schon dabei.«

»Gut, mein Schatz, sehr fleißig«, sagte Lóa und legte ihren

Arm fest um Ína runde, weiche Schulter, beugte sich zu ihr hinunter und gab ihr einen Kuss auf den Scheitel, der nach künstlichem Erdbeerduft roch. Von den Filzstiften. Ínas speziellen Duftfilzstiften – ein Geschenk ihres schuldgeplagten Vaters.

Ína entwand sich ihr und rannte los, und als Lóa in die Küche kam, kramte sie in der Besteckschublade herum. Björg hatte das Fenster weit geöffnet, saß auf der Küchenbank, lehnte sich wagemutig aus dem Fenster und rauchte. Einen Moment wirkte sie verunsichert, als sie Lóas Blick begegnete, aber Lóa warf ihr feuchtes Haar zurück und lachte inbrünstig – weil Björgs kleine Sünden ihre eigene Willensschwäche entschärften. Und Ína würde der Geruch einer Salem Light nicht schaden.

Lóa lehnte sich an den Kühlschrank, pulte den Aluminiumverschluss vom Flaschenhals und drehte den Korkenzieher in den Korken. Als der Wein ins Glas floss, krampfte sich ihr Magen zusammen, entspannte sich aber nach dem ersten Schluck ein wenig. Sie bemerkte, dass Björg die Flasche oder das Glas nie direkt anschaute.

Sie schwiegen beide, während Ína im Esszimmer mit dem Besteck klapperte. Der Zigarettenrauch kräuselte sich vor dem Fenster und wurde zu nichts, und Lóa versuchte, lautlos zu schlucken, was ihr nicht gelang. Der Wein schien sich dagegen zu wehren, auf derart verschämte Weise getrunken zu werden.

Ína lief zur Tür, hängte sich an den Türrahmen und verkündete, sie sei fertig mit Tischdecken.

»Das ist gut«, sagte Lóa geistesabwesend, während sie sich von Ína abwandte und die Päckchen im Karton zählte. Die Päckchen mit Proteinpulver. Es waren vier, genauso viele wie am Morgen. Margrét hatte nichts zu Mittag gegessen, aber sie hatte auch nicht versucht, es zu verheimlichen. Es wäre ein leichtes Spiel für sie gewesen, das Pulver mit Wasser zu vermischen, es ins Spülbecken oder ins Klo zu schütten und das leere Päckchen ganz nach oben in den Mülleimer zu legen. Sie war also doch nicht so hinterlistig, wie die Ärztin behauptet hatte. Vielleicht ging es ihr ein bisschen besser. Ein winziges bisschen. Bitte, lieber Gott.

Lóa öffnete ein neues Päckchen mit Vanillegeschmack und mixte das Getränk, fügte aber keine Banane oder anderes Obst hinzu, damit Margrét keinen Vorwand hatte, sich zu weigern, es zum Essen zu trinken.

Natürlich hatte Lóa sich selbst zuzuschreiben, dass sie Margréts Essenszeit verschlafen hatte, aber Margrét sollte diese Nachlässigkeit teuer bezahlen. Normalerweise trank sie Wasser zum Abendessen, aber jetzt musste sie ihr Mittagessen zusammen mit dem Gulasch und dem Kartoffelpüree runterwürgen. Freiwillig oder gezwungen.

Björg hatte das Essen auf den Tisch gestellt, und Ína wurde geschickt, ihre Schwester zu holen.

Lóa reichte Margrét ungefähr die Hälfte der Portion, die für einen Erwachsenen angemessen war, und Margrét begann sofort zu protestieren. Sie zog ihre neue, ältliche Jammerstimme möglichst weit in die Länge: »Ich schaffe nicht beides, ich schaffe nur eins von beidem. Ich esse das Fleisch, aber ich will nur Wasser dazu. Warum bist du so gemein?«

»Du hättest was zu Mittag essen sollen, das weißt du genau. Ich kann nicht den ganzen Tag für dich mitdenken«, sagte Lóa und beugte sich drohend über den Tisch. Ihre Katerstimmung war wie weggeblasen, und sie traute sich jegliche Auseinandersetzung zu.

»Ich hab gelernt, ich hab's einfach vergessen, das ist nicht meine Schuld«, sagte Margrét.

»Niemand hat Schuld. Aber ich muss den Ärzten die Wahrheit sagen, und wenn ich ihnen erzähle, dass du eine Mahlzeit ausgelassen hast, lassen sie dich im Krankenhaus schmoren, bis du alt und grau bist. Stell dich nicht so an, es ist doch nur ein Glas, und es schmeckt ganz neutral.«

»So was kann man nicht zum Essen trinken«, jammerte Margrét.

»Jede Menge Leute trinken einen Vanilleshake zum Essen«, warf Björg ein, »zum Beispiel zu einem Hamburger mit Fritten.«

»Solche Leute sind ekelhaft«, sagte Margrét mit finsterem Blick. »Ekelhafte, gierige Schweine.«

Lóas Herz sank, wie immer, wenn sich in Margrét ein Spalt auftat, durch den man die tödlichen Abgründe ihrer Wut sehen konnte.

Björg lachte leicht gezwungen und sagte: »Dann bin ich ein ekelhaftes, gieriges Schwein.«

Sie setzte noch einen drauf, indem sie sich Salat in den Mund stopfte und mit offenem Mund und laut grunzend kaute. Dabei verschluckte sie sich, hustete und lachte mit Tränen in den Augen.

Margrét verzog keine Miene und vermied es, Björg anzuschauen, die neben ihr saß.

»Darf ich auch einen Vanilleshake zum Essen?«, fragte Ína.

»Du darfst einen zum Nachtisch haben«, antwortete Lóa und schaute sich im Raum um, gepackt von dem Gefühl, dass sie winzig klein war und alles um sie herum winzig klein war. Sie war eine kleine Frau in einem kleinen Haus, mit kleiner, unbedeutender Dramatik im Herzen. Björg und die Mädchen winzig klein an einem winzig kleinen Esstisch mit Geschirr, das ein normaler Mensch kaum handhaben konnte. Die Puppe in

Margréts Zimmer eine Fluse, die man nur ganz leicht auf der Handfläche spürte. Das Muster der Tapete so filigran, dass man ein Vergrößerungsglas brauchte, um es richtig zu erkennen. Das Sofa im Wohnzimmer wie eine Streichholzschachtel, und die bestickten Kissen wie asiatische Magie. Die welken Topfpflanzen zarter als empfindlichste Hochlandvegetation, und es war egal, dass die Zitronen in der Glasschale angeschimmelt waren, denn sie waren zu klein, als dass man die Fäulnis riechen konnte.

Fehlte nur, dass sich ungeschickte Kinderhände durch die Fenster quetschten und alles umwarfen, zertrümmerten und demolierten.

# V

## Samstag

Sveinn klopfte, schnell und fest. Er wartete, zwischen Hoffnung und Furcht schwankend, ohne genau zu wissen, ob er wirklich wollte, dass Kjartan zur Tür kam. Er wollte nicht allein sein, aber er wollte sich auch nicht Kjartans unzusammenhängendes, besserwisserisches Gerede anhören.

»An manchen Tagen kann man sich nur darüber definieren, was man nicht will«, dachte er, während die Sonne seinen Scheitel wärmte und eine der ersten Bienen des Frühlings einen wettergegerbten Gartenzwerg mit grüner Mütze umsummte.

Kjartan wohnte in einem wellblechverkleideten Holzhaus in gutem Zustand und mit einem großen Garten. Er war dort vor ein paar Jahren eingezogen, als seine Mutter in ein betreutes Wohnheim in der Nähe übergesiedelt war, und hielt ihr zuliebe den Garten einigermaßen in Schuss.

Die Tür ging auf, und Kjartan schaute Sveinn unter dichten, ergrauten Brauen heraus gutmütig an und reichte ihm zur Begrüßung seine kräftige Hand. Ein zerzauster Kerl mit dem Brustkorb eines Opernsängers in einem weißen Hemd, Hose mit Bügelfalte, Wollsocken und jesusartigen Hausschlappen.

»Hallo, mein Freund«, sagte er und drückte Sveinns schmerzende Hand. »Komm schnell rein, diese Sonne ist ja fürchterlich.« Er schüttelte sich und lachte hünenhaft.

Sveinn lächelte höflich, folgte ihm ins Haus, sank schwerfällig auf das Ledersofa im Wohnzimmer und bekam einen Anflug von Klaustrophobie, als Kjartan mit zwei geöffneten Bierflaschen aus der Küche stürmte.

»Nein, ich … äh, hast du vielleicht einfach einen schwarzen Kaffee?«, fragte er und war froh, Kjartan wieder in der Küche verschwinden zu sehen.

Er kehrte schnell zurück, mit einem großen Becher Instantkaffee und zwei Zuckerwürfeln. »Hier, Schätzchen«, sagte er, »trink den, wenn er nicht zu stark für dich ist.«

Er setzte sich in den zum Sofa passenden Sessel und stürzte die Hälfte der Bierflasche in einem Zug hinunter, so als wolle er für sie beide trinken. Wahrscheinlich überspielte er damit nur seine Nervosität, wie bei allem, was er tat oder sagte.

Sveinn schämte sich wieder einmal für die scharfe Kritik an seinem einzigen Freund.

»Warst du bei deiner Mutter essen?«, fragte er.

»Ja, klar«, sagte Kjartan mit hörbarer Sanftheit und Wärme in der Stimme. »Was glaubst du, auf was für eine Idee das alte Mädchen gekommen ist? Sie hat gemeint, die Keule wäre gerade erst im Ofen, und mich gefragt, ob ich vor dem Essen einen Teller Cocoa Puffs haben will, um den schlimmsten Hunger zu stillen. Ich hab nur zu ihr gesagt: Mama, ich esse keine Steine, noch nicht mal den feinsten Bimsstein.«

»Steine?«

Kjartan setzte ein feierliches Gesicht auf, richtete sich im Sessel auf, machte eine Kunstpause, so als wolle er gar nicht darauf eingehen, und sagte dann: »Es gibt nur zwei Sorten von Männern auf der Welt. Diejenigen, die sich nach dem Pinkeln die Hände waschen, und diejenigen, die sich vor dem Pinkeln die Hände waschen.«

»Wovon sprichst du?« Sveinn spürte, wie sich das klaustrophobische Gefühl in seine Lunge vorkämpfte.

»Selbstachtung, Mann«, sagte Kjartan. »Man fasst sich nicht mit schmutzigen Pfoten an, und man frisst kein amerikanisches Mäusefutter aus der Packung.«

Sveinn wusste, dass er schon längst hätte lachen, sich auf die Schenkel klopfen, etwas Blödsinniges entgegnen und auf die Art die Nähe, die ihm offeriert wurde, annehmen sollen – wir beide, wir wissen, worum es im Leben geht, wir haben unsere Prinzipien und so weiter –, aber er konnte es nicht, er konnte es einfach nicht.

»Wie wär's, wenn du mal für sie kochen würdest?«, sagte er unnötig barsch, wohl wissend, dass Kjartan seine Mutter vergötterte und alles für sie tun würde, sogar mit einem feuchten Lappen die Gartenzwerge abwischen, wenn das Wetter ihnen einen Stempel aus Erde und Salz aufgedrückt hatte.

Heiterkeit und Freundlichkeit wichen aus Kjartans Gesicht. Er stellte die Flasche ab, um seinen Worten mit beiden Händen Nachdruck zu verleihen. »Was meinst du, wie oft ich sie schon eingeladen hab? Sie ist so uralt, dass sie kaum mehr den Deckel vom Topf heben kann.« Er kratzte sich an der Seite und schaute Sveinn flehend an. *Demütige mich nicht*, sagten seine Augen. *Ich bin kein schlechter Mensch.*

Bei diesem Blick entspannte sich Sveinn. Er war immer so merkwürdig gerührt, wenn Kjartan unterwürfig wurde. Dann empfand er schmerzhaftes, triumphierendes Mitleid.

Er tunkte den Zuckerwürfel in den Kaffee und schob ihn in den Mund, bevor er die Karte mit der Todesanzeige herausholte und Kjartan hinhielt. »Ist er das?«

»Ja, das ist er«, antwortete Kjartan. »Hans Sigurjónsson aus Hlíd. Der arme Kerl. Was wohl in ihn gefahren ist?«

»Dreh mal um«, sagte Sveinn.

Kjartan musterte schweigend die Ankündigung von Sveinns bevorstehendem Tod, stieß dann einen Lacher aus, massierte seine Stirn und schaute Sveinn aus dem Augenwinkel an, als sei er sich nicht sicher, ob er auf den Arm genommen würde.

»Die habe ich mit der Post bekommen«, sagte Sveinn. »Von einer Frau.«

»Ach, stand der Absender drauf?«

»Nein, ich habe es an der Handschrift erkannt. Eindeutig. Da bin ich mir ganz sicher.«

Kjartan schüttelte den Kopf, umklammerte die Karte und wandte den Blick nicht von ihr ab. »Du gehst natürlich damit zur Polizei. Das ist eindeutig eine Drohung.«

»Man sollte das vielleicht nicht so ernst nehmen«, entgegnete Sveinn.

»Weil sie von einem Weibsstück kommt, meinst du?« Kjartan lachte wieder auf. »Unterschätze nie deinen Feind. Frauen können auch töten. Männer schießen, Frauen vergiften. Traditionsgemäß. Wobei es natürlich auch andersrum sein kann. Du solltest zumindest die Augen offen halten und ihr nie den Rücken zudrehen.«

Sveinn winkte ab, obwohl sein Magen rotierte und sich seine Kehle schmerzhaft zuzog. »Fang gar nicht erst an, mir solchen Unsinn einzureden«, entgegnete er. »Übrigens habe ich schlechte Neuigkeiten für dich. Deine neue Freundin wurde geklaut.«

Kjartan schaute ungläubig Richtung Schlafzimmer. »Was meinst du?«

»Das, was ich gesagt hab. Die neue schwarzhaarige. Sie war

fertig. Verpackt und in der Kiste. Ich musste sie nur noch auf die Ladefläche schmeißen und zu dir fahren. Ich mache dir natürlich eine neue, und du bekommst fünfzig Prozent Rabatt wegen der Verspätung.« Sveinn spürte sofort, wie erleichtert er war, mit dieser Entschuldigung den Preis mindern zu können.

Kjartan starrte ihn mit angespannten Oberarmmuskeln an. Seine Schultern hoben sich, so als bereite er sich auf einen Kampf vor. »Ist jetzt etwa auch noch bei dir eingebrochen worden? Wo du schon so viel durchmachen musstest?«, sagte er und hob die Augenbrauen, mit Lachfältchen in den Mundwinkeln.

Sveinn schüttelte den Kopf und trommelte mit den Fingern gegen die Tischkante. Als er kurz davor war, es auszusprechen, kochte Wut in ihm hoch.

»Ich hatte gestern Abend einen unerwarteten Gast. Eine Frau, die ich noch nie gesehen habe. Eigentlich war es wie in der Geschichte von Goldlöckchen und den drei Bären. Sie hat von meinem Essen gegessen, sich in meinen Sessel gelegt, von meiner enormen Männlichkeit profitiert, indem ich ihr den Reifen gewechselt habe, und anstatt mich damit zu entlohnen, meinen Fußboden zu schrubben oder meine Freundin zu werden, oder was auch immer Goldlöckchen gemacht hat, hat sie mir die Schwarzhaarige geklaut.«

»Tja, Undank ist der Welten Lohn«, konterte Kjartan lachend.

»Nicht, dass ich die geringste Ahnung hätte, was sie mit ihr vorhat«, fügte Sveinn hinzu.

»Hehehe«, klang es von Kjartan, während er sich anschickte, etwas Vorhersehbares über zwei Weiber, die es miteinander trieben, zu sagen.

»Sag's nicht, ich hab keine Lust, mir das anzuhören.«

»Warum bist du denn so furchtbar empfindlich?«, sagte Kjartan. »Bist du eifersüchtig auf die Schwarzhaarige? Hättest du lieber selbst in Goldlöckchens Kofferraum gelegen und ihr später mal kurz unter den Rock geschaut? Der solltest du keine Träne hinterherweinen. Der Schwarzhaarigen geht es in den Krallen dieser Frau bestimmt nicht gut, und dir würde es nicht anders ergehen. Ist das nicht dieselbe, die dir diese nette Postkarte geschickt hat?«, fügte er hinzu und wedelte mit der Karte wie mit einem Fächer.

Sveinn stand ungeduldig auf und ließ seinen Blick durch den Raum schweifen. »Wo ist deine alte Freundin?«, fragte er und sah Kjartan direkt ins Gesicht.

»Im Schlafzimmer«, antwortete Kjartan und schaute herausfordernd zurück.

»Hast du sie endlich ausprobiert?«

»Das ist ja wohl nicht so dringend«, antwortete Kjartan. »Die Kleine ist noch so jung und schaut mich immer so unschuldig an, wenn ich ihr das vorschlage.«

»Ist sie so jung?«, fragte Sveinn und zwang sich zu lachen. »Die ist Körpermodell Nummer drei mit Brüsten wie Wassermelonen. Ich kapiere nicht, warum du Geld an etwas verschwendest, das du nicht benutzt. Warum kaufst du dir nicht lieber einen Hund?«

»Warum betreibst du nicht lieber eine Hundezucht?«, entgegnete Kjartan. »Du vögelst sie doch auch nicht!«

»Am Anfang schon, als ich das Fahrgestell entwickelt hab«, sagte Sveinn, »und ich garantiere dir, dass es gut ist. Keine Angst, da gibt's keine fressende Vagina.«

»Setz dich«, sagte Kjartan. »Setz dich und komm runter. Der Kaffee regt dich nur auf. Du weißt, dass ich das nicht so meine. Warum darf ich nicht Spaß daran haben, diese Schätzchen zu sammeln, auch wenn ich nicht den ganzen Tag mit ihnen bumse? Bist du sicher, dass du kein Bier willst?«

Sveinn schüttelte den Kopf, aber Kjartan, der schon auf dem Weg in die Küche war, bemerkte es nicht.

»Wie heißt diese Frau?«, fragte Kjartan, nachdem er zwei offene Flaschen auf den Tisch gestellt und sich in den Sessel geklemmt hatte. »Wie alt ist sie? Wie sieht sie aus? Wo wohnt sie? Hast du dir ihr Autokennzeichen gemerkt, als du den Reifen gewechselt hast? Wir finden sie und bitten sie freundlich, das Teil zurückzugeben. Und dann kaufe ich dir die Kleine ab, wie vereinbart. Es macht ja nichts, dass sie schon ein bisschen Lebenserfahrung hat, wenn ich sie übernehme.«

Er grunzte zufrieden, zog einen Hausschlappen aus, kratzte sich an der Ferse und schlüpfte wieder hinein, ohne Sveinn aus den Augen zu lassen.

»Sie heißt Lóa, oder besser gesagt Ólöf, sie ist blond und wohnt in der Weststadt in Reykjavík«, sagte Sveinn. »Fünfunddreißig vielleicht, und natürlich hab ich mir die Autonummer nicht gemerkt. Ich war todmüde und hatte keinen Grund, ihr zu misstrauen. Sie schien kein besonderes Interesse an meinen Sachen zu haben.«

Sveinn zog seine Jacke aus, die ihn plötzlich einengte, und war genervt von seiner eigenen Ratlosigkeit. Vielleicht war es auch nur Erschöpfung. Seine Glieder waren immer noch schwer, obwohl er gut geschlafen hatte und schon wieder hungrig war.

»Zuerst habe ich natürlich überlegt, sie zu suchen«, fügte er hinzu. »Mir war nicht direkt klar, dass das eine hoffnungslose Idee ist. Wie soll ich das denn anstellen? Mit einem Messer durch die Weststadt laufen, überall anklopfen und ein Kreuz in die Tür ritzen, wenn ich mich davon überzeugt habe, dass da keine Ólöf wohnt?«

»Klar ist das möglich«, sagte Kjartan. »Keine Frage. Wir wohnen schließlich nicht in einer Großstadt, hier helfen einem alle. Irgendjemand muss sie doch gesehen haben.«

Es war völlig offensichtlich, dass Kjartan Sveinn seine Hilfe aufzwingen würde, ob er nun wollte oder nicht. Sveinn wusste nicht, ob er sich darüber freuen oder ärgern sollte.

»Sie hat ihren Mantel vergessen«, sagte er und betastete seinen gefühllosen Finger. Es war, wie einen toten Gegenstand oder den Finger eines anderen Menschen anzufassen.

Kjartan setzte sich gespannt im Sessel auf. »Hast du in die Taschen geschaut?«

»Klar habe ich das, sie waren vollkommen leer, wie zu erwarten. Diebe lassen nur selten ihren Ausweis da, wenn sie was geklaut haben.«

»Wenn sie schon ihren Mantel dalässt, wäre ihr das durchaus zuzutrauen«, sagte Kjartan. »Was war es denn für einer?«

»Ein weißer Wollmantel mit hellgrünem Futter, was spielt das denn für eine Rolle?« Sveinn hatte plötzlich Mitleid mit dieser Lóa, an deren Aussehen er sich kaum noch erinnern konnte, außer, dass ihre Haarfarbe *Honey-Golden-Susie* war und ihr Gesicht ein bisschen an den Typ der Schwarzhaarigen erinnerte, die sie später gestohlen hatte. Vielleicht hatte sie sie ja deshalb geklaut. Fühlte er sich ihr etwa irgendwie verbunden? Wer kannte schon die Denkweise von Frauen am Rande des Nervenzusammenbruchs? Er schüttelte den Kopf und fügte hinzu: »Die Arme war ziemlich aufgewühlt. Gut möglich, dass sie die Puppe in ein paar Tagen zurückbringt, wenn sie sich wieder gefangen hat. Vielleicht entschuldigt sie sich dann auch.«

»Du solltest zumindest mit der Polizei reden und dir eine Kopie des Protokolls besorgen, damit du was von der Versicherung kriegst«, sagte Kjartan. »Und mal hören, was die Polizei zu dem Drohbrief sagt.«

»Ich bin nicht versichert und hab keine Lust, wegen einem schlechten Witz alle Leute verrückt zu machen.«

Kjartan starrte Sveinn mit einer Sorgenfalte zwischen den Augen an. »Du bist ja wirklich ein Schaf im Schafspelz.«

»Zumindest habe ich nicht nur billigen Fernsehtrash im Kopf wie andere«, sagte Sveinn, während er aufstand, und versuchte, seine Worte mit einem linkischen Grinsen zu entschärfen. Kjartan konnte fiese Bemerkungen ausgesprochen gut ertragen, aber das war wahrscheinlich das Letzte, was er hören wollte.

Sveinn machte sich mit der Wachsjacke unter dem Arm auf den Nachhauseweg. Die Wärme, das Licht, die knospenden Bäume, ein Flugzeug, das einen Kreidestreifen an den blauen Himmel malte – alles hatte es nur darauf abgesehen, auf seine Brust zu drücken und seine Gedanken aus den gewohnten Bahnen zu werfen. Ihm fehlte etwas, aber er wusste nicht, was. Nein, nicht noch mehr nervtötende sonnenvergoldete Hausdächer und glitzernde Meeresoberflächen, die ihn in Unruhe versetzten, sondern etwas anderes. Nicht mehr Kaffee, nicht mehr Bier, nicht mehr von irgendwas, das er aus der Realität oder aus der Fantasie kannte, sondern etwas, das er noch nie erlebt oder gedacht hatte. Etwas, das es vielleicht nicht gab.

Bei merkwürdigen Empfindungen gab es immer dieselbe unfehlbare Abhilfe: mehr zu arbeiten. Aber heute war er zu müde, um noch etwas zu tun. Er wusste, dass er durchdrehen würde, wenn er sich mehrere Tage lang ausruhte.

Gestern Abend war er in einem kritischen Zustand gewesen, ohne es zu merken. Jetzt hatte er den Eindruck, dass er kein Mensch, sondern ein Tier gewesen war, dass er eine Frau in einer brenzligen Situation zu sich eingeladen und nur daran gedacht hatte, welchen Nutzen sie ihm bringen könnte.

Na ja, er hatte diesen bombenfesten Reifen gewechselt, aber

erst hatte sie stundenlang warten müssen, und er hatte sie die ganze Zeit spüren lassen, was für Umstände sie ihm machte. Es wäre besser gewesen, Kjartan anzurufen und ihn zu bitten, ihr zu helfen. Kjartan hätte davon noch tagelang gezehrt, und die Frau wäre zu einer anständigen Zeit nach Hause zu ihren Kindern gekommen, anstatt steif und müde, vielleicht mitten in der Nacht, in einem fremden Sessel aufzuwachen, der nicht besonders bequem zum Sitzen war, geschweige denn zum Schlafen.

Es war ihm ganz recht geschehen, dass sie das arme Püppchen mitgenommen hatte. Bestand Hoffnung, dass sie es zurückbrachte? Vielleicht würde sie es nicht schaffen, ihm von Angesicht zu Angesicht gegenüberzutreten, aber sie konnte die Puppe ja draußen ablegen, sie auf die Wiese legen, so dass sich ihr Haar über die Grashalme ergoss.

Das wäre alles andere als ein hässlicher Anblick. Die Schwarzhaarige war eines der schönsten Produkte, die er je angefertigt hatte, sie war so gut wie perfekt. Er hatte selbst beträchtlichen Einfluss auf das Resultat gehabt. Kjartan hatte ihn gebeten, ihn zu beraten, und am Ende sämtlichen Vorschlägen mit respektvoller Zurückhaltung zugestimmt.

Sveinn blieb mitten auf der Straße stehen und begutachtete das Haus, in dem er wohnte. Die fensterlose Baracke und die weiße Betonwand des Anbaus. Die tomatenroten Fensterrahmen, die er an einem nebelgrauen, frostfreien Tag letzten Monat endlich gestrichen hatte, im Vertrauen darauf, dass es nicht regnen würde.

Es hatte nicht geregnet.

Er mochte dieses Haus, wollte aber nicht reingehen. Noch nicht. Er wollte draußen bleiben und spüren, wie sich seine Brust durch einen frühlingshaften Urschrei, der in ihm anschwoll, weitete. Das Einzige, was er brauchte, war ein Vorwand. Ziellose Spaziergänge konnte er nicht ausstehen. Die waren was für Dichter und Leute, die abnehmen mussten.

Als Sveinn hinter sich ein Auto näherkommen hörte, trat er an den Straßenrand, und da fiel ihm ein, dass er Glühbirnen, Geschirrspülmittel und ein paar Lebensmittel benötigte. Er machte auf dem Absatz kehrt und ging zur Einarsbúd. Es machte nichts, dass er kein Geld dabeihatte; er würde bis zum nächsten Mal anschreiben lassen.

Die Meeresbrise zerzauste sein Haar und brauste in seinen Ohren, aber die Luft war dennoch ziemlich warm. Der Frühling hatte sich eingeschlichen, während er sich drinnen mit saurem Silikongeruch herumgeschlagen und nichts Vernünftiges gedacht hatte. Nichts als den nächsten Handgriff im Kopf und den übernächsten und überübernächsten. Wie viele Gussformen von jener Sorte er brauchte. Soundso viele Kilo Silikonpulver, soundso viele Liter Härtemittel, ein bisschen Farbe in die erste Mischung, gut, aber vorsichtig umrühren. Das Skelett aus Stahl und Glaswolle zur letzten Ruhe in die makellose Hauthülle betten, Vorder- und Rückseite zusammenkleben und dann die letzte Schicht überpinseln. Immer dasselbe und in derselben Reihenfolge. Genial oder trostlos, je nachdem, wie man es sah.

Er stieß die Ladentür auf und stolperte fast über ein kleines Kind auf einem Dreirad, das zu ihm hochstarrte. Mit seiner grünen Kniehose, seinem blauen, gestrickten Kapuzenpulli und schulterlangem Engelshaar hätte es sowohl ein Mädchen als auch ein Junge sein können.

Lebensmittelgeschäfte verstärkten den Nebel in Sveinns Kopf gewaltig und stressten ihn, sei es wegen seiner Entscheidungsunfähigkeit oder aus einem anderen Grund. Meistens plante er genau, was und in welcher Reihenfolge er einkaufen wollte, aber diesmal war er gedankenversunken und schlecht vorbereitet. Außerdem hatte er das Gefühl, beobachtet zu werden, und dachte darüber nach, wie viele Leute im Laden wohl den Artikel über den Selbstmord gelesen hatten, wie viele wussten, wer er war, und im Geiste ihren ganzen Hass auf die moderne Welt an ihm ausließen. Wer von ihnen sein Foto in der Zeitung genau studiert und geglaubt hatte, in seinen Gesichtszügen etwas Unanständiges zu sehen, dann mit einer Mischung aus Zufriedenheit und Grauen erschauert war, weil eine solche Skandalmeldung ihren Ursprung *direkt hier im übernächsten Haus* hatte.

Anstatt sich unter dem neugierigen Blick des Kindes einmal um sich selbst zu drehen, beschloss er, direkt auf das Regal mit den Glühbirnen zuzusteuern und sich in aller Ruhe einen Plan zurechtzulegen, während er die passenden Birnen in den Korb legte. Er brauchte mindestens zwei kleine Vierzig-Watt-Birnen mit dünnem Gewinde und ein paar normalgroße Sechzig-Watt-Birnen mit dickem Gewinde.

»Guten Tag, Sveinn«, sagte jemand hinter ihm – mit prahlerischer, aber heller Stimme, die er zu kennen meinte, ohne zu wissen, woher. Als er sich umdrehte, war er nicht viel schlauer. Der Junge, der ihn angesprochen hatte, sah vertraut aus, mehr aber auch nicht. Klein und blond mit einem runden Gesicht und noch nicht im Stimmbruch, obwohl er bestimmt in dem Alter war.

»Komisch, dass ich Sie gerade jetzt treffe«, sagte der Junge und spielte lässig mit einem winzigen Handy der teuersten Sorte – Gold mit schwarzen Tasten. »Ich hab mich schnell von Kjartan verabschiedet, als ich Sie gesehen hab. Er hat angerufen, um mir die Geschichte zu erzählen. Das ist ja ganz schön blöd für Sie, Mann.« Als er merkte, dass Sveinn ihn nicht erkannte, fügte er schnell hinzu: »Ich heiße Lárus, wir haben uns mal bei Kjartan getroffen, als er ein halbes Jahr zu spät seinen Geburtstag gefeiert hat. Oder ein halbes Jahr zu früh.«

»Ach ja«, sagte Sveinn desinteressiert. »Hallo.« Er versuchte, freundlich zu nicken, wusste aber nicht, ob sich ein Lächeln oder eine verwirrte Grimasse über sein Gesicht zog. Er wollte sich schnell an dem Jungen vorbeiquetschen und sich dabei verabschieden, aber der versperrte ihm den Weg, ohne seinen Eifer verbergen zu können. Er stand direkt neben Sveinn, beugte sich ungeachtet dessen aber noch näher zu ihm, so dass es fast aussah, als wolle er ihn über den Einkaufskorb mit den Glühbirnen hinweg an sich drücken.

»Die Sache ist die, ich glaube, ich erinnere mich an sie«, sagte er leise.

Sveinn schwirrten die Ohren vor Verständnislosigkeit. Er hatte keine Ahnung, was der Junge meinte und was er ihm antworten sollte. Jegliches Gefühl für die Zusammenhänge in der Welt wurde weggesogen und ließ ihn in einem schwindelnden Vakuum zufälliger Wörter und Handlungen zurück.

Er spürte das primitive Verlangen, den Jungen wegzustoßen, lehnte sich aber nur zurück, schaute ihn argwöhnisch an und versuchte so auszusehen, als hätte er kein Interesse daran, dieses wirre Gespräch fortzusetzen.

»Ich hatte heute Morgen um acht Uhr Schicht«, flüsterte der Junge mit erregt glänzenden Augen. »Sie war eine der Letzten, die bei mir durchgefahren sind. Sie muss es gewesen sein. Samstagmorgens ist eigentlich so gut wie nie Verkehr.«

Sveinn nickte, erst langsam und dann schneller, als ihm klar wurde, dass der kleine Lárus an der Kasse am Eingang zum Hvalfjördur-Tunnel arbeitete.

»Ich bin auf sie aufmerksam geworden, weil ich zuerst dachte, sie würde weinen, aber als sie die Fensterscheibe runtergekurbelt hat, habe ich gesehen, dass sie nur komisch aussah und ziemlich aufgelöst war. Ich weiß nicht mehr, ob sie mit Karte oder bar bezahlt hat. Wenn sie mit Karte bezahlt hat, können wir sie verfolgen wie eine Kuh in den Stall. Wenn nicht, finden wir sie trotzdem. Es gibt Kameras.«

Sveinn beschlich der alberne Gedanke, dass sich der Junge für illegale Infos bestechen lassen wollte, aber er musste sich dessen Aktionismus nur lange genug anschauen, um zu begreifen, dass es ihm nur um den Nervenkitzel ging.

»Und du darfst solche Infos einfach so rausgeben?«, fragte Sveinn und zwang sich, kerzengerade und ganz ruhig stehen zu bleiben, um nicht gegen die Glühbirnen hinter sich oder gegen den Jungen zu stoßen, der ihm wie ein schwänzelnder Köter vorkam.

»Meine Tante ist Schichtleiterin. Sie hat mir erklärt, wie das Kartengerät funktioniert, weil sie keine Lust hat, die Abrechnung immer selbst auszudrucken. Wenn wir Bilder brauchen, kann ich sie bestimmt überreden, uns zu helfen.«

»Du armer, armer Junge«, dachte Sveinn. »Brauchst du einen Krieg oder eine Naturkatastrophe, um dich wichtig zu fühlen? Dir steht ja schon der kalte Schweiß auf der Stirn aus Gier, einer nervenschwachen Frau auf den Hals gehetzt zu werden, als Entschädigung für deinen ganzen Überdruss an der Welt.«

Laut sagte er: »Ich wollte eigentlich die Polizei anrufen und denen die Sache überlassen.«

Das war alles andere als die Wahrheit. Er hatte nichts Derartiges vor. Er würde vielleicht mit dem Auto nach Reykjavík fahren, falls er Hoffnung hatte, die Puppe zurückzubekommen, aber bestimmt keinen öffentlichen Zirkus daraus machen, bei dem jeder Idiot seine Künste präsentieren konnte. Die Sache wurde ihm immer unangenehmer, je mehr Leute sich einmischten.

»Aber trotzdem danke, mein Junge«, fügte er hinzu. »Wenn du zufällig auf ihren Namen und ihre Adresse stößt, kannst du mich ja anrufen.«

Er hatte den Satz gerade beendet, als der enttäuschte Junge schon sein Handy zückte.

»P-I-N-O-C-C-H-I-O«, buchstabierte er laut.

»Wieso Pinocchio?«, fragte Sveinn.

Der Junge schaute schnell auf, und Sveinn sah, dass er erschrocken war.

»Geschickt«, dachte er, als es dem Jungen gelang, seine Verlegenheit in den Griff zu bekommen und beiläufig zu sagen: »Sie werden Pinocchio genannt, wussten Sie das nicht?«

»Nein, wusste ich nicht«, sagte Sveinn und musste grinsen. »Wieso Pinocchio?«

Der Junge zuckte mit den Achseln und sagte: »Sie wissen schon, Pinocchio, der Junge aus Holz. Äh, das ist nicht böse gemeint. Die meisten bekommen irgendwann Spitznamen, außer sie sind so uninteressant, dass die Leute gar nicht über sie reden. Machen Sie sich keine Gedanken darüber.«

»Es wird mir schon nicht den Schlaf rauben.« Sveinn lachte schrill, benutzte das Lachen als Vorwand, um den Jungen wegzuschieben, und leierte über die Schulter seine Telefonnummer herunter, in Richtung des gebeugten, blonden Schopfes und des Daumens, der über den schwarzen Tasten zuckte.

# VI

## Samstagabend bis Sonntagmorgen

Es war kurz vor Mitternacht, und Ína war eingeschlafen, erschöpft und sauber, nachdem sie geholfen hatte, die Küche aufzuräumen, und sich über eine Stunde im Badezimmer vergnügen durfte. Sie saßen am Esszimmertisch; Björg mit der dritten oder vierten Tasse Kaffee und Lóa auf bestem Wege, die Rotweinflasche zu leeren.

»Also dann«, sagte Björg, stand auf, schaute mit wehmütigem Blick auf die orangeroten Reste der Nachtsonne, die den Sund und die Esja, an deren Hängen immer noch Schnee lag, vergoldeten. Sie öffnete das Fenster, die Kälte strömte herein und trug einen sanften Geruch von Erde und Tang mit sich.

Lóa wollte unbedingt, dass Björg noch etwas wach blieb. Der Inhalt der Flasche ruhte schwer und sicher in ihrem Magen wie ein Schatz auf dem Boden einer Kiste und stachelte ihr Verlangen an, sich weiter unter die Oberfläche der Dinge zu reden.

Björg, die vor ein paar Wochen bei ihrem Freund ausgezogen war, versuchte, eine Wohnung zu finden. Die Gier der Vermieter, die Verzweiflung der Wohnungssuchenden, die bereit waren, noch mehr zu zahlen, wenn die Miete ohnehin schon zu hoch war. Nun wohnte sie abwechselnd bei Lóa und bei ihrer Mutter und erging sich in Dankbarkeit, bis sie zugab, sich selbst auf die Nerven zu gehen. Sie säße schon wieder auf der Straße, bis über beide Ohren verschuldet, oder zumindest bis zum Nabel, und alle außer Lóa hätten sie aufgegeben. Die Leute hätten keine Lust mehr, sich ihr ständiges Gejammer über ihr Unglück anzuhören, das sich endlos wiederholte, immer wieder.

»Es muss wohl ein Wunder geschehen, damit meine Mutter und du mich irgendwann loswerdet«, hatte sie gesagt und müde gelacht. Und jetzt stand sie am offenen Fenster und zündete sich eine Zigarette an. Schwieg und schaute hinaus.

»Warte mal, bin gleich zurück«, sagte Lóa und spürte ihre schweren Glieder, als sie aufstand. Erstaunlicherweise ohne zu schwanken, ging sie in den dunklen Flur, der sie an einen anderen Flur erinnerte, in dem sie vor hundert Jahren oder lediglich in ihrer Fantasie gewesen war. Dort hatte sie sich auf der Suche nach dem Badezimmer vorwärts getastet und stattdessen etwas ganz anderes gefunden. Einen fremden Männerhintern auf einer harten Bettkante, eine Puppenwerkstatt und ein dunkelhaariges Teufelsweib, das sie, ohne auch nur ein Wort zu sagen, zur Verbrecherin gemacht hatte. Ohne mit der Wimper zu zucken.

Sie klopfte sanft mit dem Fingerknöchel an die Tür und öffnete, ohne eine Antwort abzuwarten.

Margrét hatte die Verdunkelungsvorhänge zugezogen, lag ganz hinten im Bett auf dem Rücken, direkt an der Wand, und ihre Augen, merkwürdig wach in ihrem schlaffen, welken Körper, verfolgten Lóas Bewegungen. Das einzige Licht kam von dem großen Wecker mit den leuchtenden Digitalziffern und, wie es schien, vom Weiß in Margréts Augen – dem weißesten Weiß, das Lóa je gesehen hatte, außer vielleicht bei ganz kleinen Kindern.

Als Margrét ins Krankenhaus eingeliefert wurde, war das Weiß sonderbar gelb gewesen, was nach Aussage der Ärztin von der verminderten Lebertätigkeit herrührte – aber jetzt war es wieder strahlend weiß. Das musste ein gutes Zeichen sein.

Die Puppe saß immer noch an derselben Stelle im Sessel neben dem Bett, mit Ínas buntem Blumenhut auf dem Kopf – Ína war bestimmt am Abend in Margréts Zimmer geschlichen, ohne dass Lóa es gemerkt hatte. Die Kleine war natürlich neugierig auf die Puppe, obwohl Lóa überrascht war, dass sie sie beim Abendessen mit keinem Wort erwähnt hatte.

Margrét nahm im Bett so gut wie keinen Platz in Anspruch. Die große, leere Fläche neben ihr bot einen genauso ergreifenden Anblick wie sie selbst mit ihren scharfen Wangenknochen und hervorstehenden Augen, und Lóa hätte sich am liebsten zu ihr gelegt, um sie zu wärmen, ihr das Haar aus der Stirn zu streichen und die Leere neben ihr zu füllen, aber sie wusste, dass Margrét das nie zulassen würde.

»Kannst du nicht schlafen, mein Schatz?«, fragte Lóa.

Margrét zuckte gleichgültig mit der Achsel.

Lóa fragte sie nicht, ob sie sich mit der Puppe besser fühlte, denn sie wusste, dass Margrét, unabhängig davon, ob ihr die Sache gefiel, ohnehin eine patzige Antwort geben würde. Außerdem war die Puppe nicht nur als Aufmunterung gedacht, sondern auch als eine Art Medikament.

Lóa umfasste die Hände der Puppe – es war nicht so, wie die Hände einer schlafenden Person zu berühren, sondern fast so, als würde die Puppe ihren Griff erwidern –, wuchtete sie vom Sessel hoch, ließ sie dann vorsichtig aufs Bett gleiten und legte sie neben Margrét, halb auf die Bettdecke.

Margrét würdigte die Puppe keines Blickes, sondern schaute ihre Mutter weiter an. Sie sagte nicht: »Du riechst nach Alkohol, Mama« oder: »Du bist verrückt.« Aber vielleicht dachte sie beides.

Lóa nahm die zusammengelegte Wolldecke von der Sessellehne und breitete sie über die Puppe. Es war zu kühl, sie ohne Decke daliegen zu sehen, obwohl sie einen Schlafanzug anhatte, dessen Oberteil bis zum Hals zugeknöpft war.

Margrét drehte sich weg und schloss die Augen, und Lóa tat so, als sei alles ganz normal, als würde Margrét wirklich einschlummern und als sei sie eine dieser stocknüchternen Mütter, die jeden Abend fernsahen. »Gute Nacht«, flüsterte sie und zog leise die Tür zu.

Als sie zurück ins Esszimmer kam, hatte Björg die Beine übereinandergeschlagen und blätterte in einer alten Ausgabe von *Lebendige Wissenschaft*. Björgs Kurzsichtigkeit wurde schlimmer, wenn sie müde war, und da sie sich so über die Zeitschrift beugte, musste sie müde sein. Aber sie schien Lóas Bedürfnis nach Gesellschaft bemerkt zu haben.

Björg legte die Zeitschrift weg und sagte: »Ich hab dich noch nie klagen oder jammern hören – noch nicht mal in Situationen, die jeden anderen ziemlich fertig machen würden.«

Lóa schüttelte vehement den Kopf. »Das ist doch Unsinn.« Trotzdem drang das Lob in einen empfindlichen Teil ihres Gehirns, den der Wein noch nachgiebiger gemacht hatte. Immer, wenn die Sprache auf klagende Frauen kam, regte sie sich auf und wollte auf keinen Fall so sein.

»Wie geht es dir denn eigentlich, Liebes?«, fragte Björg. »Ist es ein Geheimnis, was du letzte Nacht gemacht hast?«

Lóa schüttelte wieder den Kopf. »Ich wollte nicht die ganze Nacht wegbleiben.«

»Was wolltest du denn?«

»Ich hab nur einen Ausflug gemacht, nach Akranes.«

Björg lachte. »Nach Akranes? Kennst du da jemanden?«

Lóa musterte ihre Fingernägel, knabberte an einem, besann sich dann und ließ ihre Hand in den Schoß fallen. Sie hatte ihr ursprüngliches Anliegen fast vergessen, und als sie jetzt davon erzählen sollte, fand sie es idiotisch. Sie konzentrierte sich darauf, ihren Bericht so zu gestalten, dass sie das Schlimmste für sich behielt. Sie traute sich zum Beispiel nicht, Björg zu sagen, dass ihre ursprüngliche Rechtfertigung dafür, die Mädchen zwei Stunden lang alleine zu lassen, die gewesen war, dass sie dann vielleicht nichts trinken würde. Und sie hatte plötzlich das dringende Bedürfnis gehabt, so weit wie möglich von diesem Haus wegzukommen, das sie immer mehr einengte, bis sie sich wie lebendig begraben fühlte.

»Erinnerst du dich noch an Marta? Die kleine, alte Frau, die letzten Winter auf die Mädchen aufgepasst hat?«, fragte Lóa und bekam einen trockenen Mund bei dem Gedanken an die Ereignisse, die sie gerade heraufbeschwor.

Björg winkte ab und sagte: »Dunkel. Ich war zu der Zeit so besessen von dem rothaarigen Börsenmakler, dass ich dich nicht gerade oft besucht habe.«

»Ja, wir haben dich schmerzlich vermisst«, sagte Lóa und musste kurz nachdenken, bevor sie weitersprach: »Marta war ein bisschen seltsam, aber nett zu den Mädchen, und sie hat alles sauber gehalten, ohne dass ich sie besonders darauf hinweisen musste. Ich hatte das Gefühl, sechs Richtige im Lotto zu haben, und dachte, sie würde ein Teil unseres Lebens werden, auch wenn Ína keine Betreuung mehr bräuchte. Sie war alleinstehend, und wir hätten ihre Familie sein können.«

Björg nickte, und die Müdigkeit in ihren Augen wurde von Neugier verdrängt.

»Aber dann hat Ína irgendwann erzählt, sie hätte Glasstückchen in dem Sandwich gefunden, das Marta ihr für die Schule geschmiert hatte. Sie hat immer wieder davon geredet, so als sei das wirklich passiert. Schließlich habe ich sie gefragt, ob das öfter als einmal passiert wäre. Sie sagte, es sei nur das eine Mal passiert, und ich musste es ihr einfach glauben, zumal sie ganz begeistert war von Marta und überhaupt keinen Grund hatte zu lügen. Ich habe mich aber nicht getraut, Marta weiter zu beschäftigen, und sie rausgeschmissen, obwohl wir das alle bedauert haben. Besonders Margrét. Margrét hat Marta viel mehr vertraut als mir, und manchmal war ich ein bisschen eifersüchtig, aber doch in erster Linie froh, dass sie jemanden hatte, dem sie sich anvertrauen konnte.«

Lóas Augen füllten sich mit Tränen, aber sie behielt ihre Stimme unter Kontrolle. »Margrét war schon immer so verschlossen. Sie unterdrückt sämtliche Gefühle. Schon als sie ganz klein war, bevor sie sprechen gelernt hat. Kinder sind unkontrolliert, sie lassen alles raus, Margrét nicht. Es ist, als wäre sie mit dieser Selbstkontrolle auf die Welt gekommen.«

Björg stand auf und ging wieder zum Fenster. Spielte mit dem Mobile, das Ína Margrét zu Weihnachten geschenkt hatte: weiße Engelchen aus Ton mit gelben Trompeten. Björg piekste ihnen in den Bauch, schaute zu, wie sie schwebten, und sagte: »Ich weiß. Margrét war schon immer speziell, das bravste Kind, das ich je kannte. Ich weiß noch, als ich das erste Mal auf sie aufpassen sollte, da hast du mich gebeten, auf keinen Fall laut zu werden. Es würde reichen, ihr ganz ruhig Anweisungen zu geben. Und das stimmte, sie hat sofort alles gemacht, was ich gesagt habe. Ich hätte sie am liebsten behalten.«

»Du kannst ruhig am Tisch rauchen«, sagte Lóa. »Wir lüften nachher einfach ausgiebig.«

Björg setzte sich und steckte die Hände tief in ihre Hosentaschen. Die empfindsamen Züge um ihren Mund gaben zu erkennen, wie nah ihr Margréts Krankheit ging.

Lóa schaute weg. Merkwürdig, dass sie zwar ein großes Bedürfnis nach Anteilnahme hatte, es aber nicht ertragen konnte, wenn sie sie bekam. Sie erzählte weiter, obwohl sie immer angespannter wurde:

»Marta hat nur gelächelt und so getan, als sei gar nichts passiert, als ich ihr gekündigt habe. Es war unheimlich, so als sei sie gar kein Mensch. Es ist schwer, das jemandem zu beschreiben, der nicht dabei war, aber ich hatte den Eindruck, einer Person gegenüberzustehen, die keine Ahnung hat, welche Gefühle angemessen sind. Ich habe eine unbeschreibliche Abscheu gegen sie entwickelt. Mir ist klar geworden, dass ich sie die ganze Zeit nicht leiden konnte, es mir aber nie eingestanden habe, und ich war richtig erleichtert, als sie weg war. Ich hatte keine Zweifel mehr, dass es die richtige Entscheidung war.« Lóa schaute zu Björg, die tiefe Falten zwischen den Augen und den Mund halb offen stehen hatte, als sei sie sich nicht sicher, ob sie das richtig verstanden hätte.

»Ich verstehe dich nicht«, sagte sie. »Warum wolltest du unbedingt, dass sie sich schlecht fühlt, wenn du ihr kündigst? Sie kann doch ihre Gründe gehabt haben, so zu reagieren.«

Lóa schüttelte schon den Kopf, bevor Björg ihren Satz beendet hatte. »Nein«, sagte sie. »Erstens hat sie die Mädchen vergöttert und immer so geredet, als sei sie sich sicher, mit ihnen zusammenzubleiben, bis sie stirbt. Sie hat von der Zukunft geredet, als gäbe es nichts Selbstverständlicheres. Was sie Margrét zur Hochzeit schenken würde, falls sie diesen gesegneten Tag noch erleben dürfte, und so weiter. Zweitens war sie naiv genug, mir zu erzählen, dass sie außer mir keiner einstellen wollte. Nein, niemand in ihrer Situation hätte sich ohne Murren damit abgefunden. Es war so, als wüsste sie nicht, dass sie volles Anrecht darauf hätte, enttäuscht zu sein und eine Erklärung zu verlangen. Es war, als hätte sie keine Ahnung, dass es normal ist, traurig oder sogar wütend zu sein und zu weinen. Darauf hatte ich mich vorbereitet und ihr sagen wollen, dass sie natürlich so oft sie wollte zu Besuch kommen könnte, aber dann war ich so verwirrt, dass ich es gelassen habe. Ich hatte plötzlich eine solche Abneigung gegen sie, dass ich mich beherrschen musste, sie nicht rauszuwerfen und die Tür zuzuknallen.«

Lóa verstummte, trank ihr Glas aus und wunderte sich, dass sie noch so nüchtern war. Sie hatte einen merkwürdigen Pulsschlag ganz unten im Hals und das Gefühl, ständig schlucken zu müssen. Sie legte die Hand auf ihren Hals und fügte hinzu: »Dann ist das Au-pair-Mädchen von den Färöern gekommen und ein Jahr bei uns geblieben. Danach habe ich mir wegen Margrét frei genommen, und du weißt ja, dass ich noch niemand Neues gefunden habe. Das Letzte, was ich von Marta gehört habe, ist, dass sie in Akranes einen Platz im Altenheim bekommen hat.«

»Jetzt verstehe ich«, sagte Björg. »Du wolltest zu Marta und sie bitten, mit Margrét zu reden.«

»Nein«, sagte Lóa. »So weit wollte ich nicht gehen. Ich wollte nur überprüfen, ob sie wirklich in Akranes wohnt, und bei ihr vorbeischauen. Aber kurz hinter der Ortsgrenze ist mein Reifen geplatzt. Deshalb weiß ich noch nicht mal genau, wie das dortige Altenheim aussieht.«

»Warum hast du nicht einfach den Reifen gewechselt? Hast du im Auto geschlafen?«

Björg schaute Lóa einen Moment an, und als die Antwort auf sich warten ließ, reckte sie sich nach einer Packung Räucherstäbchen, die die letzten Monate auf der Fensterbank gelegen hatte, von der Sonne schon ganz ausgebleicht war und aussah, als sei sie ein paar mal nass geworden; das Papier war wellig und zerknittert. Björg öffnete die Packung und zog ein Stäbchen heraus, ganz vorsichtig, aber trotzdem rieselten Krümel auf die Tischplatte. Die Flamme des Feuerzeugs leuchtete grellgelb in der Dämmerung, die fast unbemerkt hereingebrochen war, so dass sie keine Lampen oder Kerzen angemacht hatten.

Lóa dachte daran, dass die Nächte noch nicht ganz hell waren, und im nächsten Moment hatte sie ein schlechtes Gewissen wegen ihrer Arbeit und saß in Gedanken am Schreibtisch. Vor sich den summenden Computer und die bronzene Lampe mit dem weißen Glasschirm. Ein großer Drachenbaum breitete sich in der Ecke aus, und eine sandgestrahlte Glaswand trennte sie vom Chefbüro.

Björg steckte das rauchende Stäbchen in die Erde einer meterhohen Birkenfeige, die Lóa schon seit Wochen nicht mehr gegossen hatte und deren dunkelgrüne Blätter schlaff herunterhingen, mit braunen Rändern von der starken Frühlingssonne. Räucherduft hüllte sie ein, und Lóa verzog das Gesicht wegen der Belastung, die die Pflanze zusätzlich zu der Vernachlässigung noch ertragen musste. Es war ihre einzige Topfpflanze, die noch lebte. Alle anderen waren bis zu den Wurzeln vertrocknet und machten das Wohnzimmer fast zu einer Wüste. An einer hing sogar ein Spinnennetz.

Als Lóa klein war, fünf oder sechs Jahre alt, hatte sie einen ganzen Nachmittag damit verbracht, das hohe Gras an der Wand in ihrem Garten zu durchforsten, Spinnenmännchen an den dünnen Beinen zu packen und sie ins Netz eines fetten Weibchens zu werfen. Jemand hatte ihr erzählt, dass die Weibchen die Männchen fressen würden. Am nächsten Morgen war sie vor Gewissensbissen ganz aufgelöst, aber auch fasziniert gewesen von der furchtbaren Macht, die sie über Leben und Tod hatte. Doch als sie hinauslief, um nachzusehen, ob das Weibchen mit der Beute zufrieden war, erstarrte sie, denn von dem Netz waren nur noch Fetzen übrig, die gespenstisch im Wind wehten, und die zusammengekrümmten Körper der Männchen, sorgfältig in hauchdünne Seide eingepackt.

»Auf dem Weg zur Hölle gibt es eine Menge wohlwollende Seelen«, sagte die erwachsene Lóa, die in ihrer Wohnung im Framnesvegur am Esstisch saß.

Björg lachte schnaubend, ließ die Flamme des Feuerzeugs eine Weile brennen und berührte dann ganz kurz mit den Fingern das heiße Metall. Ihr Bein zuckte unter dem Tisch im Takt mit einem wilden, inneren Trommelschlag, dessen Klang sich Lóa wie die Pauke einer Blaskapelle vorstellte, die schnell vorwärts marschierte. An der Wand hinter ihr befand sich eine mattgoldene Tapete mit einem glänzenden, goldenen Blattmuster, und als sich Björg an die Wand lehnte, ragten zwei lange, geschwungene Blätter wie ein leuchtendes Hirschgeweih aus ihrem Kopf.

»Ich hab die Schrauben nicht aufgekriegt, obwohl ich auf dem Felgenschlüssel geradezu rumgetrampelt bin«, sagte Lóa. »Ich hatte schon mein Handy rausgeholt und wollte gerade jemanden anrufen, da ist ein Mann aus dem Haus gekommen, vor dem ich stehen geblieben bin, nachdem ich von der Hauptstraße abgebogen war. Ich hatte keine Ahnung, wer da wohnt. Ich glaube, da war früher eine Autowerkstatt. Am Ortsrand stehen ja viele solche Baracken. Er hat mir seine Hilfe angeboten, aber gesagt, er müsste erst zu Ende essen. Ich wollte schon ablehnen, weil der Mann ziemlich unfreundlich war, aber dann hat er ein Gesicht gemacht, als würde die Welt zusammenbrechen, wenn er meinen Reifen nicht wechseln dürfte, also hab ich gedacht, es ist wohl eine Frage der Ehre, und dass er als echter Provinzler nicht mehr weiterleben kann, wenn er nicht gastfreundlich ist, sogar einem ungebetenen Gast gegenüber, der vor seinem Haus gestrandet ist.«

Björgs Bein stand still, und stattdessen nickte sie, als sei ihr der Paukenschlag zu Kopf gestiegen. Eine schwarze Locke, die sie sich sorgfältig hinters Ohr geklemmt hatte, fiel ihr in die Stirn, quer über ihre ebenso schwarzen Augenbrauen, und zusammen bildeten sie ein waagerechtes Kreuz vor einem bleichen Hintergrund. Björgs Haut war nach dem Winter oft milchig weiß, und wenn ihre Lippen röter gewesen wären, hätte die Beschreibung aus dem Märchen gut auf sie gepasst: Haare wie Ebenholz, Haut wie Schnee, Lippen wie Blut.

Lóa zögerte, unsicher, wie sie weitererzählen sollte. Wenn sie ausließ, dass sie den einschläfernden Inhalt zweier Flaschen Wein geleert hatte, würde Björg denken, sie sei einfach so mit einem fremden Typen ins Bett gegangen.

Sie atmete in zwei nervösen Zügen tief ein und fügte hinzu: »Er hat mir Rotwein angeboten, und ich habe ein halbes Glas angenommen, ich wollte es nur aus Gesellschaft trinken, oder um meine Nerven zu beruhigen oder einfach um mich für mein Unglück zu entschädigen – ich weiß nicht mehr genau, was ich gedacht habe. Wir haben uns unterhalten, und plötzlich war ich total betrunken und bin im Sessel im Wohnzimmer eingeschlafen. Gegen sechs bin ich wieder aufgewacht und habe gehofft, zu Hause zu sein, bevor die Mädchen wach werden, aber Ína war natürlich schon auf den Beinen.« Lóa lächelte müde und wunderte sich immer noch darüber, dass Ína die Puppe nicht mehr erwähnt hatte. Ausgerechnet Ína, die ein unkontrollierbares Bedürfnis hatte, alles zu erzählen, was ihr in den Sinn kam. Vielleicht hatte sie die Geheimniskrämerei ihrer Mutter gespürt – Ína war bereits Spezialistin darin, zwischen den Zeilen zu lesen.

»Du bist drei, vier Stunden, nachdem du besoffen eingeschlafen bist, Auto gefahren?«

In Lóas Innerem türmten sich in Sekundenschnelle Steine zu einer Schutzmauer auf, und sie spürte, wie sich ihre Muskeln anspannten, bevor sie ein Wort herausbringen konnte. »Was hätte ich denn tun sollen?« Ihre Stimme war fast eine Oktave höher als sonst. »Sollte ich mich an die Straße stellen und auf den Bus warten? Was glaubst du, wie ich mich gefühlt habe, als ich total verkatert in diesem Sessel aufgewacht bin, und die Mädchen alleine zu Hause? Ich mache mir schon genug Vorwürfe, da musst du nicht noch in der Wunde rumstochern!«

Björg schaute zu dem Mobile, wo sich die Engel mit den Trompeten umeinander drehten.

»Ich stochere in nichts rum«, sagte sie schließlich und zog die Ärmel ihres Pullis über ihre Hände. Sie ballte ihre Hände um die Bündchen zu Fäusten und wedelte mit den Armen. »Siehst du? Die Katze hat ihre Krallen eingezogen«, sagte sie. »Jetzt kann die Maus aus ihrem Loch kommen.«

## VII

## Samstag

Sveinn stand in der Küche auf einem Stuhl und drehte die kaputte Glühbirne aus der Fassung. Sie war so brüchig, dass er sie festhalten musste, um sie nicht aus dem Gehäuse zu lockern. Alte Farbe und rostbrauner Staub rieselten ihm in die Haare und in die zusammengekniffenen Augen. Er steckte die Glühbirne in seine Hosentasche und stützte sich mit der linken Hand an der Decke ab, während er die neue Birne aus der anderen Hosentasche fischte.

Er zwängte sie in die Fassung, und es knirschte. Als die Birne plötzlich zwischen seinen Fingern anging, erschrak er so sehr, dass er vom Stuhl springen musste, um nicht nach hinten zu kippen.

Die Glühbirne war gestern Abend am Ende der schweigsamen Mahlzeit geplatzt, nachdem er von seinem leeren Teller aufgeschaut und festgestellt hatte, dass sein Gast am anderen Ende des Tisches zu einem undefinierbaren Schattenbild geworden war.

Dieser Lóa schien es ziemlich egal zu sein, dass sie kaum mehr etwas sehen konnte, denn ihr Glas fand noch den Weg zu ihren Lippen, aber Sveinn fand es trotzdem passend, die paar Schritte zum Lichtschalter zu gehen. Doch das Licht ging nicht an, und sie hörten nur ein Schnarren und dann einen Knall.

Das führte dazu, dass sie ins Wohnzimmer wechselten, was wiederum dazu führte, dass er den Reifen völlig vergaß und keinen Gedanken daran verschwendete, warum er nicht schon längst im Bett war und Lóa ihm gegenübersaß, ausgelaugt von diesem ganzen Kummer, der ihn überhaupt nichts anging.

Als er sich dann endlich aufraffte und hinausging, um sich um den Wagen zu kümmern, war es schon zu spät. Sie konnte nicht mehr fahren, und er hatte nichts dagegen, dass sie noch ein bisschen blieb.

Er war viel zu müde gewesen, um sich darüber im Klaren zu sein, ob er mit ihr schlafen wollte, nur nicht zu müde, um die Einsamkeit zu spüren, die sich wie ein winziger Stacheldraht um sein Zwerchfell schlang.

Sveinn strich sich die Staubkrümel aus dem Gesicht und den Haaren, holte Schaufel und Handfeger aus dem Besenschrank, fegte den Tisch und den Stuhl ab, auf dem er gestanden hatte, und säuberte den Fußboden so gut es ging.

Und was nun? Er hatte die Lebensmittel in Schränke und Schubladen geräumt, ein paar Scheiben Brot gegessen, zum zweiten Mal an diesem Tag die Zeitungen gelesen und keine Lust, sich wieder ins Bett zu legen.

Seine Beine gingen automatisch Richtung Werkstatt, blieben aber mitten im Flur stehen; es war zu deprimierend, die Spuren vom Morgen zu sehen, und außerdem hatte er dort überhaupt nichts zu erledigen.

Er überlegte, zum nächsten Baumarkt zu fahren, Farbe zu kaufen und den Anbau von außen zu streichen, die Wand genauso strahlend schön zu machen wie die Fensterläden, die er letztens angepinselt hatte – aber nein, er hatte nicht genug

Energie. Heute nicht. Vielleicht morgen. Außerdem musste er die Isolierung der Baracke erneuern – das Wellblech rostete schon durch den Anstrich.

Wenn er nicht arbeitete, stand er sich selbst im Weg. Wie ein unerwünschtes Anhängsel in seinem eigenen, einsamen Dasein.

So war es nicht immer gewesen. Während des Studiums hatte er es schon genossen, frei zu haben. Seine Bekannten und Kommilitonen auf einen Kaffee getroffen, der gegen Abend oft durch Bier ersetzt wurde. Bücher über Kunst und Technologie gelesen, sogar philosophische Schriften und Romane.

Eine merkwürdige Vorstellung. Er konnte sich überhaupt nicht mehr in diesen Jungen hineinversetzen, der er früher einmal gewesen war. Hatte er wirklich gern gelesen? War er damals anspruchsvoller? Hatte das Gewölbe seines Geistes eine höhere Decke und weitere Mauern? Oder war er nur überehrgeizig und affektiert? Vielleicht hatte seine unausgesprochene Devise ungefähr so gelautet: Ich will mich nicht vor den Mädchen lächerlich machen, weil ich nicht mitreden kann, wenn sie Nietzsche oder Susan Sontag zitieren. Und ich will nicht einer dieser Schwachköpfe werden, die von nichts eine Ahnung haben und nur darauf aus sind, Geld zu scheffeln.

Falls es so gewesen war, hatte er seinen Plan bis zu einem gewissen Grad umgesetzt. Er war ein eloquenter junger Mann gewesen, und Geld interessierte ihn immer noch nicht besonders. Aber er hatte fast alles vergessen, was er gelesen hatte, und fühlte sich unwohl in Gesellschaft übermäßig intellektueller Menschen, vor allem, wenn es Frauen waren. Er hatte das Gefühl, in ihren Augen kein attraktiver Mann zu sein, sondern eine Kuriosität, über die man spaßeshalber gerne Gespräche führte, die wie in einem Woody-Allen-Film klangen. Wenn sie eine Dreiviertelstunde lang über ihn geredet hatten, glaubten sie, seine Psyche besser zu verstehen als er selbst, und ihre Achtung für ihn befand sich auf derselben Stufe wie die für die Ureinwohner von Australien oder für jene Geschlechtsgenossinnen, die ihre Armut mit Prostitution und Striptease bekämpften. Sie dichteten ihm alle möglichen Gründe für seine Berufswahl an, unbewusste Gründe, deren Wurzeln in seiner Kindheit und dem Zeitgeist lagen, von dem er sich offenbar beeinflussen ließ, weil er nicht die Voraussetzungen, also Bildung und Talent hatte, um die Perversion der Normen zu durchschauen.

Das Telefon riss ihn aus seinen Gedanken – das erleuchtete Display zeigte nur das Wort *Anonym.* »Hallo«, antwortete er, »hallo?«

Es war nichts zu hören, noch nicht einmal Atmen.

»Wer ist da?«, fragte er in die Leere hinein, und die Leere antwortete nicht, schlich sich nur von hinten an, schlich in sein Herz und seinen Kopf, bis er sich nicht mehr wirklich lebendig fühlte, sondern nur noch wie eine Hülle für sein Unbehagen und seine lächerlichen Sorgen.

Er versuchte, sich den Zuhörer am anderen Ende der Leitung vorzustellen, und sah Lóa vor sich, auf einem Chesterfield-Ledersofa bei sich zu Hause, im Unterkleid und mit ungekämmtem Haar. Sie trommelte mit den Fingern auf den Sofarücken und hörte, wie er sich wiederholte (hallo … hallo) wie ein automatischer Affe im Vergnügungspark.

»Was willst du eigentlich von mir?«, sagte er und hätte fast ihren Namen genannt, ihr gesagt, es sei alles in Ordnung. »Sag mir, wo du wohnst«, wollte er sagen. »Gib mir deine Adresse, dann komme ich und hole die Puppe ab, und wir vergessen das Ganze.« Aber er spürte, dass niemand zuhörte, nahm den

Hörer vom Ohr, schaute aufs Display und sah, dass die Verbindung abgerissen war.

Nein, er hatte nicht direkt Angst, musste aber notgedrungen der Tatsache ins Auge schauen, dass er einen Stalker hatte, wie berühmte Leute. Einen weiblichen Stalker, der ihm anonyme Drohungen schickte und anrief, um seine Stimme zu hören oder ihn nervös zu machen. Er hatte tatsächlich an Ansehen gewonnen. Stalker waren doch ein Statussymbol, oder nicht? Und weibliche Stalker waren wesentlich seltener und daher bemerkenswerter als ihre männlichen Kollegen.

Er spulte noch einmal seinen imaginären Film von Lóa auf dem Chesterfield-Sofa ab und lachte über das Unterkleid, mit dem er sie ausstaffiert hatte. Frauen trugen keine Unterkleider, außer vielleicht in alten Kinofilmen. »Als Nächstes hält sie noch eine Zigarettenspitze in der Hand und trägt Lidschatten, der sich bis zu den Schläfen zieht«, dachte er.

Er kratzte sich am Scheitel wegen des Zeugs aus der Glühbirnenfassung und überlegte, duschen zu gehen. Oder hatte er vorher noch andere Drecksarbeit zu erledigen, wo er schon mal schmutzig war? Doch, er musste das Bad putzen, vor allem das Waschbecken und die Toilette. Aber erst sollte er noch die Glühbirne im Schlafzimmer auswechseln, obwohl er sich kaum erinnern konnte, dort jemals das Licht eingeschaltet zu haben, seit er eingezogen war.

Im Schlafzimmer gab es keinen Stuhl, auf den er steigen konnte, nur einen Wäschekorb aus Bast, der ihm bis zum Knie reichte. Das weiche Holz wirkte nicht besonders stabil, aber wenn er sich anstrengte, würde er das Gleichgewicht schon halten können.

Er drückte ein paar Mal auf den Lichtschalter, ohne eine Ahnung zu haben, ob er ihn aus- oder einschaltete. »Ene, mene, miste, es rappelt in der Kiste«, murmelte er und schaltete bei jedem Wort ein oder aus. »Ene, mene, muh, und raus bist du.«

Dann stellte er den Korb in die Mitte des Zimmers und stieg darauf. Seine Beine zitterten wie bei einem neu geborenen Fohlen, als er sich anschickte, das Spiel von vorhin zu wiederholen: sich dicht neben der kaputten Fassung abzustützen und vorsichtig die Birne herauszudrehen.

Das Gewinde war gerade halb draußen, als seine Finger von einem blauen Blitz getroffen wurden und ein lähmender Schlag durch seinen Arm fuhr. Er wusste nicht, ob er zur Seite geschleudert wurde oder nach vorn fiel, aber der Boden raste auf seinen Kopf zu, ein vollkommen irrealer Boden, spottbilliges Plastikparkett. Wer auch immer diesen Fußbodenbelag ausgesucht hatte, dem war das Haus scheißegal gewesen, und dem war auch dieser ihm unbekannte Idiot scheißegal, der sich womöglich die Nase brechen würde, wenn er mit voller Wucht auf den Boden krachte.

Sveinn besaß noch nicht mal die Geistesgegenwart, sich mit den Händen abzustützen, denn nichts von alldem geschah wirklich, bis er das Knacken in seinem Knie hörte und den donnernden Schlag, als sein Oberkörper auf dem Boden krachte. Seine Stirn schlug einmal auf der lackierten Fläche auf, und dann wurde alles still. Nur die Möwen vor dem Fenster schrien weiter, und seine Kleider raschelten leise, als er versuchte, sich zu bewegen.

Nach und nach wurde der Schock von Schmerz abgelöst: Seine Schulter und sein Knie korrespondierten miteinander wie Morsegeräte im Ersten Weltkrieg, und sein Kopf schien unter einer schweren Last festzuklemmen. Seine rechte Hand war unversehrt, und Sveinn tastete damit in der Luft über seinem Kopf herum, um sicherzugehen, dass der Kleiderschrank nicht auf ihn gestürzt war, oder gar die Wand, das Dach, der Himmel.

Seine linke Schulter war doppelt so groß wie vorher, oder lag er auf etwas drauf? Unter Anstrengungen schaffte er es, den Kopf so zu drehen, dass seine Nase, die keineswegs gebrochen war, gegen einen dicken Buchrücken stieß, und seine Augen kämpften damit, die doppelten, nebelhaften Buchstaben zu fokussieren, *r… man*, las er. *Sherman.*

Es war ein dicker Schinken mit Fotos von Cindy Sherman. Ein Buch, das er vor vielen Jahren auf einer Reise gekauft, mit nach Hause gebracht und seitdem kaum angeschaut hatte. Was machte es auf dem Fußboden?

»Wer einem nicht das Rückgrat bricht, wartet auf die Gelegenheit, einem das Schlüsselbein zu brechen, ob man ihn nun kennt oder nicht«, dachte er völlig zusammenhanglos.

Er wusste nicht, wie lange er schon dort gelegen hatte, bis er endlich versuchte, auf die Beine zu kommen, hatte aber das Gefühl, jede Menge wirre Träume im halbwachen Zustand geträumt und sofort wieder vergessen zu haben. Immer wieder versuchte er, mit dem rechten Fuß aufzutreten, aber der Schmerz zog sich in seine Leiste und füllte seinen Kopf mit kochend heißem Dampf – er lähmte seine Gedanken und machte ihn noch hilfloser. Schließlich stand er auf einem Bein – nachdem er sich davon überzeugt hatte, dass es nicht möglich war, mit dem anderen aufzutreten –, hüpfte eine halbe Schrittlänge Richtung Tür, bis ihm von dem Schmerz, der wie eine wilde Trommel in seinem Schulterblatt hämmerte, schwarz vor Augen wurde.

Er legte sich schnell wieder hin, bevor er das Gleichgewicht verlor, legte sich mit unerträglichen Schmerzen kraftlos auf den Boden und versuchte, seinen Kopf in Gang zu bringen. Denken. Wo war das Telefon?

Das Telefon lag auf dem Küchentisch. Er hatte es aus seiner Hosentasche genommen, um Platz für die Glühbirnen zu schaffen. Die neue Birne in die eine Tasche, die kaputte in die andere. War das nicht wahnsinnig schlau gewesen? Jetzt lag er hier – wälzte sich auf dem staubigen Fußboden zwischen dreckigen Klamotten, die aus dem Korb gefallen waren, den er im Fall mitgerissen hatte –, und das Telefon lag dort, in weiter Ferne.

Er versuchte, sich besser zu konzentrieren, aber Schwärze legte sich über seine Augen, und im Traum wurde er in einem fremden Haus an der Wand entlanggezogen, sein Bein war am Knie abgetrennt, schwarzes Blut tropfte heraus, und sein Arm hing wie Hackfleisch in seinem durchnässten Hemdsärmel, den er sich nicht traute hochzukrempeln, er traute sich noch nicht mal, diesen Fetzen anzuschauen, der an seiner Seite herunterhing wie irgendetwas Abartiges aus dem Weltraum.

Am liebsten hätte er ihn abgerissen. Vielleicht hatte er so auch sein Bein verloren. Es hatte ihn angeekelt, und er hatte es einfach abgerissen. Was wollte er noch mal tun? Ach ja, er suchte das Telefon, das im Nachbarzimmer ununterbrochen klingelte. Oder er versuchte, das Bad zu finden. Verdammt, er musste echt pinkeln. Er legte die Hand auf den Bauch und spürte, dass er aufgeschlitzt war, spürte seine Eingeweide unter dem Hemd und hoffentlich Haut, versuchte, sie so gut er konnte zusammenzuhalten, während Panik ihn übermannte und sämtliche Gedanken auslöschte, außer, dass er nicht allein sein wollte. Auf keinen Fall. Der Tod spielte keine Rolle, wenn er nur nicht alleine sterben müsste. Warum war niemand hier, um ihm zu helfen?

»... einen Krankenwagen gerufen«, sagte jemand mit eifriger Stimme, berührte seine Stirn und legte zwei zitternde Finger auf die Schlagader an seinem Hals, um den Puls zu kontrollieren.

Sveinn schlug die tastende Hand weg. »Ich bin noch nicht tot, du Arschloch«, hörte er sich selbst sagen. »Fass mich nicht an. Du ekelst mich an. Wie heißt du?«

»L ... Lárus«, sagte der Junge – der, der ihn heute im Laden angesprochen hatte. »Der Krankenwagen ist unterwegs. Sie dürfen sich nicht bewegen oder sprechen. Die Frau am Telefon hat gesagt, Sie dürfen sich nicht bewegen«, fügte er hinzu, bibbernd wegen etwas, das Sveinn nicht ausmachen konnte, das ihn aber stinksauer machte. Doch, es war Aufregung. Der Junge fand die Sache spannend. Jetzt durfte er den Helden spielen. Die Situation retten. Am liebsten wäre es ihm natürlich, wenn sie draußen in der Wildnis wären und er die Wunden selbst verbinden müsste. Einen Ast suchen, um ihn als Schiene zu benutzen, sein eigenes Hemd in Verbandsstreifen reißen.

Immerhin machte es die Situation ein wenig besser, dass sie nicht in der Wildnis, sondern in der Zivilisation waren und der Junge sich nicht auf seine Kosten aufspielen konnte. Die einzige Heldentat, die ihm zuteil wurde, war, den Krankenwagen zu rufen und sich von irgendeiner Telefonistin Anweisungen geben zu lassen.

Die Kälte und die Schmerzen kämpften um Sveinns Aufmerksamkeit. Die untere Hälfte seines Körpers war besonders kalt, als läge er halb in einer Schneewehe. Er hob den Kopf, spürte sofort einen hämmernden Schmerz, schaute an sich herunter, und als er sah, dass er sich in die Hose gepinkelt hatte, wäre er am liebsten gestorben. Alleine oder nicht alleine. Dieser Junge, der ihm so unsäglich auf die Nerven ging, war eigentlich keine ernstzunehmende Gesellschaft.

»Hol eine Schere«, stöhnte Sveinn. »In der Küche, schnell.«

Der Junge gehorchte sofort und wusste offenbar, wo die Küche war. Er ging so in seiner Rolle auf, dass er auf Befehl Wasser gekocht hätte, ohne nachzufragen wofür.

Sveinn lag mit Cindy Sherman als Kissen auf dem Rücken, die neue Glühbirne in seiner Hosentasche in tausend Stücke zerbrochen und immer noch von Träumen geplagt. Lieber hätte er sich einsam seinen blutigen Alpträumen überlassen, als pissnass dazuliegen, diesem schrägen Vogel ausgeliefert, der sich angewöhnt hatte, ihn mit seiner Hilfsbereitschaft zu überfallen.

Da kam er schon mit der Schere angelaufen.

»Hat deine Mutter dir nie gesagt, dass man mit einer Schere in der Hand nicht laufen soll?«, sagte Sveinn und versuchte, freundlich zu lächeln.

»Was haben Sie gesagt?«, fragte der Junge, offenbar mit Tomaten auf den Ohren vor Aufregung, und ließ seinen Blick ängstlich durch den Raum schweifen. Vielleicht versuchte er, sich vorzustellen, wie das Unglück passiert war. Daraus konnte man ihm eigentlich keinen Vorwurf machen.

Wenn es nach den Zeitungen ging, passierten die meisten schweren Unfälle im Haushalt, aber das konnte Unfug sein. Wenn Sveinn Berichte über diese ganzen Unfälle im Haushalt las, stellte er sich immer alte Menschen vor, die an Schwindel und Alzheimer litten, oder ahnungslose Kinder – nicht einigermaßen rüstige Männer, die sich an Büchern verletzten.

»Wie alt bist du, Junge?«, fragte er.

»Neunzehn.«

»Schneid mal meine Hose auf, wie in dieser Fernsehserie, Notaufnahme, oder wie die heißt. Kannst du das?«

»Nein«, sagte Lárus. »Ich meine, der Krankenwagen kommt in zehn Minuten, und die Frau hat gesagt …«

»Die Frau muss das gar nicht erfahren«, fiel Sveinn ihm ins Wort. »Die glaubt bestimmt, ich hätte mir das Rückgrat gebrochen, was hast du der denn erzählt? Guck mal hier.« Er drehte sich leicht, obwohl er sich dabei fühlte, als hätte ihm jemand die Schere in die Schulter gerammt. »Guck mal, das Rückenmark steckt noch ganz fest in seinem Gehäuse.«

Er zog den Kragen seines Hemdes herunter und zeigte ihm, wie sich die Knochen unter der Haut wölbten. »Mein Schlüsselbein ist gebrochen, und irgendwas ist mit dem Knie. Das ist alles, ich schwöre es. Beeil dich, Junge. Mach einfach, was ich dir sage, das ist schon okay.«

Der Junge kniete sich hin und begann zu schneiden. Er war geschickt und schnell, das musste man ihm lassen, obwohl er erst neunzehn und aus irgendwelchen tragischen Gründen noch nicht im Stimmbruch war. Er schnitt und riss abwechselnd vom Knöchel bis zur Leiste und hackte dann mit der Schere die Taschen und doppelten Nähte und alles, was im Weg war, durch.

Als er das zweite Hosenbein aufgetrennt hatte, riss Sveinn ihm die Schere aus der Hand und stöhnte vor Schmerz, als er den zerschnittenen Baumwollstoff unter seinem Körper herauszog und selbst begann, die patschnasse Unterhose aufzuschneiden. Lárus bot an, ihm zu helfen, aber Sveinn hielt ihn durch einen Blick davon ab und sagte: »Da hinten im Schrank sind Unterhosen. Hol mir schnell eine. Sie sind weiß mit braunen und roten Streifen.«

Es war schwieriger als erwartet, die Sache mit einer Hand zu bewerkstelligen, wenn man nicht richtig hinschauen konnte und auf dem Rücken lag wie ein altes Mutterschaf, das nicht mehr hochkam. Zweimal kratzte er sich blutig und schnitt sich aus Versehen an der Stelle, wo sich der Bauch über den Bund wölbte.

Er schleuderte die Hose in die Ecke und den Unterhosenfetzen hinterher, nahm ein schmutziges T-Shirt vom Fußboden, trocknete sich damit ab und pfefferte es anschließend in dieselbe Ecke.

»Meinen Sie die hier?«, fragte Lárus und hielt etwas hoch, das Sveinn, erschöpft von der Anstrengung, nur undeutlich sehen konnte.

»Bring sie her. Und hilf mir mal.«

Sie hörten ein Auto vorfahren, und Lárus streifte mit zitternden Händen die Hose über Sveinns Beine. Jetzt waren Stimmen zu hören, ein Mann und eine Frau redeten schnell und leise miteinander, der Kies knirschte unter ihren Füßen.

Sie stürmten ohne anzuklopfen in den Hausflur und waren schon in der Küche, als Sveinn Lárus den Saum aus der Hand riss und die Hose über den Hintern und seinen verdammten Schwanz zog.

»Wir haben es geschafft, Junge«, sagte er, um Lárus zu beruhigen, der verschämt dastand und von einer Ecke in die andere spähte, so als verstecke sich irgendwo etwas, das sie entlarven konnte. Er schien nicht zu hören, was Sveinn zu ihm sagte, und als die Sanitäter, nachdem sie auf dem Weg durch den Flur mehrmals laut *hallo* gerufen hatten, in der Tür erschienen, beugte er sich leichenblass über Sveinn, so als trage er die Verantwortung für die ganze Situation.

»Grüß euch«, sagte Sveinn und lachte innerlich. Die Unterhose klebte ein wenig an seinem Körper, war aber vor allem trocken und sauber. Diese Truckerlesbe und der andere Klugscheißer mussten ja nicht mitbekommen, wie er mit nassem Schritt wie ein Penner in der Gosse lag und vor Demütigung jähzornig wurde. Er durfte seine Würde halbwegs behalten und würde diesen Leuten in den rotblauen Overalls aus Dankbarkeit zum Allmächtigen die Fahrt so angenehm wie möglich machen.

Die Frau hockte sich neben ihn und musterte ihn von oben bis unten. Ihre prallen Schenkel zeichneten sich durch die Hosenbeine ihres Overalls ab, der offensichtlich nicht für einen Frauenkörper gemacht war. Ihrem Kollegen stand der gerade Schnitt wesentlich besser.

»Können Sie aufstehen?«, fragte sie.

»Eben konnte ich es zumindest noch«, antwortete er.

»Können Sie laufen?«

»Nein.«

Sie berührte sein Schlüsselbein, das sich unter dem Hemdkragen wölbte, und Sveinn musste die Zähne zusammenbeißen, um nicht loszuschreien.

»Kein schöner Bruch«, sagte sie.

Ihr Kollege lehnte sich gegen die zusammengeklappte Trage und stieß einen Pfiff aus, einen langen, bauchigen Ton, der Erstaunen und Bewunderung ausdrückte. »Wie haben Sie das denn hingekriegt, Mann?«, fragte er.

»Ich wollte die Glühbirne auswechseln«, antwortete Sveinn und lachte laut auf, obwohl dabei ein Schmerz durch sein Schulterblatt fuhr und sich wie eine giftige Pflanze ausbreitete.

»Wie lange haben Sie denn auf dem Korb gestanden, die Glühbirne festgehalten und darauf gewartet, dass neunundneunzig Schlaumeier kommen und das Haus über Ihnen drehen?«, sagte der Sanitäter.

Sveinn schloss die Augen. Das war genau die Reaktion, die er erwartet hatte. Sanitäter waren die härtesten Typen auf der ganzen Welt. Erbarmungsloser als Wirtschaftskriminelle und gemeiner als ein Ozeanbrecher.

»Quatsch nicht, Jónsi«, sagte die Frau. »Bring die Trage her.«

Am härtesten waren sie allerdings zu Säufern. Säufer mussten zum Krankenwagen laufen, wenn sie nicht gerade Blut kotzten oder ihr Herz aussetzte – in dem Fall wurden sie gnädigerweise auf die Trage gewuchtet. Als er klein war, kurz bevor seine Mutter sich Gott und den Anonymen Alkoholikern zuwandte, hatte er in einer Woche dreimal einen Krankenwagen rufen müssen, weil die Alte über Schmerzen klagte, die sich in den Arm zogen, und ihre Lippen blau wurden. Und er hatte zu ihnen aufgeschaut, als sie ihm über sein blondes Haar strichen – damals war er hellblond gewesen wie Lárus –, bevor sie seine Mutter auf brutalste Weise weckten. Sie stachen ihr mit einer Bleistiftspitze unter die Fingernägel, rissen ihre Augen auf und leuchteten mit einer kleinen Taschenlampe hinein, bis sie die Hand wegzog oder mit den Augen blinzelte. Dann zerrten sie sie auf die Beine und nahmen sie zwischen sich. Außer beim dritten und letzten Mal. Da rannten sie mit ihr auf der Trage nach draußen und ließen die Tür hinter sich offen stehen.

Vielleicht hatten sie nicht aus Verachtung, sondern aus Erschöpfung so harte Gesichtszüge, aber Sveinn hatte sich dafür geschämt, dass seine Mutter nicht richtig krank war, und auch dafür, nicht hart und cool wie sie zu sein, sondern ein kleiner Schisser, dem das Herz bis in den Hals schlug.

»Eins, zwei und hepp«, sagte die Frau, und sie hoben ihn mit gemeinsamer Kraft auf die Trage und rollten ihn zur Tür. Die Frau hatte eine dünne, aber warme Decke über ihn gelegt, und er war ihr unendlich dankbar. »Diese Schmerzen machen einen ganz sentimental, oder das kommt von dem Schlag auf den Kopf«, dachte er, als ihm plötzlich die Brandgefahr wegen der Glühbirne einfiel, die halb in der kaputten Fassung steckte, und der ganze Strom, der von dem kaputten Zeug ausging.

»Lárus«, sagte er und zeigte auf den Lichtschalter. »Drück mal für mich auf den Schalter.«

Lárus setzte sich ungefragt hinten in den Krankenwagen und vermied es, Sveinn in die Augen zu schauen, so als fürchte er, bei der geringsten Gelegenheit weggeschickt zu werden.

»Liegen Sie gut?«, fragte die Frau.

»Ja, Schätzchen«, antwortete Sveinn.

»Sie haben Glück, dass Ihr Freund Sie gefunden hat«, sagte die Frau.

Lárus' rote Ohren wurden noch röter.

»Apropos«, sagte Sveinn und drehte seinen Kopf unter Mühen zu Lárus. »Was hattest du eigentlich in meinem Haus zu suchen?«

Die Frau grinste, kletterte nach vorne und lehnte sich über den Beifahrersitz, als wolle sie das Privatgespräch hinten nicht stören. Vielleicht war sie anders, als sie wirkte, vielleicht war sie gar nicht einfältig oder brutal, sondern eine dieser Frauen, die mit unsichtbaren Fühlern Stimmungen wahrnahmen und genau wussten, wie sich die Anwesenden fühlten.

»Ich hab ein paar Mal versucht, Sie anzurufen«, sagte Lárus hastig. »Sie wissen schon, wegen der Sache, über die wir gesprochen haben. Aber Sie sind nicht rangegangen, und ich dachte schon, Sie hätten Ihr Handy verloren oder so. Dann bin ich an Ihrem Haus vorbeigefahren und hab Ihr Auto gesehen und gedacht, dass es nichts schaden kann, mal anzuklopfen, und als ich am Fenster vorbeigegangen bin, haben Sie dagelegen, und ich hab sofort gesehen, dass irgendwas nicht stimmt, und bin einfach reingegangen.«

Sveinn atmete so tief er konnte ein, ohne sein Schlüsselbein zu sehr zu belasten, und wunderte sich darüber, dass er eingeschnappt war. Er sollte froh und dankbar sein, anstatt das Bedürfnis zu haben, seinem Wohltäter an die Gurgel zu gehen.

»Und was war so dringend, dass du es mir unbedingt sagen

wolltest?«, fragte Sveinn, obwohl er genau wusste, dass er Lárus' Fantasie, sie seien in irgendwelche geheimen Machenschaften verwickelt, völlig zerstörte, wenn er in Anwesenheit der Sanitäter so gleichgültig über die Sache redete.

Als Lárus nicht antwortete, fügte er hinzu: »Tu doch nicht so geheimnisvoll, wir haben weder die Mafia noch die Polizei auf den Fersen.«

Lárus' Stimme klang verletzt, als er sagte: »Nein.« Einen Moment blieb er störrisch, dann fügte er hinzu: »Ich hab nur das rausgekriegt, was Sie wissen wollten. Sie können zu ihr fahren, sobald Ihre Schulter wieder okay ist, und sich holen, was sie Ihnen geklaut hat.«

»Das ging aber schnell. Ich hab schon überlegt, ob wir ihr das Püppchen nicht einfach überlassen sollen, wenn sie es unbedingt haben will, was meinst du, mein Junge?«

Lárus zuckte mit den Achseln, völlig niedergeschmettert. Er sehnte sich nach Sveinns Aufmerksamkeit und hätte sich am liebsten unentbehrlich gemacht. Der arme Junge wusste eben nicht, dass er, wenn er sich bei ihm einschmeicheln wollte, nur in einen anderen Landesteil ziehen oder tot umfallen musste.

# VIII

## Sonntag

Lóa stand an der Spüle in der Küche und schaute aus dem Fenster auf die schrägen, gelben und roten Wellblechdächer und das frische Gras, das aus dem gelbbraunen Durcheinander vom letzten Jahr hervorspross. Die Farben im gleißenden Morgenlicht hyperrealistisch. Ein merkwürdiges Vibrieren im Kopf und im Körper, als spiele jemand Basstöne, die zu tief für das Gehör waren. Es war keineswegs so schlimm, dass man es als Kater bezeichnen konnte, und eigentlich ein gutes, heimeliges Gefühl: Das Nervensystem summte wie die Milchkühlung im Stall nach dem Melken.

Langsam spülte sie die Kanne und das Messer des Mixers. Der Energiedrink wartete darauf, zu Margrét ins Zimmer gebracht zu werden, in einem hohen, mattrosafarbenen Glas, das neben der Obstschale stand und an eine Werbung erinnerte, die sie mal für die Molkereibetriebe entwickelt hatte, für einen Joghurtdrink, der neu auf dem Markt war.

Der Gedanke an die Arbeit war wie eine undeutliche Erinnerung aus der Schulzeit und das Büro in Borgartún in ihrem Kopf zweidimensional – wie auf einem Fernsehbildschirm.

Die Autofahrten mit ihrem Vater, als sie noch so klein war, dass ihre Füße nicht auf den Boden des Wagens reichten, waren in der Erinnerung viel klarer: seine großen, fleischigen Hände wie festgewachsen am Lenkrad, außer, wenn er nur mit den Kuppen von Daumen und Zeigefingern lenkte, um sie zum Lachen zu bringen. Manche Fahrgäste bemerkten sie erst, wenn sie sich zum Bezahlen vorlehnten, so klein und brav war sie. Und still, wenn sie gedankenverloren aus dem Fenster schaute, auf die Häuser und Straßen, die Autos, die Leute, die Hunde und die Enten auf dem Stadtteich. Andere Fahrer wirkten unsicher und zerstreut, sogar orientierungslos im Vergleich zu ihrem Vater, der die Straßennamen in den neuen Stadtvierteln schon kannte, wenn sie noch ein Matschfeld mit abgesteckten Grundstücksgrenzen waren.

Wenn er die Scheine entgegengenommen hatte, wirkten sie in seinen Pranken klein und wertlos, das Papier knittrig und hauchdünn. Dann gab er sie ihr, sie hatte die Tasche auf dem Schoß und war schon bald wesentlich geschickter als er, das Wechselgeld herauszugeben. Er brauchte immer lange, um die Münzen rauszusuchen; man hatte den Eindruck, dass sein gewölbter Bauch ihm die Sicht nahm und dass die Nervenimpulse, die in seine Finger gelenkt werden sollten, irgendwo zwischen seinen Schultern, die breiter waren als der Autositz, verloren gingen. Die Fahrgäste sagten immer, sie sei so gut im Kopfrechnen, sie solle Kassiererin bei einer Bank werden, wenn sie groß wäre.

»Oder Bankdirektorin«, hatte ihr Vater an einem schönen, frostfreien Sonnentag eingeworfen.

Der Fahrgast, ein buckeliger Mann in einem braunen Wollmantel, hatte herzlich zugestimmt: »Genau, was sage ich denn? Wir können keine bessere Bankdirektorin kriegen als diese junge Dame.«

Dann hatten sie sich über die Lage der Nation und die Situation in der Notenbank unterhalten und nicht gemerkt, wie Lóas Gedanken vor dem unverständlichen Gerede Reißaus genommen hatten und hoch über die Hausdächer geflogen waren. Hinauf in den Himmel, der klarer und blauer war als jeder Reklamehimmel.

Lóa war gut in ihrem Job, und noch vor wenigen Monaten war die Arbeit ein wichtiger Bestandteil ihres Lebens gewesen. Jetzt musste sie sich anstrengen, um sich an die Projekte zu erinnern, die halbfertig liegengeblieben waren, nachdem sie sich beurlauben lassen hatte. Sie hatte sich immer nur in der Arbeit richtig wach gefühlt, und wenn sie zufällig einmal nicht im Büro war, widmete sie sich in Gedanken bereits ihren neuen Ideen, die sich in ihrem Inneren aufgestaut hatten: zunächst hässlich, grob und furchtbar armselig, bis die Welle in ihrem Kopf sie polierte. Danach waren sie strahlend perfekt und weckten in den Herzen einfacher, abgespannter Menschen, die auch Anteil an makelloser Schönheit haben wollten, eine Sehnsucht. Wobei die Schönheit nur die Öffnung einer Tür und ein Versprechen für eine andere Art von Glück dahinter war. Eine andere Art von Glück, wie sah das aus? Das war ihre Aufgabe, diese Frage halbwegs plausibel zu beantworten und eine vage Idee von diesem *Wie* zu vermitteln.

Ja, das war ihre Aufgabe gewesen, aber das war jetzt vorbei.

Sie griff nach dem Glas mit dem Energiedrink, es war schon lauwarm. Margrét ekelte sich vor allem, was lauwarm war. Im Gefrierfach lag ein rosa Eiswürfelbehälter mit Fächern in Herzchenform. Er war fast leer, nur noch zwei Herzchen übrig, aber die mussten reichen. Lóas Hand wurde auf der kurzen Strecke zum Glas vor Kälte taub. Sie wischte ihre nasse Hand an ihrem Rock ab, rührte mit einem Messer um und machte sich mit dem randvollen Glas vorsichtig auf den Weg zu Margrét.

Eine seltsame Erschöpfung und Starre machte sich hinter ihren Augen bemerkbar, und sie verdrehte sie, schnitt eine Grimasse, um die Anspannung zu vertreiben, und sah sich auf einmal in der Rolle der Bedienung auf dem Plattencover von *Breakfast in America* von Supertramp. Das Nylonkleid über den Brüsten zum Bersten gespannt, das sonnengebräunte Gesicht von einem strahlend weißen, bemitleidenswerten Lächeln entstellt. Fehlten nur die Schürze und das Tablett.

Björg war aufgewacht und räkelte sich auf dem Sofa im Wohnzimmer mit Geräuschen, die zu erkennen gaben, dass der Mensch nur im Schlaf glücklich war und das Aufwachen jedes Mal einen kleinen Schock bedeutete, der wahre Fluch der Menschheit. An einer Ecke des Wohnzimmertischs hatte sie diverse Utensilien aufgereiht: ein aufgeschlagenes Buch, ein Wasserglas, die silbernen Ringe, die tagsüber ihre Hände zierten, ein Päckchen Zigaretten und ein Feuerzeug.

Lóa blinzelte ihr zur Begrüßung nur kurz zu, während sie durchs Wohnzimmer eilte, und stand dann vor der Tür. Sie klopfte leise und wartete einen kurzen Moment, bevor sie öffnete und das Zimmer betrat. Margrét lag zusammengekauert im Bett, den Rücken dicht an der Seite der Puppe, die mit offenen Augen dalag und an die Decke starrte, als führe jemand auf der weißgestrichenen Fläche ein Schattentheater vor. Margrét war nicht richtig zu sehen, da sie mit dem Gesicht zur Wand in der kühlen Dämmerung lag, und Lóa brauchte eine Weile, um zu merken, dass sie schlief. Ihr zarter Brustkorb bewegte sich leicht unter der Bettdecke, ihre Augen waren geschlossen und entspannt, ihre zerzausten Haare erinnerten an ein verlassenes Vogelnest. Es war monatelang her, seit Lóa sie zum letzten Mal schlafen sehen hatte – die Ärztin meinte, sie würde nachts nur drei oder vier Stunden schlafen, solange sich ihr Körper in diesem Zustand befände. Es sei ganz normal, dass Margrét weinerlich sei, hatte die Ärztin gesagt. In diesem elenden Zustand war das wohl nicht verwunderlich, ausgehungert und unausgeschlafen.

Lóa stellte das Glas auf den Nachttisch und zog die Vorhänge auf. Das Licht brachte Margréts Hände zum Zucken, und ihr Kopf bewegte sich unter dem Haarfilz. Sie streckte die Beine aus und versuchte, sich auf den Rücken zu drehen, stieß jedoch gegen die Puppe und setzte sich schnell auf, mit zusammengekniffenen Augen, als hätte ihr jemand mit einer Taschenlampe ins Gesicht geleuchtet. Sie sah aus wie ein kleines Kind, das mitten in der Nacht aufgewacht war, und etwas drang in Lóas Bewusstsein, wurde aber gleich wieder von dem Schmerz in ihrem Kopf verjagt.

»Scheiße«, murmelte Margrét, und der kindliche Ausdruck auf ihrem Gesicht verschwand sofort.

Lóa fühlte sich gezwungen, Margréts Pessimismus mit vorgetäuschter Fröhlichkeit zu überspielen, obwohl sie wusste, dass Margrét das unsäglich auf die Nerven ging.

»Einen wunderschönen Frühlingsmorgen«, sagte sie.

Margrét wand sich, als sei sie von einer bösen Macht besessen und als seien die Worte ihrer Mutter Weihwasser.

»Heute Nachmittag wird es bestimmt warm genug sein, um ein bisschen im Garten zu sitzen«, sagte Lóa. »Du kannst deine Geschichtsbücher mit rausnehmen. Morgen ist doch die letzte Prüfung, oder? Dann hast du es hinter dir, mein Schatz.«

»Ja, dann darf ich wieder in die Irrenanstalt«, sagte Margrét. Ihre Mundwinkel hoben sich zu einem sarkastischen Pseudogrinsen, und die Wangen unter ihren toten Augen legten sich in dünne Falten.

Lóa war wie vor den Kopf geschlagen – sie konnte nicht

länger so tun, als hätte sie gute Laune. Margréts Zustand war eine Last, die ein einzelner Mensch nicht aushalten konnte.

»Du musst bestimmt nur ein paar Tage im Krankenhaus bleiben«, sagte sie, »du hast so gut durchgehalten.«

Margrét schnaubte. »Hast du nicht viel besser durchgehalten? Sie sind bestimmt zufrieden mit dir.«

Björg erschien in Unterhose und Hemdchen mit Libellenmotiven in der Türöffnung. »Gibt's eine Schlafanzugparty?«, fragte sie. »Ist …« Anstatt noch etwas hinzuzufügen, starrte sie nur noch die Puppe an. Nacktes Entsetzen breitete sich auf ihrem Gesicht aus, und sie sah sich nicht mal mehr ähnlich, sondern glich einem Gemälde, das *Die Verwunderung* oder *Der Mensch trifft auf das Unerwartete* hätte heißen können. Lóa hätte gelacht, wenn noch ein Hauch von Lachen in ihr gewesen wäre. Stattdessen stand sie verdattert da und fühlte sich so einsam wie noch nie. Björg war intelligent und hatte eine rasche Auffassungsgabe, aber jetzt wirkte sie völlig benommen.

Obwohl. Ihr Mund klappte zu, und ihr Blick wanderte einen Moment in die Ferne, so als würde sie im Geiste etwas ausrechnen. Sie schaute schnell zu Lóa und dann zu Margrét, die gekrümmt im Bett saß und an ihren Fingernägeln knabberte, völlig versunken in diese unwürdige Tätigkeit, bis sie mit verwunderter Stimme *Scheiße!* sagte und aufschaute. Ein Blutstropfen hing an ihrer Unterlippe, und ein anderer rann an ihrem Daumen hinunter zu ihrem mageren Handgelenk.

Lóa starrte die wertvolle Flüssigkeit an, als hätte sie noch nie Blut gesehen – als sei dies nicht nur ein Blutstropfen, sondern das Leben selbst, das direkt vor ihren Augen aus Margrét floss. Ihr wurde schwarz vor Augen, und alles wurde dunkel, bis auf den Blutstropfen, grellrot wie eine Johannisbeere in der Hölle. »Verdammt noch mal«, hörte sie sich selbst mit gepresster Stimme sagen und hatte keine Ahnung, was sie als Nächstes von sich geben würde, also schlug sie sich die Hand vor den Mund. Ihre Handfläche roch immer noch nach den gefrorenen Eiswürfeln.

Lóa zuckte zusammen, als ihr Björg, nach Schlaf und Dior-Parfüm von gestern riechend, den Arm um den Hals legte und einen Kuss auf die Wange drückte. Ihre Wange kühl an Lóas brennender Haut. »Ich mache das«, sagte Björg und nickte zu dem Glas auf dem Nachttisch. »Geh und kümmere dich um Ína. Sie ist wach, ich habe sie in ihrem Zimmer singen hören.«

Lóa nickte, immer noch die Hand vorm Mund, und schwankte in den Flur. Es war, als schaue sie durch eine Fensterscheibe mit Eisblumen – die Tränen versperrten ihr den Blick, und der Kloß in ihrem Hals war so groß wie Margréts knochige Faust.

Sie musste an die Zigaretten auf dem Wohnzimmertisch denken. Früher, als sie noch geraucht hatte, war die Wirkung von Tabak manchmal verblüffend gewesen: Tränen, die fest entschlossen waren zu fließen, wurden aufgehalten und verschwanden sogar wieder in den Augen, wenn man die Zigarette halb geraucht hatte.

Aber nein. Ína wäre entsetzt, sie rauchen zu sehen, und außerdem würde ihr bestimmt schlecht werden. Sie trommelte leicht gegen ihre Schläfen und schluckte ununterbrochen. Überlegte, ins Bad zu gehen und sich Wasser ins Gesicht zu spritzen, hatte aber Angst, dass sie laut schluchzend losheulen musste und nicht wieder aufhören konnte, sobald sie die Tür hinter sich zugezogen hatte.

Mit energischen Schritten ging sie zu Ínas Zimmer und riss die Tür auf. Ína saß mit ausgestreckten Beinen auf dem Fußboden und hatte eine nackte Barbiepuppe in der Hand, die ein winziges Mikrofon in ihrer ewig geschlossenen Faust hielt. Lóa registrierte, dass der gewölbte Plastikbusen keine Brustwarzen hatte.

Als Ína aufschaute, wurden ihre Augen rund vor Angst. »Was ist los, Mama?«

»Nichts«, sagte Lóa.

Ína sah verwirrt aus, wie immer, wenn sie angelogen wurde, packte die Puppe an den Haaren und wirbelte sie ein paar Mal im Kreis, bevor sie aufsprang und sagte: »Gehen wir jetzt das Fahrrad kaufen?«

»Was für ein Fahrrad?«

»Das Fahrrad, mein Sommergeschenk. Gestern hast du gesagt, dass wir morgen ein Rad für mich als Sommergeschenk kaufen, und jetzt ist morgen.«

Während dieser Ansprache folgte sie Lóa in die Küche und wartete dann mit zitternden Fingern und erwartungsvoll fragenden Augen auf eine Antwort.

Lóa schraubte den Deckel von der Kaffeedose und sagte: »Ach, Schatz, habe ich das wirklich gesagt? Ich meinte am Montag. Heute ist doch Sonntag, und die Geschäfte haben sonntags zu.«

Ína verdrehte die Augen. »Die Geschäfte haben sonntags nicht zu. Wir waren schon oft sonntags einkaufen.« Sie benutzte ihre rechte Hand als Pistole, zielte damit auf ihren Kopf, schnalzte, um das Geräusch nachzumachen, wenn der Hahn gespannt wurde, und drückte mit dem dazugehörigen Knall ab.

Lóa verdrehte ebenfalls die Augen. Sie konnte diese Marotte, die sich Ína bei ihrem Vater abgeschaut hatte, nicht ausstehen. Ihr Vater machte das, wenn er etwas gesagt hatte, das lustig sein sollte, aber nicht richtig ankam. Ína machte es hingegen ständig: wenn jemand, sie selbst eingenommen, etwas sagte, das sie doof, komisch, falsch oder albern fand.

»Können wir nicht jetzt gleich gehen?«, säuselte sie. »Morgen bin ich zum Geburtstag eingeladen, das weißt du doch noch, oder? Und wir müssen noch ein Kostüm basteln. Ich will Elfe werden, mit einem Zauberstab.«

»Der Geburtstag ist erst nachmittags, Schatz. Da bleibt genug Zeit für beides.«

»Aber ich muss noch radfahren üben, bevor ich zu Papa gehe.«

»Wieso üben? Du kannst doch radfahren«, entgegnete Lóa müde und schaltete die Kaffeemaschine ein.

»Ich muss freihändig lenken üben und so«, sagte Ína angespannt, in ihrer eigenen Machtlosigkeit treibend wie ein Torpedo auf dem offenen Meer. Die arme Kleine hatte immer Lampenfieber, bevor sie zu ihrem Vater fuhr. Er vergötterte sie, aber sie musste mit ihren beiden kleinen Halbbrüdern um seine Aufmerksamkeit kämpfen. Lóa erinnerte sich dunkel, mit welch tödlichem Ernst solche Kämpfe ausgetragen wurden, und hatte Mitleid mit Ína, die an allen Fronten verlor. Tagtäglich gegen den Lagerhäftling Margrét, der wahrscheinlich gerade in seinem Zimmer gefoltert und verhört wurde, und an einem oder zwei Wochenenden im Monat gegen hyperaktive Randalierer im schlimmsten Alter.

»Wir kaufen das Fahrrad morgen, wenn Margrét ihre Geschichtsklausur schreibt«, sagte Lóa. »Ich verspreche es dir, Ehrenwort. Du hast noch die ganze Woche Zeit zum Üben, du fährst ja erst am Freitag zu Papa. Und jetzt kein Wort mehr darüber.«

Ína streckte die Zunge heraus und stieß einen langgezogenen Pupslaut aus, bevor sie die Cocoa-Puffs-Packung aus dem Schrank holte und eine volle Eineinhalb-Liter-Milchtüte aus dem Kühlschrank heranschleppte.

Lóa überließ sie sich selbst, wanderte ins Wohnzimmer, strich mit dem Zeigefinger über ein Bücherregal, betrachtete den Staub, der eine gerade Linie hinterlassen hatte und an ihrem Finger haften blieb, versuchte, ihn wegzupusten, aber das meiste klebte fest. Sie wischte die Hand an ihrem Bauch ab und tat so, als sehe sie den hellen Streifen nicht, der auf ihrem dunkelblauen Angorapulli haften blieb.

Dann schlich sie durch den Flur zu Margréts Zimmertür und lehnte die Stirn an das dunkle Holz. Sie hörte Margrét murmeln, ohne ein Wort verstehen zu können.

»Wie denn?«, hörte sie Björg sagen und ärgerte sich, weil ihre Stimme viel kräftiger und jünger klang als Margréts.

Später saßen Lóa und Björg mit halbvollen Tassen kaltem Kaffee, eingetrocknetem Schinken, angegilbtem Käse und einer weißen Kanne mit Milch, die aufgekocht, aber schon längst nicht mehr heiß war, am Esstisch. Margrét lernte in ihrem Zimmer, und Ína spielte draußen im Garten mit ihrer Freundin, die auf der gegenüberliegenden Straßenseite wohnte.

Lóa hatte bereits ausufernde Erklärungen für den Puppendiebstahl abgegeben und meinte zu sehen, dass Björg ihr Urteil hinauszögerte. Dass sie noch nicht sofort entscheiden wollte, ob sie das für eine geniale Lösung oder eine unüberlegte Kurzschlussreaktion hielt.

Die Sehnsucht nach Anerkennung trieb Lóa an weiterzureden, weiter und weiter, bis Björg mit einem Strahlen in den Augen aufschauen und sagen würde: »Ich verstehe. Natürlich gab es keine andere Möglichkeit. Margrét braucht sie mehr als jeder andere, das rechtfertigt deine Tat vollkommen.«

Aber Björg sagte nichts dergleichen, und in ihren Augen lag kein Strahlen, sondern nur etwas, von dem Lóa nicht wusste, ob es Langmut oder Hoffnungslosigkeit war. Und als Lóa durch das surrende Klopfgeräusch in ihren Ohren hörte, dass sie sich wiederholte wie ein Mensch in einer ausweglosen Situation, presste sie nervös schweigend den Mund zusammen.

Eine Frage lag in der Luft, die sie selbst formulieren musste. Sie schaute zu Björg, die ihren nackten Fuß auf die Stuhlkante gestellt, ihr jeansbekleidetes Knie unters Kinn gezogen und ihren Kopf auf ihr Knie gestützt hatte, immer noch von flatternden Libellen umgeben. Sie sah ganz harmlos aus. Sie sah so aus, als wüsste sie, dass Lóa es nicht ertragen konnte, alles zu hören, oder dass es zumindest wichtig war, wie es gesagt wurde. Endlich fragte Lóa: »Was hat Margrét gesagt?«

Björg seufzte, ließ ihren Fuß wieder auf den Boden gleiten und sagte dann: »Erst war sie zerknirscht und meinte, sie hätte sich nicht blutig beißen wollen. Sie hätte einfach diese schlechte Angewohnheit, ihre Nagelhaut anzuknabbern, und es sei fast schon keine Haut mehr da. Es schien ihr deinetwegen sehr leid zu tun, aber vielleicht hatte sie auch nur Angst, dass sie eine größere Portion essen müsste, um die Kalorien aus diesem einen Blutstropfen wieder auszugleichen«, sagte Björg und versuchte zu grinsen.

Lóa musste lachen. Das war so erbärmlich, dass man fast verpflichtet war zu lachen.

»Sie hat ein bisschen geweint und gesagt, sie wäre ein totaler Loser, aber sie könnte einfach nichts dagegen tun«, sagte Björg. »Ich habe sie gefragt, wie sie sich fühlt und warum sie so mit sich umgeht. Ich hab einfach so ins Blaue hineingefragt, nur, um irgendwas zu sagen, und nicht mit einer vernünftigen Antwort gerechnet. Aber die Arme hat es versucht. Sie hat versucht, es mir irgendwie zu erklären.«

Lóa wartete wie eine Verurteilte und starrte in ihre Kaffeetasse. Auf die hellbraune Milchhaut am Boden der Tasse, die an dem Porzellan hochzukriechen schien.

Björg schlug mit der flachen Hand auf den Tisch und sagte: »Jetzt mach doch nicht so ein Gesicht! Sie ist in guten Händen. Wir passen auf sie auf, und die ganze Krankenhausbelegschaft passt auf sie auf.«

Lóa lächelte ein clownhaftes Pseudolächeln, bei dem sie sich fühlte, als sei ihr Gesicht schlaff und klebrig.

»Aha«, lachte Björg, »sieht schon viel besser aus. Ich kann dir nicht genau erzählen, was sie gesagt hat, es war ziemlich wirr. Aber sie meinte, sie würde von einer Sehnsucht nach etwas Reinem und Vollkommenem getrieben. Der Hunger hätte eine Art Leere in ihr geöffnet, die Licht und Staub an einen Ort lässt, wo es sonst kein Licht und keinen Staub gibt. Sie meinte, sie sähe einen mit Parkett ausgelegten Ballettsaal im zehnten Stock irgendwo in New York vor sich. Da fiele die Sonne nachmittags schräg durchs Fenster, wie ein Kegel mit schwebenden Staubpartikeln, und die Stille dort wäre unendlich. Und obwohl eine träge Melancholie über allem hinge, gäbe es unglaublich viel Platz.«

»Das kann ich nicht verstehen«, sagte Lóa. »Ich verstehe kein Wort.«

»Genau das hat sie auch gesagt«, entgegnete Björg und schaute Lóa unter geraden, schwarzen Brauen entschuldigend an. »Sie hat gesagt, du würdest sie nicht verstehen. Das Einzige, was sie sich im Leben wünschen würde, wäre ein klarer, stiller Raum, aber du würdest ihr immer nur alles aufzwingen. Stopfen und stopfen, bis kein Platz mehr wäre. Sie hat gesagt, dass sie dieses brutale Gewimmel von Dingen hasst, die weder alt noch neu sind, diese ganzen überflüssigen Wörter, Farben und Gerüche, die sich vermischen, und diesen endlosen Lärm überall. Ihre Vorstellung von Vollkommenheit ist so rigoros, dass von der Welt nichts mehr übrig wäre, wenn sie alles Überflüssige aufsammeln würde. Ich habe sie auf diesen kleinen Gestaltungsfehler hingewiesen, aber da hat sie wieder nur gesagt, sie bräuchte Platz. Sie ist die ganze Zeit auf diesem Wort rumgeritten, *Platz*, als benötige sie eine Fläche von hundert Quadratmetern und vier Meter hohe Decken, nur um atmen zu können.«

In Lóas Kehle stauten sich wieder Tränen auf, und sie musste dreimal schlucken, bevor sie antworten konnte: »Wenn sie will, dass ich ihr Platz gebe, um sich umzubringen, damit sie ein stilvolles, einsames Begräbnis in einem großen Kirchengewölbe kriegt, kann sie lange warten. Sie bekommt keine verdammte minimalistische Beerdigung mit weißen Blumen.« Lóas Stimme war lauter geworden, ohne dass sie es gemerkt hatte.

»Pssst, red nicht so laut. Ich musste ihr versprechen, dir nicht alles zu sagen, was sie mir erzählt hat, obwohl sie natürlich genau wusste, dass ich das sofort brechen würde. Und sie hat noch mehr gesagt, was ich nicht verstanden habe. Ich weiß noch nicht mal, ob ich versuchen soll, es wiederzugeben.«

Lóa zuckte mit den Achseln.

»Na gut, okay«, sagte Björg, beugte sich über den Tisch und legte ihre schlanken Arme quer über die Tischplatte, so dass ihre Finger Lóas Tasse berührten. »Okay, ich versuche es, damit du nicht glaubst, es wäre etwas Ernstes. Margrét hat, als sie das Glas ausgetrunken hatte, plötzlich furchtbar angefangen zu heulen und zu schluchzen. Ich habe sie gefragt, warum sie heult, und nach und nach hat sie gestammelt, dass sie das Blut an einen Vorfall erinnert hat, als Ína fünf war. Margrét hatte sich aus Versehen mit einem scharfen Messer in den Finger geschnitten und Ína die Wunde gezeigt, um sie ein bisschen zu erschrecken, aber Ína hat ein völlig ausdrucksloses Gesicht gemacht, wie hypnotisiert nach Margréts Hand gegriffen und versucht, sie in den Mund zu nehmen. Und als Margrét kapiert hat, dass Ína das Blut ablecken wollte, hat sie ihre Hand zurückgezogen und Ína gegen einen Stuhl geschubst. Dabei ist Ínas Kopf gegen die Wand geknallt, und sie hat laut losgeheult.«

»Daran erinnere ich mich gar nicht«, sagte Lóa.

»Vielleicht warst du im Nebenzimmer, sie haben dir das wahrscheinlich nicht so genau erzählt, sie standen beide unter Schock, außerdem können Kinder solche Sachen nicht so gut in Worte fassen. Sie sagen einfach nur: *Dieser oder jener hat mich geschubst oder getreten,* und damit ist die Sache erledigt, meinst du nicht?«

»Vermutlich«, antwortete Lóa.

»Ich habe nicht verstanden, warum sie gerade jetzt davon erzählt, geschweige denn, warum sie deshalb heult, als würde es irgendeine Rolle spielen, als würden sich Geschwister nicht ständig in fast allen Familien streiten. Ich hab ihr also übers Haar gestrichen, ich musste mich dabei über dieses Ding lehnen, das du aus Akranes mitgebracht hast, und sie gefragt, ob sie deshalb ein schlechtes Gewissen hat, aber sie hat nur den Kopf geschüttelt und die Augen zugemacht, so als würde ich schlecht riechen, als wäre meine Hand eine unerträgliche Last, obwohl ich sie nur ganz leicht auf ihre Stirn gelegt habe. Ich habe sie gefragt, warum sie denn dann heult, und da hat sie *ich weiß nicht* in ihr Kissen geschluchzt, und als ich was sagen wollte, ich weiß schon gar nicht mehr, was, hat sie wieder gesagt *ich weiß nicht*, und dann hat sie mich gebeten zu gehen«, sagte Björg und schaute zu der Tür, die in den Flur führte.

# Zweiter Teil

# IX

## Sonntag bis Montag

Der Sonntag war langweilig und disharmonisch wie der Kirchenchor einer kleinen Gemeinde auf dem Land, und Sveinn saß in der Nordwestecke seiner Werkstatt am Computer. Am Abend zuvor war er mit dem einzigen Taxi im Ort nach Hause geschickt worden, den Arm in einer Schlinge, das Knie in einer engen elastischen Binde und schmerzstillende Medikamente in der Tasche seiner englischen Wachsjacke. Das Schmerzmittel hieß Tramol, und zu den auf dem Beipackzettel aufgelisteten Nebenwirkungen gehörten Verdauungsprobleme, Antriebslosigkeit, Müdigkeit, Angstzustände, Kopfschmerzen, Gemütsschwankungen und Mundtrockenheit. Lárus hatte die Medikamente in der Apotheke besorgt und ihm seine Jacke und Schuhe vorbeigebracht.

Sveinn trug immer noch die gestreifte Unterhose, Schuhe ohne Socken und hatte einen nackten Oberkörper, obwohl er fror. Das Telefon und das Tramol waren in Reichweite, so dass er nicht unnötig aufstehen musste. Er hatte schon mehr als die empfohlene Tagesdosis eingenommen, dabei war der Tag erst halb rum – es war gerade mal zwei Uhr –, und Sveinn spürte die Wirkung: Er sackte vor Müdigkeit in sich zusammen, den Kopf voll schmutziger Wollfusseln.

Bei der Vorstellung, eine ganze Woche nicht duschen zu können, bekam er Platzangst. Nach dem Aufstehen hatte er sich wie ein Greis mit einem nassen Waschlappen gewaschen, aber das reichte nicht – er brauchte einen Schwall heißes Wasser, das sich über ihn ergoss und mit reinigendem Lärm auf den steinernen Badezimmerboden donnerte.

Das Display leuchtete auf, und der weiche Ton, der das Klingeln alter Telefone imitierte, klang schriller als sonst in seinen Ohren. Ein abscheuliches Quietschen schlich sich in den Klingelton ein, tänzelte über ihm und glitt auf Spikes über das gläserne Dach der Wahrnehmung.

Es war Kjartan.

»Ja«, antwortete Sveinn.

»Hehehehe, hallo, Alter.«

»Hallo.«

»Hast du's geschafft, dich mit einem Fersenhaken selbst zu Fall zu bringen und auf den Boden zu werfen? Irgendwas gebrochen?«

»Tja, sieht so aus«, seufzte Sveinn. »Aber nur ein Knochen.«

»Ich wusste gar nicht, dass du was für Freistilringen übrig hast«, sagte Kjartan. »Ich stehe ja mehr auf Griechisch-Römisch. Man muss schon sagen, dass das ein anständigerer Sport ist. Was du und deinesgleichen da betreibt, ist doch die reinste Sauerei. Da läuft einem ja ein kalter Schauer zwischen Hammer und Amboss. Hehehehehehe, aber ich bin ja auch nur ein unschuldiger Junge vom Land und hab nicht im Ausland studiert wie du.«

»Schön, dass du dich so über mein Missgeschick freust«, konterte Sveinn. »Dann war's wenigstens nicht umsonst.«

»So ist es. Und wie geht's dir sonst, Alter? Bist du schon am Verhungern? Soll ich dir was zu essen bringen?«

»Nein, danke, ich brauche nichts.«

»Bist du sicher?«

»Ja.«

»Na, dann will ich dich nicht weiter stören. Soweit ich gehört hab, sollst du dich hinlegen, dich flachlegen lassen, wie man so sagt, hehehe. Aber ruf an, wenn du was brauchst. Du setzt dich doch wohl nicht ans Steuer, wenn du Pillen aus einer Packung mit rotem Dreieck gefressen hast, oder?«

»Nein, nein.«

»Gut, mein Freund, gut. Dann verabschiede ich mich erst mal von dir«, sagte Kjartan und legte auf, bevor Sveinn tschüss und danke sagen konnte.

Ein kalter Schmerz zog sich durch Sveinns Schulter, und er reckte sich instinktiv nach der Tablettenpackung. »Nur noch eine«, dachte er. »Und dann erst wieder nach dem Abendessen.«

Er öffnete sein E-Mail-Programm und machte sich daran, endlose Seiten ungelesener E-Mails zu durchforsten. Seine Augen glitten über ein paar mehr oder weniger kuriose Bestellungen, ohne ihnen besondere Aufmerksamkeit zu schenken. »Später«, dachte er, »die beantworte ich, wenn es mir besser geht.«

Weitere unbearbeitete Bestellungen lagen auf einem Stapel neben dem Drucker, und zum ersten Mal, seit er den Betrieb aufgenommen hatte, dachte er darüber nach, sich einen Assistenten oder eine Sekretärin zuzulegen.

Die fünfte Mail, die er öffnete, enthielt weder eine Bestellung noch eine Anfrage. Der Absender war athene@gmail.com.

*Wie viele Leben hast du, grob geschätzt, wohl zerstört?*, schrieb Athene. *Die Welt ist ein Haufen Dreck und die Gegenwart ein Zerrbild, und zwar nicht zuletzt wegen Männern wie dir, die sich besondere Mühe geben, alles, was im Leben gut und schön ist, zu entstellen.*

Männern wie dir? Warum klang diese Formulierung so vertraut? Hatte Kjartan eben nicht etwas Ähnliches gesagt, als er ihn bezichtigt hatte, etwas für Freistilringen übrig zu haben? Diesmal wurde er bezichtigt, die Personifizierung des Bösen zu sein. Eine ziemliche Ehre, wenn auch eine zweifelhafte. Wenn Frau Athene/Lóa Hansdóttir Recht hatte, war er sehr mächtig. Der böse Sveinn. Hahahahaha. Und was meinte die Frau damit, er würde alles entstellen, was gut und schön sei? Waren Frauen ihrer Meinung nach der Inbegriff alles Guten und Schönen? Und er entstellte sie? Er entstellte keine Frauen, er machte nur schöne Nachbildungen von ihnen. Bilder. Sonst nichts. Warum galt es als selbstverständlich, ein Bild von einer Frau zu malen, aber nicht, ein Abbild von ihr zu erschaffen?

Eine andere, viel dringlichere Frage war wohl die: Warum diskutierte er im Geiste mit einer Schwachsinnigen, wenn es viel sinnvoller wäre, Zeit und Energie in etwas anderes zu stecken? Zum Beispiel die Bestellungen zu lesen, die übers Wochenende eingegangen waren. Oder über die Sache mit der Sekretärin nachzudenken. Vielleicht war seine Freundin Lóa ja bereit, den Job zu übernehmen? Falls sie nicht zu sehr damit beschäftigt war, gehässige Mails und Todesanzeigen für lebendige Menschen zu verfassen.

Weiter unten auf der Seite fand er noch eine Mail von ihr: *Vielleicht lebst du in dem Glauben, dass alle so abartig sind wie du, aber das stimmt nicht. Manche wünschen sich einfach, ihre Ruhe vor derart kranken Hobbys von Chauvinisten wie dir zu haben* (da war es wieder – Männer wie du, du und deinesgleichen) *und ein normales Familienleben zu führen.* (Hört, hört!) *Du glaubst vielleicht, du wärst ein großer Künstler und deshalb über alles erhaben, aber du bist nichts anderes als Abschaum und ein Schwein.*

Ein Schwein? Erst jetzt wurde er richtig sauer. Wenn sie vor ihm gestanden hätte, hätte er sie jetzt angeschrien, sie solle zu ihrer Tat stehen oder für immer den Mund halten. Die Frau gehörte offenbar in eine Anstalt und brauchte Hilfe. Er nahm sich vor, keine weiteren Mails mehr von ihr zu lesen, nahm diesen Entschluss aber sofort wieder zurück. Falls sie ihren Besuch ankündigen würde, mit ein paar befreundeten Schlägern im Schlepptau, wäre es besser für ihn, wenn er das vorher wüsste und entsprechende Vorkehrungen treffen könnte, welche auch immer das sein mochten. Sich einen großen Hund zulegen? Die verdammte Polizei anrufen?

Er lehnte sich im Stuhl zurück, schloss die Augen, spürte seinen Atem tiefer werden und hatte das Gefühl, sein Bewusstsein fokussiere sich auf einen Punkt auf seiner Stirn. Die Schwarzhaarige saß auf einem Stuhl vor ihm und stützte ihre Hände direkt vor ihrer Scham auf den Sitz.

»Ich weiß es nicht«, sagte sie, ohne die Lippen zu bewegen. »Ich weiß es nicht. Spielt keine Rolle. Ist mir völlig egal.«

Sie sah nicht so aus, wie er sie in Erinnerung hatte. Ihr Gesicht sollte rund sein, der Zug um ihren Mund verwundert und ihre Augenpartie sanft. Aber da saß sie und machte ein Gesicht, als wolle sie ihm etwas Böses. So sollte es nicht sein, und ihm würde keine andere Möglichkeit bleiben, das zu beheben, als einen neuen Kopfabdruck zu machen.

»Ich weiß es nicht«, sagte sie, ohne die geringste Mimik im Gesicht.

»Was weißt du nicht?«, fragte er.

»Ich weiß es nicht«, sagte sie.

»Ich habe dich ja auch gar nicht gefragt«, sagte er.

»Spielt keine Rolle«, sagte sie.

Er bekam Angst, ohne zu wissen, warum, und wurde dann von solcher Abneigung und Ekel gepackt, dass ihm die Luft wegblieb. Er wachte davon auf, dass sein Kopf mit einem lauten Schnarcher und einem gleichzeitigen Stechen in der Schulter auf seine Brust fiel und dann zurück auf die Stuhllehne schnellte.

»Um Gottes willen«, sagte er und massierte seinen schmerzenden Hals.

Er ging ins Schlafzimmer, konnte aber nicht einschlafen. Lange lag er mit geschlossenen Augen und der Decke im Arm hellwach im Bett. Die Sonne schien schräg durchs Fenster, war fast um die Ecke verschwunden, sein Schlüsselbein tat weh, und in seinem Knie pochte es unangenehm. In der Nähe des Hauses wurde ein Benzinrasenmäher angeworfen. Die Nachbarn hatten offenbar beschlossen, den Rasen zu mähen, bevor das Gras gewachsen war – vielleicht betrachteten sie das als Vorsichtsmaßnahme. Bemerkenswert.

Das Geräusch des Rasenmähers löste ein Zittern in seiner Wirbelsäule aus und vibrierte angenehm im Bauch. Was war das? Ein Prickeln zwischen den Beinen. Ein grundloser Ständer. Er hatte an nichts anderes gedacht, als dass er sich selbst leidtat, weil er auf so lächerliche Art und Weise aus dem Verkehr gezogen worden war und diese schrecklichen Schmerzen hatte. Alles wegen einer elektrischen Lampe, die er noch nicht einmal brauchte.

Er stöhnte und rieb sich an der Bettdecke, was sein Verlangen nur noch verstärkte. Er wollte nicht onanieren. Das war zu deprimierend. Vollgepumpt mit betäubenden Medikamenten im Bett zu liegen, *alles, was gut und schön war in der Welt* gegen sich aufgebracht zu haben, arbeitsunfähig, und niemand, außer seiner Mutter, der um ihn trauern würde, wenn er stürbe. Und in dieser quälenden Einsamkeit onanieren? Nein.

Er hievte sich auf die Beine und schleppte sich mit der Bettdecke unterm Arm in die Werkstatt. Breitete die Decke auf dem Fußboden aus, holte den Hocker aus dem Lager, stieg darauf und löste eine der vier Puppen, die er am Freitag zum Trocknen aufgehängt hatte, vom Haken. Der Stock, der ihre Beine auseinanderhielt, fiel auf den Boden und rollte an die Wand.

Er legte sie rücklings auf die Bettdecke, zog seine Unterhose bis zu den Oberschenkeln runter und schloss die Augen, während er sich bereit machte, in sie einzudringen. Aber er kam nur bis zur Hälfte – sie war zu trocken, es war fast schmerzhaft. Er strampelte mit heruntergelassener Hose auf ihr herum, darauf konzentriert, sich nicht mit den Augen eines Außenstehenden zu sehen, sich nicht zu vergegenwärtigen, dass dies einer der Vorgänge war, die den Fortlauf seines Lebens bildeten. Seine Biografie.

Er wühlte im Karton der Schwarzhaarigen, bis er das Kästchen mit dem Gleitmittel fand, und schmierte sich damit ein, wobei die Styroporkügelchen am Baumwollstoff seiner Unterhose kleben blieben. Wieder zurück auf den Fußboden, ließ er das Gewicht seines Körpers auf ihren prallen Brüsten und ihrem flachen Bauch ruhen. Diesmal ging es, und einen Moment freute er sich darüber, wie zweckmäßig sie konstruiert war. Er hatte schon ganz vergessen, dass sie, wenn sie benutzt wurden, nicht mehr wie tote Gegenstände wirkten. Die Vagina umschloss einen, als wolle sie gar nicht mehr loslassen, und ihr Gewicht, der Widerstand ihres Körpers und die Federung erweckten den Eindruck, als bewege sie sich unter einem.

Er wollte ihr durchs Haar streichen und sich ein wenig aufrichten, griff aber ins Leere. Wo war er nur mit seinen Gedanken? Es war gelinde gesagt abstoßend, es mit einer zu treiben, die keinen Kopf hatte. Das hatte er noch nie gemacht. Abgesehen davon, dass er es nie aus Lust gemacht hatte, sondern nur, um die Entwicklung der Vagina zu testen.

Er riss sich zusammen und versuchte, es zu Ende zu bringen, aber sein Penis war in ihr schlaffer geworden.

Die Köpfe lagerten fertig, sorgfältig in Plastikfolie eingewickelt im Nebenraum, und er holte einen von ihnen und befestigte ihn an der dafür vorgesehenen Stelle. Mehr Gleitmittel. Warum fühlte er sich nur so armselig? Er war sich verdammt noch mal nicht zu schade für seine eigenen Produkte. Er versuchte, die Puppe so zu sehen, wie *sie* sie sahen. Die Kunden, die sie vergötterten und ihm lange, begeisterte Dankesbriefe schrieben, weil er sie erschaffen hatte. Er versuchte, sich einzureden, der Gegenstand unter ihm sei erotisch, die Distanz zu überbrücken, die er zwischen sich und den Puppen aufgebaut hatte. Sie waren nicht nur hübsche Kunstgegenstände. Sie waren Nachahmungen der Schönheit, sprühend vor Sex-Appeal. Tot, aber schön, und es gab nichts daran auszusetzen, sie so zu genießen, wie er es sich gerade zum ersten Mal gestattete. Das fließende, blonde, glatte Haar, der verlockende Mund, die geduldigen Glasaugen, frei von jeglicher Unzufriedenheit oder Geringschätzung. Der feste Körper, die schlanken Arme. Es war ganz natürlich, sich für sie zu begeistern. Es war normal, sie nehmen zu wollen, obwohl sie tot waren.

Nun geschah das, was er um jeden Preis hatte vermeiden wollen: Er sah sich mit den Augen eines Zuschauers. Den Hintern wie ein Vollmond in der Luft, den Arm in der Schlinge, bei jedem Stoß wimmernd, weil seine Schulter keine Belastung aushielt. Er sah die Werkstatt und sich selbst darin, in dieser großartigen Gesellschaft. Die vielen Bilder an den Wänden, die ihn inspirieren und an die Ehrenhaftigkeit des Handwerks erinnern sollten, der raue Boden mit den alten Ölflecken, das gnadenlose Arbeitslicht, das ihn von der Decke anstrahlte – und urplötzlich ergoss sich aus einer großen Giftschale, die sich ohne sein Wissen in seinem Kopf befand, Verachtung über ihn.

In diese Schale war jahrelang das Gift der Herablassung gegenüber seinen Kunden getropft. Er hatte sie stets als bemitleidenswerte Versager angesehen, denen er half. Deren Leben er erträglicher machte. Er ekelte sich vor sich selbst, weil er sich mit ihnen auf eine Stufe gestellt hatte.

Wann hatte er begonnen, sich einzureden, er sei etwas Besseres? Vielleicht hatte er es immer geglaubt, vielleicht hatte er es sich auch mit der Zeit angeeignet, um sich gegen die Vorurteile anderer zu schützen.

Die Kapitulation war fast friedlich, dafür dass sie unvermeidlich war, und er blieb eine Weile auf ihr liegen, den halbschlaffen Penis an ihrem weichen Oberschenkel, bevor er ins Lager ging und die Schnabeltasse holte, sie mit heißem Wasser und milder Seife füllte, das Gleitmittel aus der Puppe spülte und sie wieder zurück an ihren Platz hängte. Er versuchte, die Bettdecke so gut es ging auszuschütteln, aber der Schmutz war hartnäckig, und er musste erneut aufgeben, den Zipfel der Decke in den Mund nehmen und mit der unverletzten Hand den Bettbezug abziehen. Immer noch keuchend vor Anstrengung, schleppte er sich zurück ins Schlafzimmer, ließ den Bezug in den treulosen Wäschekorb fallen und legte sich ins Bett, die bloße Decke über den Kopf gezogen, so dass nur seine nackten Füße herausragten.

Der Schlaf kokettierte zwei, drei Ewigkeiten mit ihm, bevor er sich ihm hingab. Zweimal stand er auf, einmal um zu pinkeln, das zweite Mal, um Schmerztabletten und ein Glas Wasser zu holen und das Handy auszuschalten, und dann schlief er den ganzen friedlichen Abend und die kurze, fast helle Nacht hindurch.

Er wachte von einem schreienden, grellen Stechen im Kopf und im Schulterblatt auf, und bevor er die Augen richtig öffnen konnte, verspürte er einen unerträglichen Überdruss. So konnte er nicht leben. Er musste rausgehen und etwas tun. Er hatte Sodbrennen und einen medizinischen Geschmack im Mund, sein Magen war wie mit einem Ledermesser ausgeschabt.

Die Kaffeemaschine setzte sich zischend und prustend in Gang, viel lauter als sonst, wie er fand. Gierig trank er eine halbe Tüte Milch, bevor er ins Bad ging, sich mit einem heißen Waschlappen den Schlaf aus dem Gesicht wischte, sich sorgfältig unter den Armen und zwischen den Beinen wusch und ein Hemd und seine weiteste Hose anzog, weil das mit einer Hand leichter war. Während er die Zeitungen durchblätterte, verschlang er vier Scheiben Toastbrot.

Tramol und mehr Kaffee. Er wartete auf eine Offenbarung oder zumindest auf irgendwelche inneren Anweisungen, wie man den Tag durchstehen sollte, ohne etwas tun zu können. Blätterte noch mal die Zeitungen durch, fand aber nichts, das seine Aufmerksamkeit fesselte.

Er betrachtete die Autoschlüssel, schaltete das Handy ein, steckte beides in seine Tasche und schlüpfte auf dem Weg zum Wagen in seine Schuhe. Vergaß den Zettel mit der Adresse, den Lárus ihm gegeben hatte. Aber das spielte ohnehin keine Rolle – er hatte sie im Kopf: Framnesvegur 19.

Der Wind ließ den Sonnenschein erzittern und schlug hart gegen den Wagen. Das gelbe, hohe Gras vom Vorjahr drückte sich ergeben am Straßenrand auf den Boden, so als vertrage es die schneidende Helligkeit nicht, ebenso wie Sveinns empfindliche Augen. Er tastete im Handschuhfach nach seiner Sonnenbrille. Was hatte er nur damit gemacht?

Jedes Mal, wenn er den Fuß auf dem Gaspedal bewegte, tat sein Knie weh.

Kurz bevor er die Hauptstraße erreichte, schnitt ihm ein silbergrauer, sportlicher Hyundai den Weg ab, und Lárus sprang heraus. Vor Eifer knallte er fast mit dem Kopf gegen die Scheibe und fing an zu reden, bevor Sveinn sie heruntergekurbelt hatte. Bei dem Sturm konnte er ihn erst verstehen, als die Scheibe ganz unten war.

»... aber Sie sind nicht ans Telefon gegangen, deshalb bin hergekommen, um abzuchecken, ob Sie okay sind.«

»Aha.«

»Wo fahren Sie denn hin? Nehmen Sie keine Medikamente mehr? Soll ich Sie nicht lieber fahren? Ich habe bis morgen frei.«

»Ich fahre nicht weit«, antwortete Sveinn.

»Fahren Sie nach Reykjavík? Ich dachte vielleicht ...« Lárus Augen flackerten in unkontrollierbarer, kindlicher Angst, *etwas zu verpassen*. Er platzte fast vor Neugier und tat Sveinn fast leid. Jemand anders hätte bestimmt mehr Mitgefühl gehabt. Hätte ihm erlaubt, den Fortlauf der Dinge mitzuverfolgen, ihm sogar angeboten, ihn auf seinem Ausflug zu begleiten. Aber Lárus' Verhalten hatte etwas Unentschuldbares – eine widersprüchliche Sündhaftigkeit, die man unmöglich begreifen konnte.

»Mach dir keine Sorgen«, sagte Sveinn. »Hör einfach auf, darüber nachzudenken.«

Plötzlich wurde Lárus wachsam. Sein unschuldiger Gesichtsausdruck verdunkelte sich. Vielleicht hatten die Götter – aus Boshaftigkeit oder schonungsloser Nachsicht – seine Gedanken darauf gelenkt, wie sein Eifer auf Sveinn wirken musste. »Ja, nee, nee«, sagte er, »ich hab mir keine besonderen Gedanken darüber gemacht.«

»Danke für deine Hilfe«, sagte Sveinn. »Du hast natürlich was bei mir gut. Sag Bescheid, wenn ich was für dich tun kann, Junge.« Er nickte ungeduldig in Richtung des Silbergrauen, der den Weg versperrte.

»Keine Ursache.« Lárus schluckte angestrengt, ging dann gebeugt die paar Schritte zum Wagen und fuhr ihn an den Rand, damit Sveinn weiterfahren konnte.

Lárus und sein Auto wurden im Rückspiegel immer kleiner, bis sie verschwanden, und da begann Sveinn, ihn zu bemitleiden. Das Verständnis, das sich einen Moment vorher noch nicht einstellen wollte, brach jetzt wie eine Flutwelle aus ihm heraus, die das Auto mitriss und auf eine fremde Straße spülte, die so aussah wie die ursprüngliche Straße, sich aber an einem ganz anderen Ort befand. In Zeit und Raum gab es unzählige Löcher; das hatte er schon immer gewusst. Und die menschliche Natur war wie Wasser, das durch diese Löcher hinein- und hinausfloss. Im einen Moment war man abweisend und unsensibel, und im nächsten Moment konnte man sich perfekt in andere hineinversetzen. Jetzt fand er auf einmal, dass er überhaupt kein Recht hatte, diesen gutwilligen Jungen, der natürlich ein Vorbild brauchte, ständig abzuweisen – jedenfalls schien er etwas zu brauchen, das Sveinn ihm verweigerte.

Unsinn. Schließlich war er Lárus nichts schuldig. Schließlich war Lárus nicht sein Sohn. Er war nur ein junger Mann auf der Suche, der auch mal an seine Grenzen stoßen musste.

Der Sturm schlug und peitschte die Wellen, ihre Kronen waren weiß, so weit das Auge reichte. Der Himmel zerrissen von Wolkenfetzen. Das Gefühl im Körper, die Gedanken, ja, alles war irgendwie aufgewühlt. Gottes Bart wie welkes Gras am Straßenrand. Aufgewühlt und zerfetzt. Deswegen sehnte sich die Welt nach dem Tod. Nach dem Mann mit der Sense. Dem Schnitter, der alles von Bürden und Unebenheiten befreite. Alles glatt und schön, gestutzt und geschnitten und geruchlos machte. Leichter als Ozon und frei von jeder Regung – damit frei von allem Unerwarteten und Unangenehmen.

Er musste an Lóa denken, die vor nur zwei Tagen dieselbe Strecke gefahren war – bei weniger Windstärken, die sie bestimmt durch den Sturm in ihrem Kopf ausgeglichen hatte. Mit einem unschuldigen Püppchen auf dem Rücksitz. Oder im Kofferraum? Hatte sie die Schwarzhaarige auf den Rücksitz oder in den Kofferraum gelegt? Das hing natürlich davon ab, ob sie meinte, sie aus den Klauen des Bösen befreit oder sie wegen Erregung öffentlichen Ärgernisses festgenommen zu haben. Aber warum reichte das nicht? Warum konnte sie ihn nicht in Ruhe lassen, nachdem sie sein schönstes Werk gestohlen hatte? Vielleicht war sie tief im Inneren in ihn verliebt.

Was hatte Freud noch mal gesagt? *Hinter jeder Angst steckt Verlangen, und hinter jedem Verlangen steckt Angst.* Mit anderen Worten: Wenn einen etwas wirklich berührt, werden Augen und Herz davon angezogen. Er hatte sie zweifellos auf irgendeine Weise berührt. Sonst wäre sie nicht so aufdringlich.

Reykjavík war eine merkwürdige Einöde. Die Hälfte der Stadt halb bebautes, unfertiges Hinterland mit riesigen, hässlichen Kästen. Früher war sie mal ein nettes Fischerdörfchen. Jetzt ähnelte sie mehr einer müden, kulturlosen Industriestadt wie Leeds oder Manchester.

Die vielen Autos stressten Sveinn und machten ihm bewusst, dass er seit Wochen oder Monaten nicht mehr in der Stadt gewesen war. Er war ein Landmensch geworden. So wie Kjartan. So wie Lárus. Der Gedanke jagte ihm einen Schauer über den Rücken. Vielleicht war es an der Zeit, einen dieser Kästen am Rand von Reykjavík zu erobern. Es war ohnehin nur Zufall gewesen, dass er nach Akranes gezogen war – jemand hatte ihm von einem geräumigen Haus erzählt, das leer stünde und für einen Spottpreis vermietet würde –, genauso, wie es purer Zufall gewesen war, dass er sich auf das Puppenmachen spezialisiert hatte. Es war wie eine Zweckehe: Mit der Zeit hatte er gelernt, die Rolle, die das Schicksal ihm zugeteilt hatte, zu lieben.

Er hatte sich gerade durch die Kunsthochschule gequält, voller Enttäuschung, dass seine drei Semester Ingenieurswissenschaften ihm nicht nützlicher waren. Er hatte gehofft, das Studium würde sich mehr um Methodik und Materialanwendung drehen als um versponnene Ideen.

Was andere als Ideengeschichte des zwanzigsten Jahrhunderts bezeichneten, erschien ihm wie ein Beliebtheitswettbewerb der Schlaumeier. Jeder konnte sich hinsetzen und schlaue Ideen haben, oder nicht? Er hatte sich in diesem Studium nie zu Hause gefühlt. Wie zum Teufel hatte er es eigentlich geschafft, ihnen Sand in die Augen zu streuen, so dass sie ihn überhaupt angenommen hatten?

Sei's drum. Durch die Bekanntschaft seiner damaligen Freundin mit Theaterleuten in Schweden hatte er Anleitungen und Material für seine erste Puppe bekommen – ein renaissancehaftes Pummelchen mit kupferroten Locken. Er hatte sich die ganzen Osterferien in Stockholm den Rücken krumm geschuftet, während seine Freundin mit den Theaterleuten durch Bars und Cafés gezogen war. Dieser Erstling wurde dann sein Abschlusswerk, und schon am ersten Ausstellungstag bekam er vier Angebote. Er war so gierig nach Geld und Anerkennung, dass er sie alle annahm, und nachdem die Käufer einer Massenproduktion zugestimmt hatten, flog er zurück nach Schweden und fertigte neun weitere Puppen an, alle identisch, nummerierte ihre Fußsohlen, ließ für jede einzelne eine seriös formulierte Bescheinigung auf offiziellem Urkundenpapier anfertigen, die sie als eines von weltweit zehn Exemplaren auswies, und scheffelte jede Menge Geld, von dem er noch nicht einmal wusste, was er damit anfangen sollte. Er war der Einzige seines Jahrgangs, der mit seinem Abschlusswerk etwas verdiente.

Anschließend hatte er der Kunst mit selbstgefälliger Überheblichkeit den Rücken zugekehrt. Hatte diesen verwirrenden, schmierigen Tempel für immer verlassen. Die Tür hinter sich ins Schloss fallen lassen und seitdem jede Sekunde danach gestrebt, den biologischen Abfall von seinen Händen zu tilgen. Das war ihm ganz gut gelungen, außer im Moment, da er sich wie mit Schleim überzogen fühlte. Vielleicht, weil er seit Samstag nicht mehr geduscht hatte.

Er bog langsam in den Framnesvegur, suchte die Hausnummer neunzehn, parkte auf der gegenüberliegenden Straßenseite und blieb im Wagen sitzen, unentschlossen, was er als Nächstes tun sollte. War schon fast ausgestiegen, zögerte dann aber; der Wind konnte seine Haare nur kurz durcheinanderwirbeln, bevor er die Tür wieder zuzog. Er versuchte, sich die Begegnung auszumalen, konnte sich aber unmöglich vorstellen, wie Lóa reagieren würde, wenn sie ihn auf der Türschwelle sähe: ob sie ängstlich oder wütend werden oder vorgeben würde, ihn nicht zu kennen.

Ein paar Minuten vergingen, vielleicht eine Viertelstunde, bevor er sich anschickte, erneut auszusteigen, aber er hatte gerade den Fuß auf die Straße gesetzt, als die Tür von Nummer neunzehn aufging und Lóa herauskam, in einem fort nickend, mit einem pummeligen kleinen Mädchen im Schlepptau, das ununterbrochen redete. Ein paar klingende Vokale drangen durch den Sturm und die Fensterscheibe, die sie voneinander trennte, an sein Ohr, und ihr lautloses Hüpfen und Springen wirkte aus seiner Perspektive surreal. Sie schien unerschöpfliche Energie zu haben, so als könnte sie jeden Moment abheben und ein paar Runden fliegen.

Lóa stieg ins Auto, schnallte sie beide an und fuhr los, ohne Sveinn zu bemerken. Er saß da und musste sich beherrschen, nicht den Kopf einzuziehen und sich unters Fenster zu ducken. Er wollte sich dieser plötzlichen, grundlosen Unsicherheit nicht gänzlich beugen.

Sveinn war erleichtert, sie wegfahren zu sehen. Es war ziemlich sinnlos anzuklopfen, wenn sie nicht zu Hause war. Aber das konnte er nicht als Vorwand benutzen, sich wieder auf den Heimweg zu machen – das wäre wie eine Flucht mit eingezogenem Schwanz und die Mühe vergeblich gewesen.

Was sollte er jetzt tun? Sich die Zeit in der Stadt vertreiben? Etwas kaufen?

Wenn er etwas kaufte, das nicht unbedingt notwendig war, bedauerte er es hinterher immer und konnte den Gegenstand nicht leiden, fand ihn geschmacklos und vulgär – eine dumme Bestätigung des Produktionseifers der Menschen – und schämte sich dafür, wieder einmal in die Falle getappt zu sein, sich eingebildet zu haben, diese oder jene Unnötigkeit könne ihm eine Freude bereiten.

Er hatte also keine andere Möglichkeit, als sich in ein Lokal zu setzen, Zeitung zu lesen und ein paar Tassen Kaffee zu trinken. Allerdings fühlte er sich dabei alles andere als wohl. Er hatte das Gefühl, man sah ihm an, dass er auf dem Land lebte und schon seit langem keine Kultur mehr genossen hatte.

Vor dem Hótel Borg sah er sich auf einmal mit den Augen eines anderen aus dem Wagen steigen, einem relativ neuen amerikanischen Pick-up, der ihn ein Vermögen gekostet hatte – mehrere Vermögen, wenn man es genau nahm –, in einer alten Schlaghose und einem zu oft gewaschenen Wollpulli über dem Hemd, angeschlagen und mit schmutzigen Haaren. Da fiel ihm ein Gedicht über einen seiner Lehrer in der Kunst- und Handwerksschule ein, der nach einer Erbschaft geradewegs zum Autohändler gerannt war und sich einen nagelneuen BMW gekauft hatte.

Er hat immer gegeizt
kein Geld fürs Café
jetzt kommt er geheizt
mit 'nem Beemwe

Sveinn lachte innerlich, während er eine Hundertkronenmünze in den Schlitz an der Parkuhr steckte.

Er setzte sich mit einem Stapel Zeitungen an einen gedeckten Tisch mit Aussicht auf den kleinen Platz, auf dem die Statue des unbekannten Beamten stand, konnte sich aber nicht aufs Lesen konzentrieren und versuchte stattdessen, sich Lóas Gesicht ins Gedächtnis zu rufen.

Sie hatte schöne Hände und ein trauriges, aber bezauberndes Lächeln, das gut zum Schwung ihrer blonden, unschuldigen Locken passte. Ihre Figur erinnerte an Nummer sieben, außer, dass sie eine wesentlich breitere Taille hatte, und ihr bestimmter, aber flackernder Blick ließ darauf schließen, dass sie zwar resolut, aber manchmal unüberlegt impulsiv in ihren Handlungen war.

Als er sie im Geiste auseinandergenommen und jedes Detail

analysiert hatte, sah er keinen Grund mehr für sein Zögern. Sie war auch nur ein Mensch. Eine Frau. Das schwache Geschlecht. Außerdem befand er sich voll und ganz im Recht, was man von ihr nicht behaupten konnte. Diebstahl war strafbar und Stalking ebenfalls, vor allem, wenn es mit direkten oder indirekten Drohungen verbunden war.

Der Kellner, der ihm den Kaffee brachte, war so unpersönlich, dass er fast unsichtbar wirkte. Seine gesellschaftliche Maske musste dicker sein als bei anderen, oder er hatte keine Seele, war nur eine inhaltsleere Hülle.

Es war eine abstoßende Art von Höflichkeit, fast brutal, fand Sveinn, der ganz im Gegenteil besonderen Wert darauf legte, seine Produkte so aussehen zu lassen, als hätten sie eine Seele – er tat sein Möglichstes, das Gefühl zu vermitteln, die Gesichter der Mädchen hätten etwas Lebendiges.

Wie machte er das? Wie konnte man einen Zombie attraktiv machen?

In erster Linie mussten die Augen groß sein, aber nicht zu groß – nicht so, dass sie an eine verängstigte Person in einem Horrorfilm erinnerten. In dieser Branche konnte man leicht Fehler machen und etwas anfertigen, das eher unheimlich als anziehend war.

In diesem Zusammenhang war es auch wichtig, dass sie eher hübsch, als wirklich schön waren. Ein bisschen comichaft. Disney. Gesichter aus weichen Linien. Keine spitzen Schauspielerinnenwangenknochen.

Aber das war alles nur nebensächlich im Vergleich zu dem militärischen Geheimnis, der geheimsten Zutat des Rezepts, dem, das alle wahrnahmen, aber niemand bemerkte. Eine geschickte optische Täuschung, die das Unterbewusstsein der Menschen direkt ansprach:

Die Gesichter der Mädchen wirkten zwar völlig symmetrisch, waren es aber nicht. Wenn er die Gesichter modellierte, um dann Gipsabdrücke von ihnen zu nehmen, bemühte er sich, ihre Profile ein kleines bisschen ungleich, aber dennoch symmetrisch genug zu formen, dass man glaubte, menschengemachte Perfektion vor Augen zu haben. Und das war auf gewisse Weise auch der Fall. Perfektion war in der Regel tatsächlich menschengemacht, allerdings nicht in dem mechanischen Sinne, den sich die Leute vorstellten, wenn sie die Puppen betrachteten.

In der Natur gab es nie einen perfekten Kreis, und menschliche Gesichter waren nie völlig symmetrisch. Bei Rechtshändern war der linke Arm etwas dünner als der rechte und die linke Hand zierlicher als die rechte, weil man die öfter benutzte. Das ahmte er der Natur auch nach, ohne dass es mit bloßem Auge sichtbar war.

Sveinn war davon überzeugt, dass dies einer der Gründe für die Erfahrung der Männer war, die ihm schrieben, die Puppe sei für sie mehr als ein Gerät zur Befriedigung, sie biete ihnen mehr Gesellschaft, als sie es bei einem toten Gegenstand für möglich gehalten hätten, und sie stellten vielfältige Charaktereigenschaften an ihr fest.

Einer ging sogar so weit, ihre Charaktereigenschaften aufzulisten: Wenn seine Heißgeliebte eine lebendige Frau wäre, wäre sie eine verträumte Studentin, die einen schicken Schal anhätte und oft mit einem Buch unter dem Arm gesehen würde, zum Beispiel *Die Glasglocke* von Sylvia Plath.

Jedes Mal, wenn Sveinn an diesen Brief dachte, konnte er sich eines schaurigen Grinsens nicht erwehren. *Die Glasglocke* war zweifellos eines der wichtigsten Flaggschiffe der Feministinnen im zwanzigsten Jahrhundert, und es hatte etwas Tragikomisches, sich eine Sexpuppe zu kaufen und sie sich als literarisch interessierte Frauenrechtlerin vorzustellen.

Meistens war Sveinn froh, nichts mit seinen Kunden zu tun haben zu müssen. Er hatte zum Beispiel keine Ahnung, was er dem Sylvia-Plath-Bewunderer entgegnen sollte. Man kann sich um Kopf und Schwanz reden, wie Kjartan zu sagen pflegte.

Es gehörte natürlich nicht zu seinen Aufgaben, seine Kunden zu beurteilen. Aber er hielt es auch nicht für seine Aufgabe, ihnen alles recht zu machen. Er interessierte sich nicht im Geringsten für zielgerichtetes Marketing; was der Durchschnittsmann an einer Silikonpuppe am begehrenswertesten fand, war ihm egal. Er wollte nur gute Arbeit leisten. Darin lag der Genuss. Das war für ihn der wahre Lohn seiner Arbeit.

Der unbekannte Beamte stand unerschütterlich schief auf seinem Podest, mit einem kastenförmigen Steinblock anstelle von Kopf und Schultern. Die Aktentasche musste ihn nach all den Jahren nach unten ziehen, ebenso wie der hübsch gemeißelte Steinanzug. Was für ihn wohl der wahre Lohn seiner Arbeit war?

Sveinn spülte eine weitere Tramol mit dem letzten Schluck Kaffee hinunter und beschloss, nach Hause zu fahren. Er konnte nicht endlos rumhängen und warten, ohne eine Ahnung zu haben, wie lange er warten musste. Er konnte noch mal im Framnesvegur vorbeischauen und, wenn er dort niemanden antraf, einfach wieder nach Hause fahren und die ganze Sache vergessen. Er würde ein neues Exemplar von der Schwarzhaarigen anfertigen, sobald er wieder arbeitsfähig war.

Er hielt Ausschau nach Lóas grünem Renault, sah ihn aber nicht in der Straße stehen, daher parkte er direkt vor ihrem Haus, überlegte, ob er den Motor anlassen sollte, beschloss dann aber, dass das unnötig war. Unabhängig davon, ob jemand zu Hause war, hatte er nicht vor, das Haus zu stürmen und dann wie ein Dieb wegzurasen.

Sein Herz schlug schneller, als er den Zettel an der Klingel las. Hieß sie wirklich Hansdóttir, oder hatte er sich geirrt?

Er kam der Wahrheit nicht näher, denn auf dem Zettel standen nur Vornamen in linkischen Blockbuchstaben: *Lóa, Margrét und Ína*. Mit rosafarbenen und braunen Schmetterlingen verziert. Eindeutig die Schrift eines Kindes, das gerade die Buchstaben gelernt hatte.

Die Gegensprechanlage ging fast im selben Moment an, als er auf die Klingel gedrückt hatte. Eine geschäftige Stimme sagte: »Hallo?«, und ein schneidendes Surren gab zu erkennen, dass ihm die Tür ohne Umschweife offen stand.

Eine junge Frau kam die Treppe heruntergelaufen, und ihrem Gesicht nach zu schließen schien etwas Ernsthaftes vorgefallen zu sein. Sie war eindeutig enttäuscht, dass er nicht jemand anders war. Wen hatte sie erwartet? Lóa?

Vielleicht war Lóa mit ihrer Beute abgehauen, fuhr gerade über die isländischen Straßen und suchte eine geeignete Klippe, von der sie sich mit der Schwarzhaarigen im Arm stürzen konnte. Offenbar wurde sie von dieser Schwester, Liebhaberin, Freundin – oder wer auch immer sie war – schmerzlich vermisst.

»Guten Tag«, sagte Sveinn und verstand nicht, warum er ausgerechnet so klingen musste wie ein hoffnungsloser Verkäufer. »Könnte ich mal kurz die Dame des Hauses sprechen?«

Die Frau hob die Brauen und schaute ihn an. Blauschwarze Haare, wahrscheinlich gefärbt, fielen ihr in die Stirn und verdeckten ihr Auge halb. Sie war hübsch, aber ein bisschen verhärmt, hatte vielleicht schon einiges durchgemacht.

Ihr Haar und ihre Figur erinnerten ihn an die mit den kurzen Haaren und den asiatischen Gesichtszügen, Körpermodell vier, die er, sobald er wieder arbeiten konnte, fertigstellen, in einen Karton verpacken und nach Helsinki schicken würde. Beide hatten schmale Hüften, kleine Brüste, einen glatten, schwarzen Bubikopf und dichte Ponysträhnen.

»Die ist nicht zu Hause«, sagte sie und strich sich die Strähnen aus der Stirn hinters Ohr.

Er war sich nicht sicher, ob er ihr glauben sollte. Warum war sie ihm wie ein Wachhund entgegengerannt?

»Warten Sie mal«, sagte er und schaute ihr direkt ins Gesicht. »Ich muss nicht unbedingt mit ihr reden. Ich muss nur was abholen, das sie sich von mir geliehen hat.«

Die Frau trat von einem Bein aufs andere, ohne Anstalten zu machen, ihn durchzulassen. »Können Sie nicht später noch mal wiederkommen?«, fragte sie. »Es ist im Moment ziemlich ungünstig.«

»Nein, ich kann nicht später noch mal wiederkommen«, sagte er, und als sie zögerte, anstatt ihm das übel zu nehmen, war er sich sicher, dass sie wusste, was los war.

Sie drehte sich um, trabte die Treppe hinauf und wies ihn an, ihr zu folgen.

»Sie brauchen Ihre Schuhe nicht auszuziehen«, sagte sie, ohne sich im Türrahmen umzudrehen. Ohne ihn anzuschauen.

Er folgte ihr in die Wohnung und stand tatenlos im Wohnzimmer, während sie sich mit verschränkten Armen auf einen großen Esstisch setzte.

Das Erste, was er bemerkte, waren die verwelkten Topfpflanzen überall: auf den Fensterbänken, auf einer alten Anrichte und einem niedrigen Bücherregal. Eine weitere in einem dekorativen Topf auf dem Fernseher, ein rundes Spitzendeckchen darunter. Was für Menschen fanden sich damit ab, zwischen toten Pflanzen zu leben? Gelbbraun und verstaubt. Keine Spur mehr von Grün, außer bei einem meterhohen Baum, der am Fenster thronte und noch zu leben schien, obwohl er die Hälfte seiner Blätter verloren hatte. Was für eine merkwürdige Vernachlässigung einer Wohnung, die ansonsten für seinen Geschmack etwas zu edel wirkte. Teure Designermöbel, ein ganzer Schrank voll handbemaltem dänischen und chinesischen Porzellan, goldene Tapeten, große persische Teppiche, Kissen und Polster aus Seidendamast. Was sollte dieser ganze bürgerliche Wohlstand darstellen? Lóa sah nicht aus wie eine Karrierefrau mit hohem Gehalt. Vielleicht hatte sie einen gut situierten Ehemann. Oder einen gut situierten Exmann?

Als Nächstes bemerkte er, wie seltsam die Wohnung geschnitten war. Doppelte Deckenhöhe mit einer Galerie über dem Wohnbereich und der Küche, von der man in einen düsteren, völlig leeren Raum hinaufschauen konnte, so als hätte man geplant, dort eine Schlaf- oder Fernsehnische einzurichten, es aber nie durchgeführt.

Die Tür, die früher einmal vom Flur auf den Dachboden geführt hatte, befand sich an der Decke über einem Schrank mit Glastüren. Aber eine Treppe fehlte, was darauf schließen ließ, dass es keinen Weg gab, auf diesen schönen Dachboden zu gelangen, den man so perfekt vorbereitet hatte.

Sveinn drehte sich langsam im Kreis und musterte die halbfertige, kunstvolle Konstruktion in diesem ansonsten völlig normalen Haus, und erst da entdeckte er die erwachsene Frau, die auf dem Sofa saß und ihre Hand halb ausstreckte, als sei sie sich nicht sicher, ob sie ihn begrüßen sollte. Als sich ihre Augen trafen, stand sie auf, ging zu ihm und reichte ihm ihre Hand, die klein, seidenweich und knochig war.

»Hallo«, sagte sie und wirkte unsicher, wenn nicht gar verängstigt. »Sind Sie Lóas Freund?«

Er musste sie einfach anstarren.

Seit Beginn der Produktion hatte er nur fünf »ältere« Puppen angefertigt, und es war ihm nie gelungen, die Fältchen um die Augen richtig hinzukriegen. Wie sehr er sich auch bemühte, sanfte Lachfältchen zu formen – immer verwandelten sie sich in seinen Händen in abweisende, verbitterte Züge.

Die Frau, der er die Hand schüttelte, hatte genau die Falten, die er vergeblich versucht hatte zu formen. Worin lag der Unterschied? Auch er hatte die Falten bei seinen Puppen schräg nach oben zeigen lassen. Ihnen dieselbe Tiefe gegeben. Vielleicht fehlte dieser winzige Farbunterschied. In den Puppengesichtern wurden die Falten von den Schatten eher dunkler, aber echte Falten wirkten natürlich heller als das Gesicht selbst, weil sie besser vor dem Tageslicht geschützt waren.

Die Frau zog ihre Hand zurück, schaute weg und dann auf die Schlinge, die sich quer über seine Brust zog, so, als warte sie auf etwas. Warum schaute sie ihn so an? Ach, natürlich, sie wartete auf eine Antwort.

»Entschuldigung, ich …«, setzte er an, hatte aber keine Entschuldigung parat, also verdrehte er nur müde die Augen und begann noch einmal: »Nein, nicht direkt. Sie hat sich was von mir geliehen, und jetzt bin ich hier, um es zu holen.«

Er schaute zu der jüngeren Frau, die ihm die Tür aufgemacht hatte. Sie zeigte mit dem Kopf auf einen kurzen Flur, der vom Wohnzimmer abging. Er folgte ihrem Hinweis, humpelte quer durch den Raum in den Flur und öffnete die erste Tür, die ihm in den Weg kam. Es war eine Abstellkammer: breite Regale, beladen mit Werkzeug, Spielsachen, Elektrogeräten, Taschen und Kisten.

Die jüngere Frau stand auf einmal hinter ihm. Sie roch nach

Parfüm, aber er meinte, auch den Geruch von Angst wahrzunehmen. Irgendetwas Merkwürdiges ging hier vor, ein Grauen lag in der Luft.

»Sie ist nicht hier«, sagte sie.

Meinte sie Lóa oder die Schwarzhaarige?

Er drehte sich zu ihr und wollte fragen, was los sei, aber da hatte sie ihm schon den Rücken zugekehrt und in der Türöffnung weiter hinten im Flur Position bezogen.

»Ist sie da drin?«, fragte er, ohne genau zu wissen, über was oder wen sie eigentlich sprachen.

»Ja«, antwortete die Frau, und ihrer zögernden Stimme nach zu schließen war sie sich auch nicht sicher, ob sie wirklich dasselbe meinten. Aber sie betrat das Zimmer und wollte offenbar, dass er ihr folgte.

Es war ein großer, kahler Raum mit Parkettboden, wie in der ganzen Wohnung, einem Schreibtisch, einer Kommode, einem Schrank und einem großen Bett – und in dem Bett lag die Schwarzhaarige, mit einem Schlafanzug bekleidet, die Haare verfilzt und mit einem glänzenden, roten Herzchenaufkleber auf der Stirn.

Sveinn erschrak so sehr, dass er nicht aufpasste und zu fest mit seinem rechten Fuß auftrat. Der Schmerz drang in sein Knie und bis hinauf in die Hüfte. Er kniff die Augen zu und stöhnte vor Schmerz, doch als er dem fragenden Blick der Frau begegnete, die schweigend neben ihm stand, riss er sich zusammen, reichte ihr die Hand und sagte: »Ich heiße Sveinn. Ich habe diese Puppe angefertigt …«

Die Frau nickte und schüttelte seine Hand. Ihre langen, schlanken Finger waren eiskalt.

»Björg«, sagte sie. »Ich bin eine Freundin von Lóa. Wie wollen Sie …?«

Gute Frage. Darüber hatte er noch gar nicht nachgedacht. Normalerweise nahm er sie einfach auf die Schulter, wenn er sie transportieren musste. Sie wogen nur ungefähr fünfzig Kilo.

Er hockte sich auf ihre Schienbeine, zog sie in eine sitzende Position, beugte sich über sie und stützte sich mit der rechten Schulter, der unverletzten, auf ihrem Bauch ab. Er versuchte, sich aufzurichten, aber sie war zu schwer. »Können Sie sie mal kurz anschieben?«, fragte er, und die Freundin kam näher, stützte mit der einen Hand den Rücken der Puppe ab und tastete mit der anderen herum, bis sie merkte, dass ihr nichts anderes übrig blieb, als in ihren Schritt zu greifen und sie mit aller Kraft anzuheben, während Sveinn mit der krummen, auf seiner Schulter wippenden Puppe auf die Füße stolperte.

»Der Schlafanzug …«, sagte die Freundin und verfolgte ausdruckslos seine Bemühungen, bis sich ein Grinsen über ihr Gesicht zog. »Me Tarzan, you Jane«, fügte sie hinzu und stieß ein hohles Lachen aus.

»Ich schicke den Schlafanzug morgen oder übermorgen mit der Post«, sagte er und schleppte sich ins Wohnzimmer, wo ihn der Blick der älteren Frau traf, mit vor Erstaunen weit aufgerissenen Augen. Anscheinend war ihr die Schwarzhaarige noch nicht vorgestellt worden.

»Auf Wiedersehen«, sagte er, ohne ihre Antwort zu hören, falls sie überhaupt etwas antwortete.

Auf dem Treppenabsatz begegnete er Lóa, die sehr in Eile war und immer noch die Kleine dabeihatte.

Er dachte, sie würde sich vielleicht erschrecken, Reue zeigen, sich entschuldigen, ihn mit wirren Erklärungen überschütten. Aber das war nicht der Fall. Sie wirkte zwar ein bisschen erschrocken, kniff die Augen zusammen und schnappte nach Luft, aber dann schien es ganz plötzlich so, als hätte sie vergessen, dass er da war, als sei er ihr nur im Weg, etwas Großes, das ihr den Blick verstellte, und sie stürmte an ihm vorbei, mit dem Mädchen im Schlepptau, das aus irgendeinem Grund in lautes Heulen ausbrach. Er schaute ihnen nach und sah, wie dem Mädchen Tränen über die Wangen liefen und ihre Unterlippe sich nach unten bog und ihre Zähne freigab. Ihr Schluchzen echote von den Wänden, bevor es von dem dicken Teppichboden im Treppenhaus erstickt wurde.

War die Puppe für das Mädchen bestimmt gewesen? Der Aufkleber auf der Stirn wies darauf hin, aber das Zimmer, in dem die Schwarzhaarige gelegen hatte, sah nicht aus wie das Zimmer eines kleinen Mädchens, sondern eher wie ein adrettes Pensionszimmer.

Er wurde sauer. Welches Recht hatte diese Frau, ihn so schäbig zu behandeln, obwohl er nur nett zu ihr gewesen war, während sie es ihm mit Betrug, Diebstahl und Nachstellungen entlohnt hatte? Es war ihm gleichgültig, ob sie in Eile war – sie konnte ihn zumindest grüßen, ihm die Sache erklären, ihn um Entschuldigung bitten. Es war völlig absurd, dass man ihn draußen in der Kälte stehen ließ, während drinnen eine Art dunkle weibliche Verschwörung oder Gott weiß was im Gange war.

Sveinn humpelte mit seiner Fracht zurück in die Wohnung, und diesmal tat nicht nur Lóa, sondern alle so, als sähen sie ihn nicht. Bis auf das kleine Mädchen, das ihn mit rotgeflecktem Gesicht anschaute und schniefte, als er die Schwarzhaarige vorsichtig in einer Kuhle auf dem Sofa ablegte.

Er musterte das weinende Mädchen, und bei dem Gedanken an die vielen Bestellungen, die er für Puppen mit Kinderkörpern bekommen – und nicht ausgeführt hatte –, lief ihm ein Schauer über den Rücken.

Vielleicht war es seine moralische Pflicht, solche Puppen zu produzieren. Das war immerhin besser, als wenn sich die Männer an wehrlosen Kindern vergingen.

Konnte man das von ihm erwarten? Schließlich handelte es sich nur um seinen Job, aber warum sollte er sich die Hände mit etwas schmutzig machen, das ihn anekelte?

»Wie viel Uhr ist es, Mama? Wir kommen zu spät zum Geburtstag«, heulte das Mädchen. »Und ich hab noch kein Kostüm, ich darf nicht rein, wenn ich kein Kostüm anhabe.«

»Wir finden schon was für dich, mein Schatz«, sagte Lóa.

»Neihein, ich will ein richtiges Kostüm, alle haben ein richtiges Kostüm, und ich will nicht zu späähät kommen!«

»Mama, kannst du Ína zu diesem Geburtstag bringen, und darf sie heute bei dir übernachten?«, fragte Lóa.

Das kleine Mädchen, die Türschildmalerin, rannte aus dem Wohnzimmer.

»Ja, Liebes, natürlich«, antwortete die Mutter.

»Was hat die Polizei gesagt?«, fragte die Freundin.

»Ich soll morgen wiederkommen«, sagte Lóa mit gepresster Stimme, so als drücke ihr eine starke Faust die Kehle zu.

Sveinn wurde unruhig. Vielleicht sollte er sich aufmachen. Weg aus diesem Haus der Angst. Schnell zum Wagen gehen und nach Hause zurückkehren in die Einfachheit des idyllischen Landlebens.

Aber er brauchte Hilfe, um die Schwarzhaarige wieder auf die Schulter zu hieven.

»Entschuldigung«, sagte er, aber die drei Frauen hörten ihm gar nicht zu. Jetzt lachten sie wie verrückt. Was war hier los?

Das kleine Mädchen kam mit feuchten Wangen und einer großen, roten Haarbürste zurückgelaufen, setzte sich zu der Puppe aufs Sofa und wollte sie bürsten, aber die Bürste blieb in den filzigen Haaren stecken.

Er ging zu ihr und hockte sich neben sie, obwohl sein Knie das eigentlich nicht erlaubte.

»Wie heißt du, Kleine?«, fragte er, während er begann, die Haare vorsichtig zu entwirren.

»Ína«, antwortete sie.

»Und wie alt bist du?«

»Sieben.«

Er hielt die schwarzen Seidenhaare mit einer Hand fest, zeigte Ína das Ende und sagte: »Du musst hier unten anfangen, sieh mal, dann geht es leichter.«

## X

## Montag

Der Verkäufer im Fahrradgeschäft war ein lebhafter Junge, nicht viel älter als zwanzig, mit glattrasiertem Schädel und in einem Kapuzenpulli mit einem riesigen Motorradmotiv.

»Ich helfe Ihnen, es ins Auto zu tragen, es ist so stürmisch draußen«, sagte er und hob Ínas neues Fahrrad hoch – ein silbernes mit einer rosa Klingel am Lenker, rotem Schutzblech und rotem Ständer.

Ína wollte vorauslaufen, aber Lóa griff nach ihrem Arm. »Ich nehme dich an die Hand. Sonst läufst du noch vor ein Auto.«

Sie entriegelte den Wagen mit dem automatischen Türöffner und hielt Ína fest an der Hand, während der Junge das Fahrrad in den Kofferraum legte. Dann ließ sie Ína auf der Fahrerseite einsteigen und schob sie sanft auf den Beifahrersitz.

Der Junge winkte und rannte gebückt quer über den Parkplatz, die Kapuze wie ein gehisstes Segel hinter sich.

Ína war so aufgeregt, dass sie nicht den Mund halten und stillsitzen konnte. Sie kniete sich auf den Beifahrersitz, umfasste mit beiden Händen die Kopfstütze, hüpfte auf und ab und sang mit merkwürdigem Südstaatenakzent: »Looong Jooohn Silveerrrrr.«

»Setz dich vernünftig hin und schnall dich an«, sagte Lóa.

»Sofort, auf der Stelle. Wir sind schon viel zu spät, um Margrét abzuholen.«

»Silveeer!«, sang Ína, nahezu taub in ihrem Einkaufsrausch, und Lóa gab auf, schnallte den Gurt über Rücken und Oberschenkel ihrer Tochter und setzte schnell den Wagen zurück. Die Uhr auf dem Armaturenbrett zeigte 14:50. Die Prüfung war seit zwanzig Minuten zu Ende, und sie brauchten noch zehn Minuten bis zur Hagi-Schule, wo Margrét jetzt saß und auf sie wartete, daran gewöhnt, herumzuhängen und auf ihre Mutter zu warten, die immer dachte, sie könnte die ganze Welt in einen winzigen Zeitrahmen pressen.

»Ich hänge mich fast auf«, sagte Ína, die sich besser hingesetzt und den Gurt jetzt quer über dem Hals hatte.

Lóa reckte sich nach dem Kissen auf dem Rücksitz und gab es Ína, die es unter sich schob.

»Puh, da hat nicht viel gefehlt, Mama, ich hab gar keine Luft mehr bekommen«, sagte Ína. »Margrét wird total neidisch sein, wenn sie das Rad sieht.«

»Meinst du?«, fragte Lóa. »Glaubst du, sie will auch so ein Fahrrad?«

Ína formte mit der Hand eine Pistole, zielte damit auf ihren Kopf, schnalzte zweimal – womit sie den Hahn löste – und drückte mit einem zischenden Geräusch ab. Das bedeutete, dass das eine dumme Frage war. Entweder, weil Margrét *natürlich* so ein Rad haben wollte, oder weil Margrét natürlich *nicht* so ein Rad haben wollte. Lóa war sich nicht sicher, wie Ínas Gedankenwelt aussah, denn manchmal war sie wie eine Erwachsene und manchmal wie ein Kind.

Lóa steuerte den nächsten freien Parkplatz an, bat Ína, einen Moment zu warten, ließ den Motor laufen und rannte in die Schule. Margrét war nirgends zu sehen. An den Haken hingen vergessene Jacken und Tüten mit Schwimmsachen und Handtüchern, es roch nach nassen Handschuhen und altem Brot mit einem Hauch scharfem Putzmittel.

Lóa strich mit dem Finger über die Tafel, die an der Wand hing, suchte den Raum, in dem Margréts Klausur stattgefunden hatte, und eilte dorthin. Die Tür war nicht abgeschlossen, und der Raum war leer. Die Fenster waren zu, aber eins war offensichtlich undicht, und wenn ein Windstoß dagegenprallte, pfiff es. Draußen tobte der Sturm, peitschte das Netz eines einsamen Basketballkorbs und drückte ein paar Birkenbäumchen fast auf den Asphalt.

Auf dem Tisch, der am nächsten zur Tür stand, lag ein Radiergummi, der wie eine Rakete geformt war. Margrét besaß so einen Radiergummi. Lóa steckte ihn in die Tasche und eilte dann weiter durch den Flur, einem grauhaarigen, apathischen Mann in Hausschuhen, der sie fragend anschaute, direkt in die Arme.

»Ich will meine Tochter abholen, sie hat hier eben eine Klausur geschrieben«, sagte Lóa.

Der Mann schaute sich langsam um und antwortete: »Sieht ganz so aus, als wären schon alle weg.«

»Das kann nicht sein«, entgegnete sie und starrte den Mann an, als glaube sie, er könne sich in eine andere Dimension beamen und Margrét plötzlich vor ihnen auftauchen lassen.

Der Mann zuckte mit den Achseln und ging weiter, und Lóa schaute ihm nach, wie er um die Ecke verschwand. Dann tastete sie in ihrer Manteltasche nach ihrem Handy und wählte Margréts Nummer. Hinter ihr erschallte ein gedämpfter R&B-Klingelton, und Lóa drehte sich auf dem Absatz um und ging auf den Ton zu. Da hing Margréts Jeansjacke, und das vibrierende, rot leuchtende Handy in der Brusttasche gab diesen metallischen Dance Music Sound von sich. Lóa steckte es in die Tasche zu dem Radiergummi und brachte es zum Schweigen, indem sie auf eine Taste ihres eigenen Handys drückte. Dann nahm sie die Jeansjacke vom Haken und ging mit schnellen Schritten in Richtung Sekretariat.

Dort traf sie niemanden an, aber sie konnte undeutliche Stimmen aus dem danebenliegenden Lehrerzimmer hören. Ohne anzuklopfen stürmte sie hinein und stand schon wieder dem grauhaarigen Mann gegenüber, der mit drei Frauen am Tisch saß, einer blutjungen und zwei mittleren Alters. Alle hielten Kaffeetassen in den Händen, außer der jungen Frau, die gerade Wolle und Stricknadeln in einen bunten Beutel steckte. Alle sahen Lóa an, als hätten sie sie bei einer unmoralischen Tat ertappt.

Sie wandte sich an den Grauhaarigen und sagte: »Ich habe ihre Jacke und ihr Handy gefunden. Sie muss noch irgendwo hier sein.«

Der Mann machte ein dümmliches Gesicht und antwortete nicht.

»Wo könnte sie sich denn am ehesten aufhalten?«, fragte Lóa. »Wo ist die Bibliothek?«

»Die ist geschlossen«, sagte der Mann.

»Wo könnte sie sich denn sonst aufhalten? Sie müssen mir helfen, sie ist schwer krank, ich möchte nicht, dass sie irgendwo alleine rumläuft …«

»Ist sie nicht einfach zu Fuß nach Hause gegangen oder mit dem Bus gefahren?«, fragte der Mann.

»Ohne ihr Handy mitzunehmen? Das glaube ich kaum.«

Der Mann schaute ratlos zu einer der Frauen, der Stämmigen mit dem knielangen Rock, der weißen Bluse und den hellen Strähnchen in den kurzen Haaren.

»Hier wurde niemandem mitgeteilt, dass ein krankes Mädchen an der Prüfung teilnimmt«, sagte sie. »Vielleicht hätten wir auf sie geachtet, wenn wir Bescheid gewusst hätten.«

Margrét hatte diesen Einfluss, selbst wenn sie gar nicht anwesend war – die Leute rissen sich darum, die Verantwortung von sich zu schieben.

»Wie heißt sie denn, die Arme?«, fragte die Frau.

»Margrét«, antwortete Lóa. »Margrét Hjálmarsdóttir aus der Zehn A.«

Lóa sah ihnen an, dass sie wussten, wer Margrét war. Wahrscheinlich war sie eines der spannendsten Gesprächsthemen im Lehrerzimmer. Die Bohnenstange aus der Zehn A, die immer so fleißig lernte.

»Vielleicht ist sie nur kurz aufs Klo gegangen«, sagte die junge Frau mit dem Strickzeug.

Die dritte Frau, die bisher noch nichts gesagt hatte, zog ihren Mantel an und machte eine große, verschlissene Ledertasche zu. Sie quetschte sich an Lóa vorbei, legte ihr ihre hübsche, weiße Hand auf die Schulter, schaute sie mitfühlend an und sagte leise: »Viel Glück, meine Liebe.«

Lóa fühlte sich, als würde ihr der Boden unter den Füßen weggerissen. Ein Teil von ihr hätte sich dieser Frau, die im Alter ihrer Mutter war, am liebsten in die Arme geworfen, ihr Mitgefühl ausgekostet und sie um Hilfe angefleht.

Doch sie wich der Berührung instinktiv aus, als könne sie damit einen schlechten Vorboten von sich stoßen. Wie konnte sich diese fremde Frau erlauben, sie anzuschauen, als sei Margrét so gut wie tot? Als sei ihr körperlicher Tod nichts anderes als eine Formalität, die noch erledigt werden müsste.

Das ungestüme Wetter zwängte sich durch die Haustür, sobald sie aufgemacht wurde, und die Tür schlug im Wind, anstatt sich, wie vorgesehen, langsam wieder zu schließen. Die Frau mit der verschlissenen Ledertasche bemerkte es nicht – sie flog fast um die Ecke, ohne sich noch einmal umzuschauen, und es war, als würde das Haus explodieren. Lóa konnte nichts mehr hören und schreckte zusammen, als der Mann an ihr vorbeieilte. Er ging mit schnellen Schritten zur Haustür und zerrte mit aller Kraft daran – erst am Türgriff, aber der flutschte ihm wie ein kleiner Hering aus der Hand. Dann zog er an der Tür selbst, direkt oberhalb des Schlosses.

Der Wind legte sich für einen Moment, lange genug, die Tür zuschlagen zu lassen. Der Mann riss seine Hand zurück, aber es war zu spät: Der vorderste Knöchel seiner linken Hand geriet dazwischen – Lóa sah es genau, wie in Zeitlupe, und der Mann taumelte von der Tür weg und stieß einen langgezogenen Schrei aus. Die Farbe wich aus seinen Wangen, sogar seine Lippen wurden bleich, und er presste die Hand an seinen Bauch, schirmte sie mit seiner rechten Hand ab und zitterte, den Blick auf den Boden gerichtet und die Augen weit aufgerissen wie ein scheues Pferd.

Lóa drehte sich der Magen um, sie wusste nicht, ob vor Schreck oder Mitleid, und sie machte den Weg frei, damit die beiden Frauen vorbeikamen. Danach ging alles sehr schnell. Die ältere Frau legte dem Mann den Arm um die Schulter und führte ihn behutsam zur Tür. »Puh, das sieht aber nicht schön aus«, sagte sie, »die ist bestimmt gebrochen.«

Die Jüngere rannte zurück ins Lehrerzimmer und holte ihre Mäntel und Taschen. Dann verschwanden sie alle durch die Haustür und ließen sie wieder offen stehen. Und Lóa bekam von der Zugluft wieder Druck auf den Ohren.

Sie hörte ein klirrendes Geräusch aus dem Lehrerzimmer, ging hinein, trat ans offene Fenster und sah, dass ein leeres Glas von der Fensterbank gefallen und auf dem Bürgersteig zerbrochen war.

Als sie das Fenster zumachte, legte sich Stille wie Dunkelheit über alles, und Lóa hörte wieder ihre eigenen Gedanken und Schritte, als sie das Licht ausschaltete und in den Flur trat. Der Wind zerrte immer noch an der Haustür, schien aber nicht mehr die Absicht zu haben, das Gebäude aus den Angeln zu reißen.

Margréts Jeansjacke hing federleicht über ihrem Arm. Das verschwindend kleine, stoffarme Kleidungsstück war Margréts absolute Lieblingsjacke, und es war höchst merkwürdig, dass sie sie zurückgelassen hatte.

Lóa schaute in alle Klassenzimmer, die nicht abgeschlossen waren. Und in die Toiletten. Erst in die Mädchentoilette, in der sich sieben schmale und eine breitere Kabine befanden, eine ganze Wand mit dunkelgrünen, geschlossenen Türen. Weiße Fliesen an Boden, Wänden und Decke, weiße Waschbecken.

»Margrét?« Ihre Stimme dröhnte kalt und nackt zwischen all den harten Flächen, und ihre Brust zog sich zusammen.

Dann in die Jungentoilette, aber sie ging rückwärts wieder raus. Margrét würde nie auf die Idee kommen, sich dort zu verstecken.

Es hatte keinen Sinn, sie weiter zu suchen. Lóa spürte, dass Margrét nicht hier war. Sie war geflohen. Sie wollte nicht in die Klapsmühle.

*Was für eine verdammte Scheiße.*

Die Angst glitt wie schleimiger, kalter Seetang über ihre Haut, legte sich um ihren Hals und ihren Oberkörper. Sie spürte die Adern in ihrer Kehle heftig pochen, ihren Mund trocken werden, und Ína wartete alleine draußen im Auto, bestimmt rasend vor Ungeduld.

Lóa wurde von der irrationalen Angst befallen, Ína könnte auch abgehauen sein, und obwohl sie wusste, dass das nicht möglich war, rannte sie durch den endlosen Flur zu der wettergepeitschten Haustür, die gerade zuschlug, als sie sie wieder aufstieß und mit großen Schritten zum Parkplatz ging.

Ína war noch im Wagen, Gott sei Dank, und ihr Gesichtsausdruck und ihre Haltung zeugten von großer Unzufriedenheit. Als sie ihre Mutter sah, reagierte sie prompt, sprang aus dem Auto, stürzte dann wieder hinein und knallte die Tür zu. Ihre Erleichterung wich der Enttäuschung, so lange allein gelassen worden zu sein.

»Wo warst du? Mir ist so kalt«, sagte sie und klapperte mit den Zähnen, als Lóa sich neben sie in den Wagen setzte.

»Entschuldige, mein Schatz«, sagte Lóa. »Ist dir so kalt? Warum hast du denn deinen Anorak nicht angezogen?« Sie reckte sich nach dem Kapuzenanorak auf dem Rücksitz und wickelte das Kind darin ein. Sie nahm Ína kurz in den Arm, bekam aber einen Kloß im Hals, als sie ihren Geruch in der Halsbeuge wahrnahm, und schob sie wieder von sich.

»Wo ist Margrét?«, fragte Ína.

»Ich weiß es nicht«, antwortete Lóa und legte die Jeansjacke auf den Rücksitz. »Sie muss zu Fuß nach Hause gegangen sein.«

»Bei dem Sturm?«

»Scheint so. Ich weiß es auch nicht, Schatz, willst du dich nicht anschnallen?«

»Doch«, sagte Ína und schien sich plötzlich daran zu erinnern, dass sie das kleine, fast erfrorene Mädchen mit den Schwefelhölzern war. Mit steifen Fingern tastete sie nach dem Sicherheitsgurt und tat so, als rutsche er ihr immer wieder aus der Hand, wobei sie ununterbrochen mit den Zähnen klapperte.

Lóa holte ihr Handy heraus und betrachtete es lange, bevor sie beschloss, Björg anzurufen.

»Hi«, antwortete Björg.

»Bist du zu Hause?«, fragte Lóa.

»Bei dir zu Hause? Nein, warum?«

»Margrét ist weg.«

Das entsetzte Schweigen am anderen Ende der Leitung ließ Lóa wieder zu sich kommen. »Sie ist nicht in der Schule. Als ich sie abholen wollte, war sie weg, aber ihre Jacke und ihr Handy waren noch da. Ich weiß nicht, wo sie hingegangen sein könnte …«

»Fahr sofort zur Polizei«, sagte Björg, »und ruf deine Mutter an. Ich bin in einer halben Stunde bei dir.«

Lóas Hände waren taub. Sie legte das Handy auf das Armaturenbrett und schaute zu Ína, die zurückstarrte, unbewegt wie eine Statue.

»Es ist alles in Ordnung«, sagte Lóa und nahm Ínas Hände fest in ihre. »Ich rufe Oma an und bitte sie zu kommen, damit jemand da ist, wenn Margrét vor uns nach Hause kommt.«

Die Polizeiwache war im Vergleich zu den umliegenden Gebäuden niedrig. Die Vorderseite braun gestrichen, schroff und abstoßend. Ína lief fügsam neben ihrer Mutter her, den Anorak bis zum Kinn zugezogen, und hatte seit dem Parkplatz vor der Schule kein Wort mehr gesagt.

Im Foyer war die Luft trocken und papierartig. Dort standen Stühle und Bänke mit Kunstlederbezügen, ein längliches Schreibpult mit zehn unterschiedlichen Formularen und ein Glaskasten, in dem eine sehr beschäftigte Frau saß.

Ína schleppte sich zu einer Bank und setzte sich schwerfällig in die Mitte. Als sei sie kein Kind mehr mit Dummheiten im

Kopf, sondern nur ein Körper, der irgendwo aufbewahrt werden musste. Sie reichte nicht mit den Füßen auf den Boden, aber anstatt mit den Beinen zu baumeln, ließ sie sie einfach nur hängen. Der eine Holzschuh glitt von ihrem Fuß, landete polternd auf dem Fußboden, und eine rosa Socke mit roten, aufgenähten Blumen kam zum Vorschein.

Lóa ging mit unsicheren Schritten auf den Glaskasten zu. Sie zweifelte plötzlich an ihrem Recht, einfach hineinzustürmen und verlangen zu dürfen, dass das System Partei für sie ergriff. Obwohl sie die Fassung bewahrte, fürchtete sie zum ersten Mal in ihrem Leben, als hysterisches Weib abgestempelt zu werden, oder dass die Gesetzeshüter Alkoholgeruch an ihr wahrnähmen, obwohl überhaupt keiner da war.

»Verzeihung«, sagte sie zu der Frau, die daraufhin endlich aufschaute, immer noch mit einer tiefen Konzentrationsfalte zwischen den Augen. »Verzeihung«, wiederholte Lóa, als würde die Frau sie nur hören, wenn sie sich in die Augen schauten. »Meine Tochter ist verschwunden. Sie ist von zu Hause weggelaufen. Bin ich hier richtig, um eine Vermisstenmeldung aufzugeben?«

Die Frau warf Ína aus dem Augenwinkel einen Blick zu und sagte: »Wie alt ist sie, und wann haben Sie sie zum letzten Mal gesehen?«

»Sie ist fünfzehn, fast sechzehn. Ich habe sie heute Morgen zur Schule gefahren, und als ich sie abholen wollte, war sie weg, hatte aber ihre Jacke und ihr Handy dagelassen«, sagte Lóa und schwenkte Margréts Handy wie ein Beweismittel.

Die Frau schaute sie ungläubig an. »Sechzehn?«, sagte sie langsam und deutlich, als erwarte sie, dass Lóa etwas merken, den Kopf schütteln, auflachen und sagen würde: »Oh, stimmt ja, sie ist sechzehn. Wie dumm von mir! Man gewöhnt sich so schwer daran, dass sie schon fast erwachsen ist.«

»Nein«, sagte Lóa mit schriller Stimme und spürte, dass sie nach Luft schnappen musste. Sie war kurz davor, so zu klingen wie das hysterische Weib, das sie am allerwenigsten sein wollte. »Sie ist eine Gefahr für sich selbst und sollte in der Psychiatrie sein. Sie ist krank und hat keine Freunde, es ist völlig ausgeschlossen, dass sie zusammen mit ihren Schulkameraden die Zeit vergessen hat. Sie ist von zu Hause abgehauen, weil sie nicht zurück in die Klinik will, aber sie muss unbedingt wieder eingeliefert werden, es geht um Leben und Tod.«

»Ich verstehe«, sagte die Frau zögernd. »Haben Sie ein Foto von ihr?«

Lóa riss ihr Portemonnaie aus der Tasche und blätterte mit zitternden Fingern die Ausweise und Papiere durch, bis sie ein Passfoto von Margrét fand, das sie der Frau durch die Luke in der Glasscheibe reichte.

»Das war an ihrem vierzehnten Geburtstag, aber sie sieht nicht mehr so aus. Sie wiegt zwanzig Kilo weniger.«

Die Frau straffte ihren Rücken und befestigte das Bild mit einer Büroklammer an einem leeren Blatt Papier. »Kommen Sie noch mal wieder, wenn sie bis morgen früh nicht zu Hause ist, und versuchen Sie, ein neueres Foto von ihr zu finden«, sagte sie. »Aber sie kommt bestimmt spätestens heute Nacht zurück. Das machen sie meistens«, fügte sie hinzu, und ihre Augen strahlten sowohl Bestimmtheit als auch Mitleid aus. Eine solche Mimik besaß man nur, wenn man lange Zeit in einem durchsichtigen Käfig mit einer Durchreiche verbracht hatte, und Lóa merkte, dass es nichts bringen würde, mit ihr zu verhandeln oder ihr zu drohen. Sie wusste, dass sie nur ernst genommen würde, wenn sie die Fassung bewahrte – anderenfalls nicht.

Ína ließ sich widerstandslos zum Auto bringen, machte

jedoch keine Anstalten auszusteigen, als Lóa vor ihrem Haus geparkt hatte. »Gehen wir Margrét nicht suchen?« Angst zeichnete sich mit Runzeln und Falten auf ihrer Stirn ab.

»Doch, mein Schatz, aber nicht sofort«, sagte Lóa. »Erst müssen wir Oma und Björg guten Tag sagen und überlegen, wo wir suchen sollen. Es bringt nichts, einfach ziellos durch die Gegend zu fahren. Reykjavík ist zu groß.«

»Wie groß?«, jammerte Ína.

»Es gibt viele tausend Häuser und viele hundert Straßen«, antwortete Lóa. Sie gingen ins Haus, ohne sich um das Fahrrad im Kofferraum zu kümmern.

Im Treppenhaus liefen sie dem Puppenmacher in die Arme, der eine verbundene Hand und Margréts Sommergeschenk auf der Schulter hatte. Arme und Haare der Puppe hingen schlaff an seinem Rücken herunter, und ihre leblosen Hände schlugen bei jedem Schritt gegen seine Lenden. Der gestreifte Flanellstoff spannte sich über ihren perfekten Knackarsch, der dicht an seinem Kopf lag. Er hatte gerötete Wangen und verzog das Gesicht vor Anstrengung und wahrscheinlich auch vor Schmerz – er schien mit einem Fuß nicht richtig auftreten zu können.

Lóa rutschte das Herz in die Hose aus Angst oder Scham oder beidem. Sie hatte diesen Mann und seine Puppe vollkommen vergessen. Aber jetzt holte er sie sich zurück, und das war gut. Es war ihr vollkommen gleichgültig.

Es sei denn, er wollte sie bei der Polizei anzeigen oder hatte es sogar schon gemacht. Vielleicht war die Polizei in diesem Moment schon auf dem Weg zu ihr.

Dieser Gedanke verstärkte ihre Panik. Das durfte nicht passieren. Sie musste mit ihm reden, ihm anbieten, den Schaden zu begleichen, ihn um Entschuldigung bitten, ihm erklären, dass sie an jenem Morgen nicht ganz sie selbst war. Aber nicht sofort. Sie traute sich nicht, ihm nachzulaufen, geschweige denn, ihm in die Augen zu schauen.

Ihre Mutter und Björg sprangen auf die Füße, als sie ins Wohnzimmer kam, ihre Mutter vom Sofa und Björg von einem der Esstischstühle. Sie traten ganz nah an sie heran, so als sei sie magnetisch oder als wollten sie sie stützen, damit sie nicht zusammenbrach. Björg breitete die Arme aus und umschlang sie, ihre langen Finger umschlossen die Rückseite ihres Halses. »Mach dir nicht zu viele Sorgen«, flüsterte sie, obwohl es keinen besonderen Grund gab zu flüstern, es sei denn aus Rücksicht auf Ínas zerbrechliches Seelenleben. Dann lockerte Björg ihren Griff und schaute über Lóas Schulter, die ihrem Blick folgte: Sveinn war wieder hereingekommen und damit beschäftigt, seine Fracht auf dem Sofa abzulegen.

Lóas Mutter ließ ihn nicht aus den Augen, sie versuchte offenbar, sich über seine Absicht klarzuwerden, war jedoch zu höflich, um zu fragen. Oder fürchtete sich vor der Antwort.

Lóa hatte keine Kraft mehr für erfundene oder glaubwürdige Erklärungen und traute sich immer noch nicht, mit dem Puppenmacher zu reden, also konzentrierte sie sich auf die beiden Frauen und dankte ihnen, dass sie gekommen waren.

Ína heulte lauthals und wiederholte immer wieder, dass sie nicht zu spät zum Geburtstag kommen wolle. »Margrét hatte total Recht«, plärrte sie. »Du bist immer zu spät. Ich werde immer ausgeschimpft, wenn ich zu spät komme, dabei kann ich gar nichts dafür.«

Lóa nahm die Hand ihrer Mutter und sagte: »Kannst du Ína mit zu dir nehmen? Darf sie heute bei dir übernachten?«

»Natürlich, Liebes.«

»Und kannst du ihr vielleicht ein Kostüm kaufen und mit ihr zu diesem Geburtstag gehen?«

»Wo bekommt man denn so was?«

»Ich weiß es nicht«, sagte Lóa und rief Ína, die aus dem Wohnzimmer gelaufen war, hinterher: »Deine Oma geht mit dir ein Geburtstagsgeschenk und ein Elfenkostüm kaufen, Schatz, und ihr kommt bestimmt pünktlich!«

Ína antwortete nicht und musste wohl erst über die Sache nachdenken. Lóa schaute zu Sveinn, der damit beschäftigt war, sich umzusehen, fasziniert von den Umbauten, die allerdings erst zur Hälfte abgeschlossen waren. Vielleicht sollte sie versuchen, ihn aufzuhalten. Vielleicht würde es ihr gelingen, sich weitere Probleme vom Hals zu halten, wenn sie sich mit ihm anfreundete und ihn auf ihre Seite zog. Sie wurde das Gefühl nicht los, dass alles vorbei wäre, wenn er den Diebstahl meldete. Dann würde die Polizei sie nicht mehr ernst nehmen oder ihr die Schuld an Margréts Verschwinden geben. Einer Diebin würden sie überhaupt nichts mehr glauben.

Lóa schaute schnell weg, als Sveinn den Kopf in ihre Richtung drehte, und versuchte, ihre Gedanken zu ordnen, aber es war, als sei ein Rauchmelder in ihrem Kopf angesprungen, seit sie gemerkt hatte, dass Margrét nicht wie verabredet vor dem Klassenzimmer auf sie wartete. Sie wusste noch nicht, wie sie den Lärm abstellen konnte, und in ihrem Kopf tobte ein ohrenbetäubendes Chaos.

Björg verschränkte die Arme und bohrte die Finger in ihre schlanken Oberarme: »Was hat die Polizei gesagt?«

»Ich soll morgen wiederkommen«, antwortete Lóa.

»Sie wird schon kommen, spätestens heute Nacht«, sagte Lóas Mutter und strich ihr sanft über die Hüfte.

»Das hat die Frau in dem Glaskasten auch gesagt«, entgegnete Lóa, und ein kurzes Lachen drang aus ihrer eingeschnürten Kehle.

»Welche Frau im Glaskasten?«, fragte Björg.

»Die im Foyer der Polizeiwache.«

»Ach, die! Die Bewacherin des Patriarchats!«, rief Björg. »Die gibt es also wirklich? Ich dachte immer, sie wäre ein Mythos.«

Sie lachten, und Lóas Mutter lachte am lautesten und heftigsten, mit tränennassen Augen wie ein beschwipster Kantor.

# XI

## Montagabend

Lóa beugte sich über ihn, stützte sich mit der Hand auf seine Schulter – die unverletzte – und sagte etwas. Er hörte die Worte, verstand sie aber nicht, und obwohl Lóa mit leiser, deutlicher Stimme sprach, waren die Konsonanten wie Sprengstoffexplosionen, und die Vokale tauchten wie etwas Kaltes tief in sein Hirn.

Sveinn lag halb auf der Schwarzhaarigen auf dem Sofa. Sein Körper war ausgekühlt, als sei er verprügelt worden. Lóa hatte unzählige Kerzen angezündet und die Vorhänge zugezogen, dicke, rote Samtvorhänge, und das Abendlicht versuchte, sich durch die Ritzen zu zwängen. Zu dieser Jahreszeit, wenn es rund um die Uhr hell war, zündeten die Leute normalerweise keine Kerzen an.

Sie waren allein im Wohnzimmer, und er musste an den unglücklichen Schriftsteller in Stephen Kings Roman *Sie* denken. An den Mann, der im Haus einer Verehrerin gefangen gehalten wurde, einer geisteskranken Frau, die ihm die Knie mit einem Hammer zertrümmerte, damit er nicht fliehen konnte.

Ein Schauer lief ihm über den Rücken, aber die Angst saß nicht allzu tief. Eigentlich amüsierte er sich darüber, dass er so hilflos, benommen und verschreckt dalag. Was dachte er sich nur dabei, sich im Haus seines Henkers schlafen zu legen? Fast so, als dränge er sich auf – als lege er es darauf an, dass sie ihm etwas antat.

Er richtete sich auf und legte seinen Arm in der Schlinge zurecht. Jetzt erinnerte er sich daran, dass sein Kopf schwer geworden und für einen Moment auf den Rand des Sofas gesunken war, die Puppe neben ihm, frisch frisiert und zurechtgemacht. Er hatte sich ein klein wenig erholen, dann unter vier Augen mit Lóa sprechen, die ganze Sache zu Ende bringen und nach Hause fahren wollen. Hart bleiben wollen, falls sie abweisend reagieren würde. Ihr ebenfalls drohen wollen, falls sie ihm drohen würde. Weiter hatte er nicht darüber nachgedacht. Aber offenbar war er eingeschlafen, wie auch immer er das in dieser grotesken Haltung geschafft hatte, und jetzt stand die Hausherrin vor ihm und sagte, sie hätten vergeblich versucht, ihn zu wecken. Das rote Dreieck auf der Tablettenschachtel war wohl doch nicht nur zur Verzierung angebracht.

Sveinn ließ sich von Lóa in das Zimmer führen, in dem die Schwarzhaarige gelegen hatte.

»Wo sind die anderen?«, fragte er, als sie eine Bettdecke mit cremefarbenem Bezug über ihn breitete.

»Ína ist bei meiner Mutter, und Björg hat Schicht im Landeskrankenhaus. Sie ist Krankenschwester«, antwortete Lóa. Sie war zwar hilfsbereit und freundlich, aber so distanziert, dass er sich fühlte, als hätte er etwas verbrochen. Höchst widersprüchlich.

Lóa schaltete das Licht aus, als sie den Raum verließ, und er hörte, wie sie sich schwerfällig an den Esstisch setzte, auf die Tastatur ihres Laptops einhämmerte und mit einem Stift etwas auf ein Blatt kritzelte. Das war zumindest das, was er angesichts der Geräusche aus dem Wohnzimmer vor sich sah.

Sveinn zog das Handy aus seiner Tasche und sah, dass Lárus

zweimal angerufen, die Stalkerin aber keinen Mucks von sich gegeben hatte. Warum sollte sie ihn auch anrufen, wenn er schlafend bei ihr in der Wohnung lag? Alle Zeichen deuteten in dieselbe Richtung, und Sveinn fand es auf einmal albern, weiter um den heißen Brei herumzuschleichen. Es war nun mal das Gesetz des Dschungels, dass man bei solchen Dingen hart durchgreifen musste, sonst weiteten sie sich aus, bis sie einem über den Kopf wuchsen. Wenn der Karren schon samt Inhalt vor die Wand fuhr, wollte er zumindest die Hand am Steuer haben.

Er sah Lóa in einem grünen Abendkleid mit langen, rotlackierten Fingernägeln vor sich, wie sie Gift aus einer smaragdverzierten Kapsel in Kelche mit blutrotem Wein goss. Um sie herum brannten überall Kerzen.

Sveinn schüttelte die Tablettenschachtel, und ihm gefiel nicht, was er hörte. Er ließ die restlichen Tabletten in seine Handfläche fallen und zählte eine, zwei, drei. Eine musste wohl erst mal reichen, obwohl er am liebsten alle genommen hätte. Nachdem er die Tablette mit den Zähnen zermalmt und unter Schwierigkeiten runtergeschluckt hatte, blieb ein bitterer Geschmack zurück. Sein Mund fühlte sich an wie mit Papier ausgelegt. Er brauchte unbedingt Wasser.

Die Bettdecke war leicht und warm und duftete nach Weichspüler, und es fiel ihm schwer, sie wegzuschieben und sich auf die Bettkante zu setzen. In seinem Kopf drehte sich alles, und sein Sichtfeld erschien ihm an den Rändern eingeschränkt. Vielleicht war es gar nicht so schlecht, dass er nur noch zwei Tabletten übrig hatte, wenn er vorhatte, morgen früh nach Hause zu fahren. Anschließend musste er sich sofort neue beschaffen.

Lóa schaute ihn kaum an, als er in der Tür zum Wohnzimmer erschien – sie war völlig vertieft und schrieb etwas auf ein

Blatt Papier. Der Schein des Computerbildschirms verlieh ihr eine blauweiße Aura, Gesicht und Brust schienen zu leuchten, während alles andere in den milden Schein der Kerzen gehüllt war. Es wäre ein friedlicher, schöner Anblick gewesen, wenn nicht diese bedrohlich aufgeladene Spannung in der Luft gelegen hätte. Zeit und Raum wurden von der Schwere nahezu erdrückt. Es war ohnehin schwierig, unter diesen Umständen etwas zu sagen, geschweige denn, etwas anzusprechen, das kompliziert und sensibel war.

Schweigend hinkte er an ihr vorbei, fand das Badezimmer, ließ das Wasser laufen, bis es so kalt war, dass seine Finger unter dem Strahl schmerzten. Er trank direkt aus dem Hahn, bis sich seine Lippen und sein Gaumen fast gefühllos und sein Magen ausgeweitet anfühlten.

Dann ging er mit belebender Kälte in Mund und Speiseröhre und vor Erleichterung feuchten Augen zurück ins Wohnzimmer. Er setzte sich Lóa gegenüber an den schweren Eichentisch, musterte sie über den silbernen Laptop hinweg, musterte ihre Brille, die bestimmt sündhaft teuer gewesen und von einem schwulen Künstler in Paris oder New York entworfen worden war. Musterte ihre blonden Locken, die bei dieser Beleuchtung an Engelshaar erinnerten, mit dem man früher zu Weihnachten Lichterketten geschmückt hatte.

»Ólöf, genannt Lóa«, sagte er. »Heißt du Hansdóttir?«

»Was meinst du?«, entgegnete sie vollkommen ungerührt.

Sie schaute geradewegs durch ihn hindurch, hob eine Augenbraue, öffnete den Mund und drückte ihre Zunge gegen die Zähne, als wolle sie etwas sagen, drehte sich dann aber wieder schweigend zum Bildschirm.

Sveinn spürte eine intensive Empfindung, konnte sie aber nicht einordnen. Er wusste nur, dass dieses Gespräch nicht dem

Manuskript entsprach, das er im Kopf hatte. Etwas stimmte nicht. Etwas, das er nicht kannte und nicht verstand, aber gerne in Ordnung bringen wollte. Es war ihm ein Seelenanliegen: etwas geradezubiegen, was auch immer es war. Alles, was er in diesem Haus beobachtet hatte, war ein einziger, stummer Hilfeschrei, und er war mittendrin eingeschlafen. Aber jetzt war er hellwach und kaum noch wütend. Die arme Frau hatte die Situation einfach nicht mehr unter Kontrolle, denn sie reagierte weder auf sein plötzliches Auftauchen noch auf seinen Hinweis, er wüsste, dass sie die unverschämte Briefeschreiberin war. Das lief nicht so, wie er gedacht hatte. Er musste sich einen besseren Überblick über die Situation verschaffen.

Er wollte nicht in anderer Leute Unglück hineingezogen werden, aber jetzt war es zu spät. Lóa saß direkt vor ihm wie ein beleuchtetes Schild mit einer verschlüsselten Botschaft, die anscheinend für ihn bestimmt war. Er war dazu bestimmt, den Code zu knacken. Warum? Das spielte keine Rolle. Wahrscheinlich aus purem Zufall, aber die Aufgabe war deshalb nicht weniger dringlich. Der gesamte Lauf der Welt wurde von Zufällen angetrieben. Manche Menschen glaubten nicht daran, und er selbst glaubte auch nicht an das Schicksal, nur an Zufälle, die die Leute mit unterschiedlicher Heftigkeit von Ort zu Ort trieben wie Figuren auf einem Schachbrett. Nein, nicht wie Figuren auf einem Schachbrett, das war zu berechnend. Mehr wie Abfall im Wind. Und die ewige Aufgabe des Menschen bestand darin, sofort auf sie zu reagieren und sich damit abzufinden, dass sie das waren, was sie waren: Zufälle.

Sveinn lehnte sich über den Tisch, stützte das Kinn auf den Rand des Computerbildschirms und schaute Lóa an, bis sie aufhörte zu schreiben und ihn ansah.

»Ich ersetze dir den Schaden«, sagte sie und nickte in Richtung der Schwarzhaarigen. »Ich wollte sie zurückbringen. Und ich bezahle alles, Benzingeld, Arbeitsausfall, Reparaturen, falls was kaputt ist. Wenn du willst, zahle ich auch den vollen Preis, und du kannst sie trotzdem mitnehmen. Ich will so was nicht im Haus haben.«

Er schüttelte den Kopf.

»Was willst du dann?«, fragte sie. »Hast du Hunger?«

»Ja«, sagte er, »aber das ist egal. Ich will nur, dass du mir sagst, was hier los ist. Ich finde, ich habe ein Recht, das zu wissen.«

Er fürchtete, dass sie jetzt in Verteidigungsposition gehen, ihre Krallen ausfahren und ihre Zähne zeigen würde. Aber die Frau war unberechenbar. Da saß sie und schien sich gut unter Kontrolle zu haben, obwohl sie eindeutig aufgewühlt war. Sie wirkte vernünftig und beherrscht. Und er hatte gedacht, ihre hässliche Seite würde mit all ihrer bedrohlichen Aggressivität hervorbrechen, wenn man sie unter Druck setzte. Aber sie starrte nur teilnahmslos auf die Wand hinter ihm und zeigte ihm das Blatt, auf dem sie Notizen gemacht hatte: Namen, Adressen und Telefonnummern, etwa zehn Stück.

»Meine ältere Tochter ist von zu Hause weggelaufen«, sagte sie. »Das sind die Nummern ihrer Freunde, oder besser gesagt, ihrer früheren Freunde. Sie haben ihr alle den Rücken zugekehrt. Ich weiß, dass es nichts bringt, sie anzurufen, aber ich kann nicht länger hier sitzen und warten.«

Sie wich seinem Blick aus, während sie sprach. Es war, als schäme sie sich. Und da erinnerte er sich dunkel an etwas, das sie an jenem Abend gesagt hatte. Ihre ältere Tochter war krank im Kopf. Wie hatte sie das noch mal formuliert? Er wusste es nicht mehr, nur, dass es nicht ganz eindeutig gewesen war. Sie war betrunken gewesen, aber nicht betrunken genug, um ihm, einem fremden Mann, alles anzuvertrauen, was ihr auf der Seele lag. Nur gerade betrunken genug, um vage Andeutungen zu machen, bevor sie das Gespräch auf etwas anderes lenkte.

»Hast du schon mit der Polizei gesprochen?«

»Die haben mir gesagt, ich soll morgen wiederkommen«, antwortete sie und strich sich immer wieder mit den Fingern durch ihr wirres Haar. Ihre Wangen waren gerötet, als sei sie gerannt. »Sie haben auch gesagt, sie würde heute Abend oder heute Nacht zurückkommen, aber da bin ich mir nicht so sicher. Margrét ist es todernst mit allem, was sie tut. Trotzdem möchte ich nicht wegfahren, falls sie nach Hause kommt und keinen Schlüssel dabeihat.«

Sveinn hatte Mitleid mit ihr. Sie wirkte so allein auf der Welt, und es gab kein Rezept dafür, wie man sich in einer solchen Situation verhalten sollte. Er war sich nicht sicher, ob sie alles richtig machte, hatte aber auch keine bessere Idee.

»Ich könnte sie ja reinlassen, wenn sie kommt, während du weg bist«, sagte er – obwohl er es eigentlich nicht ertragen konnte, alleine zurückzubleiben, mit einer schmerzenden Schulter, zwei Tramol und dem unangenehmen Gefühl, dass er niemandem wichtig war und niemand seine Hilfe brauchte. Zugleich hoffte er, dass Lóa seine Hilfe annehmen würde, am besten sofort von ihm abhängig wäre.

»Das ist nett von dir«, sagte sie, »aber Margrét ist so labil, dass sie noch nicht mal mit Leuten klarkommt, die sie kennt. Bei Fremden fühlt sie sich überhaupt nicht wohl. Sie war nicht immer so, aber was glaubst du, wie sie reagiert, wenn sie nach Hause kommt und du ihr die Tür aufmachst? Das ist nicht böse gemeint, aber du siehst aus wie der böse Wolf, der gerade Rotkäppchen und die Großmutter gefressen hat. Zerzaust und unrasiert und mit diesen ganzen Verbänden. Was ist denn passiert? Du warst doch noch ganz gesund, als ich dich das letzte Mal gesehen habe.«

»Ich bin auf einen Wäschekorb geklettert und hab mich zum Spaß runtergestürzt«, sagte er.

Sie reagierte nicht, und als er ihr teilnahmsloses Gesicht sah und merkte, dass sie ihm gar nicht zuhörte, nahm er ihr das übel.

»Das war natürlich nur eine Übung, um dem Tod ins Auge zu schauen, der mich, wenn ich das richtig verstanden habe, nächsten Monat erwartet. Ich soll aus dem Weg geräumt werden, damit andere Leute ein normales Familienleben führen können. Das ist doch der Plan, oder?«, sagte er und starrte in ihre Augen.

Sie schaute eine Weile zurück, wandte dann den Blick ab und sagte: »Es geht mich ja nichts an, wie du dich verletzt hast, aber du kannst mir ruhig glauben, dass Margrét dir nicht begegnen will, und du willst ihr wahrscheinlich auch nicht begegnen.«

Sie spielte mit dem drahtlosen Telefon herum, massierte ihr Kreuz und fügte dann hinzu, es sei schon elf Uhr und sie werde ein paar Anrufe machen, bevor es zu spät sei. »Du kannst dir was aus dem Kühlschrank holen, bevor du dich wieder hinlegst. Ich habe nicht den Eindruck, dass du in diesem Zustand nach Hause fahren kannst.«

Im selben Moment, als sie das gesagt hatte, spürte er, dass es genau das war, was er wollte. Essen und schlafen. Auch wenn diese Wohnung nicht gerade seine Vorstellung vom Paradies war. Er hatte nie vorgehabt, von der Güte und Gnade einer Person abhängig zu sein, die ihn verachtete und ihm den Tod wünschte.

Sveinn versuchte, sich in ihre Lage zu versetzen, konnte es aber nicht. Er hätte sich besser gefühlt, wenn sie irgendwelche Anzeichen von Verwirrtheit gezeigt hätte, und sei es auch nur leichte Nervosität, Zuckungen im Gesicht, unterdrückte Aggressionen beim Sprechen oder im Verhalten. Es verunsicherte ihn, dass sie sich so normal verhielt, obwohl sie im Haus eines Fremden einschlief, ihn bedrohte, bestahl und verfolgte. Als wäre sie nur in ihrer Freizeit durchgeknallt. Eine Sonntagsverrückte. Unterdrückter Wahnsinn war gefährlicher als offener – galt das nicht als erwiesen?

Natürlich konnte er Kjartan oder Lárus anrufen und sie bitten, ihn abzuholen. Aber er konnte Lárus' Nähe nicht ertragen, Kjartan war höchstens eine oder zwei Stunden auszuhalten, und Sveinn traute sich nicht zu, alleine zu sein, solange er nicht arbeiten konnte.

Irgendwann hatte er mal davon gehört, manche Menschen hätten einen Zufluchtsort in ihrem Kopf, einen friedlichen Ort, an den sie sich zurückziehen konnten, wenn sie allein und untätig waren. Er verstand nicht, was damit gemeint war. Er hatte keinen solchen Zufluchtsort, und Untätigkeit war für ihn so ähnlich wie Kälte oder Hunger. Etwas, dem man so schnell wie möglich Abhilfe verschaffen musste. Langeweile war für ihn ein schlimmeres Los als der Tod.

Lóa hatte sich weggedreht, den Telefonhörer am Ohr. »Entschuldigen Sie bitte, dass ich so spät noch anrufe«, sagte sie. »Hier ist Lóa, Margréts Mutter. Könnte ich Agla Steinunn mal kurz sprechen?«

Sveinns Blick fiel auf einen Stapel Wissenschaftsmagazine in einem Korb auf dem Fußboden, er nahm das oberste vom Stapel und ging damit in die Küche, wo er sich ein Sandwich zu Gulaschresten und Rotkohl machte. Er aß und las mehrere Artikel über die Oberfläche des Mars, Grabräuber in Südamerika und ein neues Medikament, das die Konzentration und das Erinnerungsvermögen schärfen sollte.

Im Wohnzimmer verschmolz Lóas Stimme mit dem Summen des Kühlschranks und dem leisen Ploppen im Spülbecken, wenn der Wasserhahn tropfte. Nur einmal fluchte sie laut, gefolgt von einem ohrenbetäubenden Knall und dumpfem Klappern. Da schloss er die Augen und suchte mit Händen und Füßen nach einem festen Halt, einem friedlichen Zufluchtsort oder einfach nur nach etwas, das das Gefühl, nichts zu wissen und nichts beeinflussen zu können, dämpfen würde.

# XII

## Montag bis Dienstagmorgen

Als sich Ína endlich damit abgefunden hatte, mit zu ihrer Oma zu fahren, und Björg zur Arbeit gegangen war, brachen Wut und Entsetzen mit einer derartigen Wucht über Lóa herein, dass sie überhaupt nicht mehr klar denken konnte. Sie versuchte, das Gefühl abzuschütteln, indem sie durch die Wohnung lief, kreuz und quer durchs Wohnzimmer, in die Küche und wieder zurück, aber das Tapsen der Hausschuhe quälte sie, und die Wohnung, die sie vorher eingeengt hatte, wirkte jetzt furchtbar offen und weit. Sie war nicht der Schutzraum, den Lóa sich in ihrer Einfalt und ihrem trügerischen Sicherheitsgefühl vorgestellt hatte. Menschen und Dinge schlüpften hinaus und hinein, ohne dass sie irgendeinen Einfluss darauf hatte.

Doch über allem thronte etwas Ruhiges in ihrem Inneren, eine vernünftige Macht, die sie daran erinnerte, sich nicht zu verlieren, nicht zu versagen, und sie kam auf die Idee, im Wohnbereich die Vorhänge zuzuziehen und Kerzen anzuzünden, in der Hoffnung, dass das einen beruhigenden Einfluss auf den Geist hätte.

Das Telefon klingelte, und Lóa nahm es zitternd aus dem Ladegerät.

»Wie geht es dir«, fragte Björg.

»Ich habe das Gefühl, als würde jemand auf meinen Eingeweiden rumtrampeln«, dachte Lóa, antwortete aber: »Ich halte mich einigermaßen wacker.«

»Hier ist tierisch viel zu tun, aber wenn du heute Nacht nicht allein sein willst, melde ich mich krank und komme zu dir …«

»Das ist nicht nötig«, entgegnete Lóa. »Leg dich morgen früh nach der Schicht hin und ruf mich einfach an, wenn du wach wirst.«

»Bist du dir sicher?«

»Klar.«

»Ist er noch bei dir?«, flüsterte Björg.

Lóa schaute zu Sveinn, der im flackernden Kerzenschein dalag, mit dem Kopf auf dem Arm der Puppe, leicht geöffnetem Mund, schrägem, entspanntem Kiefer, und regelmäßig nach Luft schnappte, als sehe er im Traum etwas Schreckliches. »Er schläft immer noch. Glaubst du, dass er krank ist?«

»Muss nicht sein«, antwortete Björg. »Man braucht viel Schlaf, wenn man was gebrochen hat. Er hat bestimmt zu viele Schmerztabletten genommen. Hältst du ihn für einigermaßen harmlos?«

»Er wirkt nicht gerade gefährlich«, antwortete Lóa.

»Ruf mich an, wenn du mich brauchst«, sagte Björg hastig. »Ich muss jetzt aufhören. Bis morgen, Süße.«

Lóa musterte Sveinn weiter: sein dunkles, leicht ergrautes, fettiges Haar – entweder von Haargel oder von Schmutz –, seinen schlanken Körper, den ein Bäuchlein im Anfangsstadium zierte. Der hervorstehende Bauch war eigentlich das sympathischste an ihm und die dichten Augenbrauen, die an die Bauern auf dem Land erinnerten, wo sie bis zu ihrem sechsten Lebensjahr aufgewachsen war – bis ihr Vater beschloss, Taxifahrer in Reykjavík zu werden.

Sie musste an ihren Großvater väterlicherseits denken, der vom Schuften ganz krumm gewesen war und dessen Gürtel sich im Lauf der Jahre langsam über seinen Bauch nach oben geschoben hatte, bis er fast am Krawattenknoten angelangt war. Warum hatte ihr Vater es ihm nicht gleichgetan? Sie hätte nie gedacht, dass er seinen Eltern so schnell ins Grab folgen würde.

Plötzlich traute sich Lóa nicht mehr, Sveinn, der im Schlaf die Unschuld in Person war, aber gleichzeitig mit der Puppe halb unter sich so derb und vulgär wirkte, weiter anzuschauen. Sein einer Arm hing auf den Boden, während der andere kraftlos auf dem Bauch der Puppe lag, unter ihren Brüsten, die sich unnatürlich steif unter der Flanelljacke wölbten. Seine Hand war in ihrem Haar vergraben.

Lóa stand langsam auf und sagte ein paar Mal seinen Namen, aber er blieb wie tot liegen. Da griff sie nach seiner unverletzten Schulter und schüttelte ihn, erst vorsichtig, dann energischer.

Er jammerte und sah sie mit zusammengekniffenen Augen erschrocken an.

»Du kannst dich gerne ins Schlafzimmer legen«, sagte sie, aber er schien sie nicht zu verstehen, daher reichte sie ihm ihren Arm und führte ihn aus dem Wohnzimmer. Im Flur zögerte sie, weil sie sich nicht sicher war, wo sie ihn hinbringen sollte. Ínas Bett war zu klein, und es schien ihr unpassend, ihm ihres anzubieten, also führte sie ihn in Margréts Zimmer und holte die Bettdecke, die Björg immer benutzte, wenn sie auf dem Sofa übernachtete.

Als sie Margréts Bettzeug im Schrank verstaut und die Gästedecke über ihn gebreitet hatte, fragte sie ihn, ob er noch etwas bräuchte, aber er schien sie nicht zu hören.

Da beschloss sie, ihn sich selbst zu überlassen, setzte sich wieder an den Computer im Esszimmer und suchte weiter

Telefonnummern raus. Eigentlich hatte sie Margréts ehemalige Freundinnen nicht anrufen wollen, weil sie sich sicher war, dass sie keinen Kontakt mehr zu ihnen hatte, aber nachdem die vielen Stunden sie zermürbt hatten, fand sie das besser als gar nichts zu tun.

Kurze Zeit später war Sveinn auf den Beinen, humpelte an ihr vorbei, ohne sie anzusprechen, und sie hörte, wie er im Bad eine ganze Weile das Wasser laufen ließ. Dann setzte er sich ihr gegenüber an den Tisch, so als hätte er eine Art Aussprache im Sinn.

Lóa wusste nicht mehr, ob sie sich schon bei ihm entschuldigt hatte. Wahrscheinlich schon, und es war blöd, es noch mal zu tun. Er würde das so auffassen, als verlange sie Absolution von ihm, dass er ihr verzeihen und ihr sagen würde, es sei alles in Ordnung.

Wobei das tatsächlich genau das war, was sie wollte, wenn sie ehrlich zu sich selbst war.

Sveinn beugte sich über den Tisch, fixierte sie über den Computerbildschirm hinweg und sagte: »Ólöf, genannt Lóa, heißt du Hansdóttir?«

Sie verstand nicht, was er damit meinte. Die Frage war absurd und konnte kaum ernst gemeint sein.

Seine Nähe war erdrückend und hielt sie von dem ab, was sie tun musste, deshalb war sie froh, als er einwilligte, in die Küche zu gehen.

Bei Nadía, Margréts einstiger besten Freundin, meldete sich niemand am Telefon, daher wandte sich Lóa der nächsten auf der Liste zu, Agla Steinunn. Margrét und sie waren eine Zeit lang wie kichernde siamesische Zwillinge gewesen.

Der Vater des Mädchens ging ans Telefon: »Sie ist schon im Bett.«

»Es geht um Margrét«, erklärte Lóa. »Sie ist von der Schule nicht nach Hause gekommen.«

»Möchten Sie, dass ich sie wecke?«, fragte er barsch. Der Mann klang nicht so, als halte er Margrét für einen gesunden Umgang für seine früh zu Bett gehende Tochter.

»Nein, das ist nicht nötig«, antwortete Lóa, »aber ich wäre froh, wenn Sie zu ihr ins Zimmer gehen und nachschauen würden, ob Margrét bei ihr ist.«

»Das hätten wir ja wohl mitbekommen, wenn jemand bei ihr im Zimmer wäre.«

»Nein.« Lóa bemühte sich, ruhig zu atmen. »Da bin ich mir nicht so sicher. Bitte verstehen Sie, dass ich das überprüfen muss, wie abwegig es auch sein mag.«

Nach kurzer Bedenkzeit antwortete der Mann: »Warten Sie einen Augenblick.«

Sie hörte, wie er den Hörer ablegte und seine Schritte sich langsam entfernten. Dann wurde es still, und Lóa betrachtete ausdruckslos Margréts Jeansjacke, die neben ihr über der Stuhllehne hing. Das Handy steckte immer noch in der Jackentasche. Natürlich. Darin mussten auch Namen und Telefonnummern von Freunden und Bekannten gespeichert sein, die Lóa noch nicht kannte.

Die Stimme von Agla Steinunns Vater riss sie aus ihren Gedanken: »Nun wissen wir es. Ihre Tochter versteckt sich nicht bei Agla unter der Bettdecke. Sie sagt, sie hätte sie seit letzter Woche Mittwoch nicht mehr gesehen. Sie ist jetzt also wach. Möchten Sie mit ihr sprechen? Möchten Sie, dass ich unter ihrem Bett nachsehe?«

»Nein, danke«, antwortete Lóa und beendete das Telefonat schnell, bevor sie etwas sagte, das sie später bereuen würde.

Sie wählte noch zwei weitere Nummern auf der Liste – verwunderte, aber hilfsbereite Eltern, die gewiss der Vorsehung dafür dankten, dass ihre Töchter in behaglicher Geborgenheit vor dem Fernseher saßen –, bevor sie das Adressbuch in Margréts Handy durchschaute. Sie beschloss, eine Kopie davon zu machen und das Handy am nächsten Tag der Polizei zu übergeben. Die wussten bestimmt besser als sie, was man mit den darin enthaltenen Informationen anfangen konnte.

Lóas Blick fiel auf einen unbekannten Namen – falls man es als Name bezeichnen konnte: *Nexusboy*. Als sie das Gerät ans Ohr hielt, hatte sie fast das Gefühl, es handele sich nicht um Margréts Handy, sondern um Margréts kalte Hand, die auf ihrer erhitzten Wange lag. Natürlich war das Einbildung, aber Lóa meinte den matten Duft des *White-Musk*-Parfüms wahrzunehmen, dem Margrét die Treue hielt, seit sie zwölf Jahre alt war.

»Hi, Marge«, antwortete die fröhliche Stimme eines jungen Mannes.

»Wer ist da?«

Es gab eine kurze Pause, und als der Junge antwortete, kam er vor Unsicherheit ins Stocken. »Ist da nicht Margrét?«

»Nein, hier ist ihre Mutter«, sagte Lóa. »Ich suche sie. Wenn du weißt, wo sie ist, musst du mir das sagen. Du hilfst ihr nicht, wenn du sie deckst.«

Man konnte hören, dass der Junge einen trockenen Mund hatte, als er antwortete: »Ich hab sie nie getroffen, wir kennen uns übers Internet.«

»Hat sie dir nichts von ihrem Plan erzählt, von zu Hause wegzulaufen?«

»Nein, ich hab lange nichts mehr von ihr gehört.«

»Wie lange?«

»Ich weiß nicht, drei oder vier Monate vielleicht.«

»Wie alt bist du?«, fragte Lóa. Das tat vielleicht nichts zur Sache, aber sie wollte es wissen.

»Einundzwanzig. Wir haben nur ein paar Mal miteinander geredet. Ich weiß nichts über sie«, sagte er und legte auf.

Der Gedanke an Margréts geheimes Leben brachte Lóa völlig aus der Fassung. »Verdammter Mist«, sagte sie laut und knallte das Handy so fest auf den Tisch, dass es quer über das Display einriss, sich eine Abdeckung von der Rückseite löste und klappernd auf den Boden fiel.

Lóa reckte sich langsam nach der Abdeckung, befestigte sie wieder, schaltete das Handy ein, das bei dem Schlag ausgegangen war, und überprüfte, ob noch alles funktionierte.

Es war weit nach elf Uhr, und sie traute sich nicht, noch mehr Leute anzurufen, blieb einfach sitzen und starrte in die klaffende Finsternis auf dem Dachboden. Dort hatte sie ein Arbeitszimmer einrichten wollen, aber dann hatte sie sich eingestehen müssen, dass der Dachboden für Unfälle prädestiniert war und die Pläne warten mussten, bis Ína groß genug war, ihre Beine unter Kontrolle zu halten. Lóas Mutter hatte vorgeschlagen, den Raum mit einem Gitter abzutrennen, aber das konnte sie sich nicht vorstellen. Der Dachboden sollte ihr Zufluchtsort sein, wo sie geradezu in der Luft schwebte, nicht unmittelbar in den vier Wänden der Wohnung, aber dennoch mit einem wachsamen Auge auf alles, was dort unten vor sich ging.

Lóa schoss das jüdische Sprichwort durch den Kopf, auf das sie mal irgendwo gestoßen war und das sie für die Werbung einer Versicherung benutzt hatte: *Gott kann nicht überall sein, deshalb hat er Mütter geschaffen.*

Lóa hatte die Tür, den früheren Eingang zum Dachboden, zumauern lassen wollen, es aber dabei belassen, sie abzuschließen und das Schlüsselloch zuzukleben, weil die Tür dem Wohnzimmer einen interessanten Anstrich gab. Als ihr Leben noch so alltäglich gewesen war, dass das Wort *poetisch* in ihren Ohren verlockend klang, gefiel ihr die Tatsache, eine schwebende Tür über sich zu haben.

Sveinn erschien mit einem Gläschen mit Tabletten im Türrahmen, kippte es in seiner Handfläche aus und schluckte den Inhalt hinunter, ohne sich die Mühe zu machen, Wasser zu holen. Er starrte auf die Wand hinter ihr, während er verkündete, es täte ihm leid, dass ihre Tochter immer noch nicht nach Hause gekommen sei, wünschte ihr trocken gute Nacht und verschwand in Margréts Zimmer.

Lóa ging in die Küche und füllte ein großes Glas mit Apfelsaft. Im Augenblick hatte sie überhaupt kein Verlangen nach Alkohol. Und eigentlich kein Verlangen nach irgendwas, außer Margrét lebendig zu finden und sie einsperren zu lassen, damit sie einigermaßen sicher war.

Als sie wieder am Esstisch saß, zog sich zum hundertsten Mal ihr Herz zusammen bei dem Gedanken an Margrét, die sich in ihrem elenden Zustand draußen im kalten Wind befand, obwohl sie wusste, dass das unrealistisch war. Margrét hatte nicht die Kraft, stundenlang durch die Straßen zu irren. Sie wäre schon längst irgendwo bewusstlos gefunden worden. Aber Lóa hatte schon bei allen Krankenhäusern angerufen und zweimal bei der Polizei nachgefragt.

Es war ebenfalls ausgeschlossen, dass Margrét auf die Idee käme, ins Wasser zu gehen oder sich vor ein Auto zu werfen. Sie war zu taktvoll, um sich aktiv das Leben zu nehmen. Ihr Protest war passiv – in diesem Sinne war sie eine Art Schülerin Gandhis. Außer, dass Gandhi gegen jenen Teil des Lebens protestierte, den man Unterdrückung nannte, während Margrét gegen das Leben an sich protestierte.

Lóa hatte lange gebraucht, um sich darüber klar zu werden, wie fasziniert Margrét vom Tod war. Wie sollte sie diese Sehnsucht ihrer Tochter auch verstehen können? Eine Sehnsucht, die nichts anderes war als ein Missverständnis. Eine falsche Einstellung, falls diese Formulierung in irgendeiner Form berechtigt war.

Der Tod war keine befreiende Macht oder Heilung jenes kranken Zustands, den man Leben nannte, sondern ein strafender, zermalmender, messerscharfer Schmerz, der mit dem Leben spielte wie eine Katze mit einer Maus. Eine dumme und unberechenbare Übermacht – eine einfältige Kraft, blind gegenüber der komplizierten Empfindlichkeit des Lebens. Lóa konnte nichts Schönes an ihm sehen. Ebenso wenig wie an einem bekotzten Hooligan mit blutender Nase, der eine zerbrochene Flasche schwenkte. Der Tod war brutal, und sie verachtete die Heuchelei derjenigen, die versuchten, sich selbst und anderen einzureden, es sei anders. Lóa nahm den Tod persönlich, so wie der römische Kaiser – wie hieß er noch mal? –, der im Todeskampf verlangte, sein Volk möge mit ihm untergehen. Seine letzten Worte waren: *Hätte das Volk von Rom doch nur einen einzigen Nacken, damit ich es mit einem Mal erwürgen kann.*

Nein, Lóa sah keinen Grund, sich demütig wie ein Lamm zu verhalten, wenn der Tod ihrer Tochter mit feuchtkaltem Glänzen in den Augen auflauerte. Ihr Herz hämmerte in lähmender Wut. Nicht auf Margrét war sie wütend. Nicht mehr. Margrét war so schwach, dass es undenkbar war, diese zerstörende Wut gegen sie zu richten. Der Sturm, der in Lóa tobte, trübte ihren Blick und wirbelte einen Geschmack von bitterer, salziger Erde in ihrem Mund auf.

Die Zeit kroch voran, aber trotzdem war es plötzlich vier

Uhr, und Lóas Lider sanken wie schweres Schleifpapier. Sie stand auf, um sich einen Moment aufs Sofa zu legen, aber die Puppe war im Weg, und Lóa wagte es nicht, sie zu bewegen. Noch weniger wagte sie es, sich in ihr eigenes Bett zu legen. Sich wirkliche Ruhe zu gönnen käme einer Resignation und Vernachlässigung von Margrét gleich.

Im Margréts Zimmer lag Sveinn mit der Stirn und einem Bein dicht an der Wand, umfasste die Schlinge mit seinem Arm und schnarchte leise. Er würde sich noch nicht mal rühren, wenn sie sich über ihn beugen und lauthals die Nationalhymne anstimmen würde. Die meisten Männer schienen so tief schlafen zu können, und Lóa beneidete ihn darum. Ihr Exmann behauptete immer, er schlafe so fest, weil er ein reines Gewissen hätte. Wenn das stimmte, musste sie ein ziemlich schlechtes Gewissen haben, denn sie wachte bei dem kleinsten Geräusch oder der kleinsten Bewegung auf.

Lóa zögerte nur einen kurzen Moment, legte sich dann vollständig bekleidet neben Sveinn und zog eine Ecke der Bettdecke über sich. Sveinn verschluckte sich mitten im Schnarchen, war aber immer noch im Tiefschlaf, und Lóas Herzschlag beruhigte sich langsam. Die Wärme unter der Bettdecke hatte einen tröstlichen Einfluss, und Sveinn strahlte einen intensiven Körpergeruch aus, der aber nicht direkt schlecht war; er roch nach ungewaschenem Haar, sauberem Schweiß und irgendetwas Bitterem, das sie nicht richtig einordnen konnte.

Der Schlaf übermannte sie, und das Letzte, was sie spürte, war, dass ihr Kopf gegen Sveinns warmes Schulterblatt fiel und sie das Gefühl hatte, er sei ein anderer.

# XIII

## Dienstag

Ein Vibrieren in der Leistengegend ließ sein verletztes Knie im Halbschlaf gegen die Wand stoßen, und der Schmerz zog in seine Hüfte. »Was …?«, murmelte er und nahm das leuchtende Handy aus seiner Hosentasche. Das Vibrieren hörte auf, und das Display erlosch. Er wollte sich gerade darüber ärgern, dass er nicht rangegangen war, als das Vibrieren von Neuem begann.

»Hallo, meine redselige, tolerante Freundin, was gibt's?«, sagte er müde ins Telefon.

»*Killer*«, erklang eine hohle Männerstimme, vermutlich aus dem Fernsehen aufgenommen. »*Murderer. Motherfucker. I am going to fuck you over and fuck you good.*«

»Äh, jetzt hören Sie mal …«, setzte Sveinn an, aber da war die Verbindung bereits abgerissen.

Er setzte sich im Bett auf, so klar im Kopf wie schon lange nicht mehr, wobei sich der Schmerz in seiner Schulter verstärkte, je wacher er wurde. Er musste sich mehr von diesem starken Schmerzmittel besorgen, das war das Allerwichtigste. Abgesehen davon, von hier wegzukommen. Mit der Schwarzhaarigen nach Hause zu fahren. Aber erst musste er Lóa erklären, dass er ein Mensch war wie sie – kein Werkzeug des Bösen in der Welt.

Als er ins Wohnzimmer kam, summte der Computer auf dem Tisch wie am Abend zuvor, und obwohl Lóa nirgends zu sehen war, hörte er, wie sie durch die Wohnung tobte. Jetzt blieb sie im Flur stehen und zog die Kommodenschubladen auf und zu. Vielleicht versuchte sie auf diese merkwürdige Art und Weise, sich von dem Drohanruf zu erholen. Oder sie suchte in Schubladen und Schränken nach der erfrorenen Leiche ihrer Tochter.

Sveinn fuhr sich mit der Hand übers Gesicht, schaute an sich herunter, um sicherzugehen, dass er keine Spucke am Kinn und keinen offenen Hosenstall hatte, und machte sich bereit, sie geradeheraus zu fragen, wie sie ihn umbringen wollte und was er ihr eigentlich getan hatte. Doch als er sie sah, brachte er es nicht über sich. Er konnte einfach nicht so hart zu ihr sein, zu dieser elenden Gestalt mit verklebten Haaren, angstverzerrten Lippen und gekrümmten Schultern, die viel schmaler wirkten als gestern.

»Einen wunderschönen guten Morgen«, sagte er.

»Wie hast du geschlafen?«, fragte sie und schaute durch ihn hindurch, während sie die oberste Kommodenschublade zuschob.

Er schnaubte, ging geradewegs ins Bad und schloss hinter sich ab. Pinkelte und während er sich die Hände wusch, betrachtete er sein Gesicht im gnadenlosen Licht des Spiegels mit dem vergoldeten Rahmen. Er erschrak, als er zum ersten Mal in seinem Leben die deutlichen Altersspuren auf der Stirn und um die Augen wahrnahm. Und diese tiefen Furchen, die sich von der Nase zu den Mundwinkeln zogen.

Er war vierzig, das war ganz normal. Aber er hatte es bisher nur nicht richtig bemerkt. Es war ja nicht so, dass sein Spiegelbild ihn bedrohlich ansprang und ihm ein trauriges Ende prophezeite.

Im Schrank neben dem Spiegel standen dicke Glastiegel mit exklusiven Cremes. Er erinnerte sich dunkel an einige der Namen: »Clarins«, »Lancôme«, »Shisheido«, und vermutete, dass das meiste davon fürs Gesicht war. Lóa schien im Vergleich zu ihm wachsamer zu sein.

Vielleicht sollte er es ihr nachtun, in einen Kosmetikladen marschieren und nach einer Gesichtscreme fragen. Aber wie sollte er sich verhalten? Was sollte er zu der Verkäuferin sagen? »Ich will nicht älter werden und habe Angst vor dem Tod, möchte aber nicht mehr als zehntausend Kronen ausgeben, hätten Sie da was für mich?«

Er lachte laut auf, trocknete seine Hände an dem weichen, hellroten Handtuch ab und verließ das Bad, gewappnet mit dem Gefühl, dass er nichts zu verlieren hatte und dass das alles nicht so wichtig war, wie er kurz zuvor noch geglaubt hatte.

Lóa saß am Esstisch, den Kopf in den Händen vergraben, wobei die Kuppen ihrer Ringfinger sich in der Mitte der Stirn berührten.

»Was machst du?«, fragte er.

Sie schaute ihn an, antwortete aber nicht.

»Ich glaube, ich sollte mich auf den Heimweg machen. Kannst du mir vielleicht helfen, die da ins Auto zu tragen?«, sagte er und zeigte auf die Schwarzhaarige.

»Ja, natürlich«, antwortete Lóa. »Aber es kann sein, dass du es nicht bis nach Hause schaffst. In Kjalarnes sind Windböen angekündigt mit bis zu fünfundvierzig Metern pro Sekunde.«

Sveinn seufzte verwirrt. Die Schmerzen hinderten ihn daran, eine Entscheidung zu treffen.

Er öffnete den Mund und wollte sagen: »Ich weiß nicht, was du eigentlich von mir willst …«

Lóa schaute ihn mit gerunzelter Stirn an.

Aber er konnte nichts mehr sagen, denn das Handy in seiner Tasche klingelte schon wieder und schnürte ihm die Kehle zu. Was, wenn er sich geirrt hatte? Lóa sah ihn immer noch an, als sei er verrückt und nicht sie.

»Entschuldigung«, murmelte er und wandte sich mit dem Telefon in der Hand von ihr ab. Es war Lárus.

»Hallo«, sagte Sveinn, ungewohnt freundlich vor Erleichterung, dass es Lárus und nicht die Stalkerin war. Er wollte nicht von seiner Überzeugung abrücken: dass Lóa die Stalkerin war.

»Ja, hallo«, entgegnete Lárus hastig, als fürchte er, Sveinn würde auflegen, bevor er zu Ende sprechen konnte. »Ich bin in Reykjavík und dachte, Sie brauchen vielleicht was, wo ich schon mal in der Stadt bin.«

»Ich bin auch in der Stadt«, sagte Sveinn. »Sitze hier wegen des schlechten Wetters fest. Und du auch. Das wüsstest du, wenn du Nachrichten hören würdest.«

»Moment mal«, sagte Lárus, der anscheinend versuchte, seinem schicken Goldhandy irgendwelche schlauen Infos zu entlocken – Sveinn hörte, wie er auf den Tasten herumdrückte. »Ja, Sie haben Recht. Total verrücktes Wetter in Akranes. Autos werden von der Straße geweht und so. Sie brauchen also nichts?«, fügte er hinzu, zu jung, um seinen Eifer verbergen zu können.

»Wenn du eine ordentliche Menge starkes Schmerzmittel besorgen und bei mir vorbeibringen könntest, wäre ich dir ewig dankbar, am besten Morphium oder Heroin«, antwortete Sveinn und lachte.

»Ist doch selbstverständlich«, sagte Lárus. »Sind Sie bei ihr? War sie es, die …?« Offenbar war er bereit, sich selbst die Schuld zu geben, falls sich sein Hinweis als falsch herausstellen würde.

»Ja«, sagte Sveinn und schaute zu Lóa. »Sie hat sich die Puppe geliehen. Wenn du mit Kjartan sprichst, kannst du ihm sagen, dass er aufatmen kann, das Ding ist wieder aufgetaucht. Und danke für deine Hilfe, mein Freund. Ich hätte das ohne dich nie geschafft. Und pass auf, dass du nicht wegfliegst. Wir sehen uns dann vielleicht bei Kjartans nächstem Geburtstag.«

Sveinn ging mit langsamen Schritten durchs Esszimmer ins Wohnzimmer und ließ sich vorsichtig auf das Sofa sinken, auf dem er gestern eingeschlafen war. Die beiden Zimmer waren nur durch eine Teilwand auf der Fensterseite voneinander abgetrennt, so dass er immer noch in Lóas direktem Blickfeld war.

»Hast du starke Schmerzen?«, fragte sie.

»Ich habe gestern die Schmerztabletten aufgebraucht«, antwortete er und wunderte sich wieder über die hohe Zimmerdecke. Ihm wurde fast schwindelig, wenn er an die Decke hochschaute.

Lóa ging in die Küche und kam mit einem Glas Wasser und zwei weißen, länglichen Tabletten zurück.

»Was ist das?«

»Ibuprofen. Das Einzige, was ich habe.«

Sveinn trank die Hälfte des Wassers und musterte die Tabletten in seiner Hand zögernd.

»Was ist?«, fragte Lóa. »Ibuprofen ist das absolut harmlose Nationalgericht der Isländer. Daran ist bisher noch niemand gestorben.«

Machte sie sich etwa über ihn lustig? Wollte sie seine Reaktion testen, indem sie ihm eine halbe Stunde nach der Morddrohung ein nicht gekennzeichnetes Medikament gab?

Sveinn schluckte das Zeug runter.

»Findest du es nicht komisch, dass ich hier bei dir rumhänge?«, fragte er.

»Du kannst gerne hierbleiben, solange das Wetter verrückt spielt«, antwortete sie merkwürdig einschmeichelnd. »Im Vergleich zu mir bist du eine angenehme Gesellschaft.«

Er lachte laut auf. »Kann man wohl sagen. Du benimmst dich nicht gerade vorbildlich, wenn ich das so dreist sagen darf.«

Sie atmete tief ein und schaute mit abwesendem Blick aus dem Fenster, wobei sich ihr Gesicht zu einer Grimasse verzog, als bereite ihr ihre eigene Grausamkeit Schmerzen.

»Ich weiß, dass das unentschuldbar ist«, sagte sie. »Aber ich war nicht mehr ich selbst. Ich gebe zu, dass ich nicht darüber nachgedacht habe, wie das für dich ist, aber ich stehe in letzter Zeit stark unter Druck und ich …«

Sie verstummte und schaute ihn unsicher an, als läge ihr Schicksal in seiner Hand, und fügte hinzu: »Gibt es irgendeinen Grund, Außenstehende da mit reinzuziehen?«

»Tja, ich weiß nicht«, entgegnete er und schnaubte, mehr aus Verwunderung. »Wen denn zum Beispiel?«

»Zum Beispiel die Polizei. Wäre die Sache nicht erledigt, wenn ich dir den Schaden begleiche? Sag mir einen Betrag, innerhalb nachvollziehbarer Grenzen natürlich, und ich bezahle.«

Diese Frau war unglaublich. Am Telefon total abgebrüht, als wäre ihr ihr Ruf völlig egal, und jetzt stand sie vor ihm, demütig und verwundbar, und flehte ihn um Diskretion an. Das stärkte womöglich die Argumentation derer, die behaupteten, man sei zu allem fähig, solange man anonym blieb.

»Es ist nicht ganz leicht, eine Summe auszurechnen, wenn man den seelischen Schaden in Betracht zieht, Fräulein«, sagte er und lachte trocken. Das war vielleicht nicht ganz ernst gemeint, aber er konnte sich nicht zurückhalten, sie ein bisschen zu piesacken.

»Ja, natürlich«, entgegnete sie.

»Wie soll ich denn jetzt noch ruhig schlafen? Wie soll ich mich auf meine Arbeit konzentrieren, wenn ich ständig solchen Belästigungen ausgesetzt bin? Man wird unweigerlich vorsichtig und nervös, wenn auf diese Art in jemandes Privatsphäre eingedrungen wird.«

»Verstehe«, sagte Lóa, obwohl sie keineswegs so aussah, als verstehe sie etwas.

»Ich weiß ja nicht, inwiefern du davon profitieren wolltest«, sagte er.

»Ich wollte gar nicht davon profitieren.«

»Sollen wir das Kriegsbeil dann nicht begraben?«

Sie nickte langsam und schlug in seine ausgestreckte Hand ein. »Danke, dass du es so gut aufgenommen hast«, sagte sie, und der fragende Tonfall in ihrer Stimme brachte ihn völlig durcheinander. Es war, als würde sie das, was sie sagte, gar nicht richtig meinen. Als halte sie ihn für überempfindlich.

»Mein herzliches Beileid wegen deinem Vater«, sagte er, erstaunt über sich selbst, dass er ihren ungerechtfertigten Forderungen derart entgegenkam.

Sie schaute ihn eine Weile an, wobei sich die Falte zwischen ihren Augen vertiefte, sagte dann »vielen Dank« und ging weg. Ging mit dem Telefon in die Küche und sprach in den Hörer, ohne dass er ein Wort verstand.

Sveinn dachte im Stillen, dass anscheinend die komplizierten Gefühle für ihren Vater der Schlüssel waren, mit dem man zu Lóa durchdrang. War sie einfach nur wütend oder empfand sie noch etwas für ihn, obwohl er sie auf so schreckliche Art und Weise im Stich gelassen hatte? Und warum war sie von einem fremden Puppenmacher besessen? Der alte Mann hatte bestimmt keinen Brief hinterlassen, in dem er die arme Puppe für sein tödliches Unglück verantwortlich machte.

Nein, Lóa musste eines dieser Papakinder sein, die ihren Vater wie einen Gott anhimmelten und es nicht ertragen konnten, dass ein Schatten auf ihr Idealbild fiel. Sie konnte ihre Wut nicht gegen ihren Vater/Gott richten, weil sie damit zugeben würde, dass er nicht vollkommen war. Deshalb ließ sie alles an Sveinn aus. Was, genauer betrachtet, eine gewisse Ehre für ihn war – ein Stellvertreter des allmächtigen Vaters zu sein.

Danke, dass du es so gut aufgenommen hast? Keine Ursache, meine Liebe. Keine Ursache.

# XIV

## Mittwoch

Lóa erwachte mit dem Arm auf Sveinns Taille und der Nasenspitze an seinem Rücken, und einen Moment ging es ihr gut. Oder zumindest fühlte sie sich auf neutralem Gebiet, wie ein Welpe in einem Körbchen voller Welpen, der den Unterschied zwischen seiner eigenen pelzigen Wärme und der pelzigen Wärme seiner Geschwister noch nicht begriffen hat. Das Gefühl währte jedoch nicht lange, dann packte sie die Klaue der Wirklichkeit und stieß ihre Schnauze in die Urinpfütze, zu der ihr Leben geworden war. Rasch zog sie die Hand von Sveinns Bauch und fiel fast aus dem Bett in ihrem verzweifelten Bestreben, so weit wie möglich von ihm wegzukommen, bevor er sie bemerkte. Ihre Jeans war klamm vor Schweiß und ihre Bluse feucht und zerknittert. Mit einem blutigen Geschmack im Mund hastete sie durch die Wohnung, spähte in jede Ecke, so als könne Margrét mit den ersten Sonnenstrahlen durchs Schlüsselloch oder durch die Fensterscheiben hereingeschlüpft sein.

»Wonach suche ich eigentlich?«, dachte sie und blieb mit einem beklemmenden Gefühl in der Brust und tauben Händen in der Tür zur Küche stehen. Sie schaltete das Radio ein, ließ sich auf den nächsten Stuhl fallen und versuchte, tief durchzuatmen, aber die Luft war zähflüssig.

Die Erkennungsmelodie der Nachrichten schallte in ihren Ohren, und sie hörte teilnahmslos die Meldung, dass der Vesturlandsvegur wegen Windböen von bis zu fünfundvierzig Metern pro Sekunde gesperrt und fünf Autos von der Straße abgekommen seien. In Kjalarnes wurden die Leute angehalten, ihre Häuser nicht zu verlassen, und die Einwohner von Reykjavík sollten alle losen Gegenstände sichern, da der Wind im Hauptstadtgebiet gegen Abend zunehmen würde.

Die nächste Meldung über Diebesgut, das in einer Kellerwohnung im Hlídar-Viertel gefunden worden war, berührte Lóa seltsamerweise. Sie wurde den Gedanken nicht los, dass Margrét womöglich etwas in dieser Wohnung versteckt hatte, das einen Hinweis auf ihren Aufenthaltsort geben könnte.

Schwerelos sprang sie auf die Füße, in ihrem Eifer und Ungestüm der materiellen Wirklichkeit zeitweilig entronnen, und begann, Margréts Zimmer zu durchsuchen. Sveinn lag immer noch in derselben Stellung im Bett und gab keinen Laut von sich, während Lóa den Inhalt sämtlicher Schubladen durchwühlte und sich anschickte, die Kommode von der Wand abzurücken. Da stöhnte er im Schlaf, leise, aber so kläglich, dass sich Lóas Rückenmuskeln anspannten und sie beschloss, lieber erst weiterzumachen, wenn er aufgestanden war. Dann konnte sie auch den Kleiderschrank wegrücken und die Matratze hochheben.

Sie durchkämmte Ínas Zimmer ebenso gründlich und räumte gleichzeitig auf, denn es beruhigte sie, jedes Ding an seinen Platz zu stellen.

Gerade wollte sie in ihrem eigenen Schlafzimmer weitermachen, kam dann aber zu dem Entschluss, dass Margrét nicht dreist genug war, dort etwas zu verstecken, und ging stattdessen in den Abstellraum, wo sie Kisten mit altem Geschirr, Schulbüchern, Zeitschriften, Klamotten und Spielsachen durchwühlte. Da lag das Zelt, das sie nie benutzten, Schlafsäcke, Angeln, ein Campingkocher und eine Kühltasche. Werkzeug, Nägel und Schrauben, alte Farbreste, eine Küchenmaschine und eine wuchtige Saftpresse, die nie etwas anderes gepresst hatte als die Fläche, auf der sie abgestellt worden war.

Im untersten Regal bei der Tür stand eine Kiste mit Sachen ihres Vaters, die sie nach der Beerdigung bekommen hatte. Sie hatte sich noch nicht getraut, sie zu öffnen, und verstand nicht, warum der trauernden Witwe so daran gelegen war, sie loszuwerden. Vielleicht aus falsch verstandener Rücksicht auf Lóa – vielleicht dachte sie, dass Lóa den Verlust besser verarbeiten würde, wenn sie irgendwelche Dinge anfasste, die ihr Vater unzählige Male angefasst hatte. Ein solcher Ahnenkult war Lóa jedoch fremd, und die Vorstellung, dass die Erinnerung an Menschen mit Gegenständen verknüpft war, erfüllte sie mit Abscheu.

Margrét hingegen hatte sich für die Kiste interessiert. Obwohl sie sich eigentlich seit langem für nichts mehr interessierte. Lóa hatte ihr gesagt, sie dürfe sich den Inhalt natürlich anschauen, aber nichts herausnehmen, ohne vorher um Erlaubnis zu fragen.

Lóa spürte ihre Finger zittern, obwohl sie ganz ruhig wirkten, und ihr Herz in der Brust hämmern, als sie sah, dass ganz oben in der Kiste ein Brief lag: Tinte auf dickem Papier, schwarze Worte auf beigefarbenem Grund.

Aber er war nicht von Margrét, sondern von einem Jugendfreund ihres Vaters, der in Kopenhagen wohnte, und als sie die Kiste näher untersuchte, fand sie mindestens zwanzig Briefe, die meisten von dem Freund aus Dänemark.

Lóa setzte sich mit der Kiste im Arm aufs Sofa, nahm einen

Gegenstand nach dem anderen heraus und legte sie auf den Couchtisch. Eine Pfeife in einem Lederetui. Wann hatte ihr Vater Pfeife geraucht? Vielleicht als junger, gestelzter Mann – als er meinte, das richtige Bild abgeben zu müssen, wenn er ein richtiger Bauer werden wollte. Die dicken Ledergurte, mit denen er beim Gewichtheben seine Handgelenke schützte, abgenutzt und weich von der Reibung auf der verschwitzten Haut. Ein Parker-Tintenfüller. Seine Herzmedikamente.

War ihre Mutter noch ganz bei Trost? Was sollte Lóa mit den Medikamenten ihres verstorbenen Vaters anfangen? Die hatten ihm ja nicht viel gebracht. Vielleicht sein Leben um ein paar Monate verlängert, aber sie würden Lóa wohl kaum denselben Nutzen erweisen. Nein, ihre Mutter war offenbar nicht ganz bei Sinnen gewesen, als sie die Kiste eingeräumt hatte. Sie wollte nichts wegschmeißen, es aber auch nicht vor Augen haben und hatte es stattdessen Lóa aufgedrückt.

Eine große, schwere Hasselblad-Kamera, die ihr Vater ihr vor dreißig Jahren als Erbstück versprochen hatte. Ein halbvolles Gläschen Vaseline. Ihr Vater hatte fest an Vaseline geglaubt. Vaseline gegen die schmerzenden Euter erschöpfter Kühe, Vaseline gegen trockene Lippen, Vaseline, um Leder weich zu machen, Vaseline bei Sonnenbrand, Ausschlag, Schuppen, Hühneraugen.

Dann waren da noch ein Flachmann aus Silber mit der Aufschrift *Muggur* und die ganzen Briefe, die sie irgendwann einmal lesen würde, um etwas Unerwartetes über den Charakter ihres Vaters herauszufinden. Vielleicht hatte er wildere Seiten gehabt als die, die er in den eigenen vier Wänden gezeigt hatte. Oder gar eine seltene Art von Humor, den er nur mit seinen Freunden in Briefen teilte oder wenn sie Alkohol tranken. Lóa wünschte sich, falsch zu liegen in ihrer Annahme, ihr Vater sei völlig humorlos gewesen.

Sie räumte die Gegenstände wieder in die Kiste, brachte sie in den Abstellraum und suchte weiter nach etwas, ohne zu wissen, nach was.

In einer Schublade in der Küche fand sie unter einem dicken Stapel Lappen und Spültücher ein lilafarbenes, vollmähniges Plastikpferdchen. Es war natürlich von Ína, nur merkwürdig, dass sie es versteckt hatte. Hoffentlich hatte sie es nicht geklaut. Und in dem fingerbreiten Zwischenraum zwischen dem Kühlschrank und dem Regal fand sie im Staub einen goldenen Ring mit einem winzigen Diamanten, den sie meinte, vor vielen Jahren bei einem Picknick verloren zu haben.

Als sie im Wohnbereich alles auf den Kopf gestellt hatte und gerade im Flur herumkramte, tauchte Sveinn auf, mit gekränktem Misstrauen im Blick, als hätte sie ihm etwas unsäglich Böses angetan. Hatte er bemerkt, dass sie bei ihm im Bett gelegen hatte, und war so furchtbar schockiert darüber?

»Wie hast du geschlafen?«, fragte sie, aber er schnaubte nur und stürmte an ihr vorbei ins Badezimmer.

Sie versuchte, sich davon nicht beeindrucken zu lassen, ging schnurstracks in Margréts Zimmer und schaute unter die Matratze.

Gegen Mittag schaffte sie es, sich zu ein bisschen Mitgefühl und Gastfreundschaft durchzuringen. Zu fragen, wie er sich fühlte, und ihm etwas gegen die Schmerzen zu geben.

Er nahm sich ausreichend Bedenkzeit, bevor er diesen harmlosen Freundschaftsversuch annahm, und starrte in Lóas Augen, während er die Tabletten runterschluckte. Sie fand sein Verhalten aggressiv und seltsam, aber immer noch besser, ihn zu sehen und telefonieren zu hören, als sich vorzustellen, dass er die ganze Stadt wegen dieser Puppe verrückt machte. Solange er bei ihr war, hatte sie noch die Hoffnung, sich mit ihm versöhnen zu können.

»Findest du es nicht komisch, dass ich hier bei dir rumhänge?«, fragte er.

»Ich kann froh sein, dass du so friedlich bist, wenn man bedenkt, wie ich mich bei dir aufgeführt habe«, antwortete sie und lächelte dumpf.

»Kann man wohl sagen«, entgegnete er trocken. »Du hast dich nicht gerade von deiner besten Seite gezeigt.«

Da war es. Es reichte ihm nicht, dass sie ihn um Verzeihung bat, sondern er wollte, dass sie vor Reue vor ihm auf die Knie fiel. Aber sie war froh, dass er zumindest davon ausging, dass sie auch bessere Seiten hatte.

»Du hättest mich ja nicht reinbitten müssen«, sagte sie. »Du warst nicht verpflichtet, mir beim Reifenwechseln zu helfen, hast es aber trotzdem gemacht. Ich habe mich dagegen wie ein verzogenes Kind benommen. Aber ich stehe in letzter Zeit stark unter Druck, und ob du es nun glaubst oder nicht, ich wollte die Puppe zurückbringen.«

Sie verstummte und fügte dann hinzu: »Gibt es irgendeinen Grund, die Polizei da mit reinzuziehen? Ich bin bereit, den vollen Preis für die Puppe und Schadenersatz für den Ärger und die Unannehmlichkeiten zu zahlen.«

»Manche Unannehmlichkeiten lassen sich nicht mit Geld aufwiegen«, sagte er, und obwohl er ein kühles Lachen ausstieß, schien er das vollkommen ernst zu meinen. »Ich habe kein Interesse daran, die Polizei da mit reinzuziehen. Aber wenn diese Belästigungen weitergehen, bleibt mir nichts anderes übrig, wenn ich ehrlich sein soll, Fräulein.«

»Verstehe«, sagte Lóa, obwohl sie keineswegs verstand, warum er die Sache so persönlich nahm oder wie er auf die Idee kam, ihren kleinen moralischen Fehltritt als Belästigung anzusehen.

»Ich weiß ja nicht, inwiefern du davon profitieren wolltest«, sagte er.

Profit war nun wirklich das Allerletzte, an das sie an jenem Morgen, der in ihrer Erinnerung bereits verblasst war, gedacht hatte. Sveinn drückte sich wirklich merkwürdig aus. Man hätte meinen können, er leide an einer Sprachstörung oder einer milden Form von Tourette.

Jetzt lächelte er wesentlich entgegenkommender und reichte ihr die Hand.

Sie schlug ein. »Danke, dass du das so gut aufgenommen hast.«

»Mein herzliches Beileid wegen deines Vaters«, sagte er.

Sie musterte ihn und versuchte, sich darüber klarzuwerden, wie er vom Diebstahl der Puppe auf den Tod ihres Vaters kam. »Vielen Dank«, sagte sie schließlich und ging mit dem Telefon und einem großen Ausdruck eines neueren Fotos von Margrét in die Küche.

Die Sonne schien durchs Küchenfenster und beleuchtete jedes einzelne Staubkorn und die schmierigen Fingerabdrücke auf den Möbeln. Das Fenster knarrte in der Zarge, und Lóa schloss es, bevor sie sich mit dem Rücken zur Sonne an den Tisch setzte und das Foto betrachtete, das letztes Jahr an Ínas Geburtstag aufgenommen worden war. Es zeigte Margrét frei in der Luft schwebend, als sie versuchte, sich von der Kamera wegzudrehen. Sie war ins Wohnzimmer gerannt, doch als sie gesehen hatte, dass die Linse auf sie gerichtet war, hatte sie versucht, mitten im Sprung innezuhalten – wie eine Katze, die sich in der Luft drehte, um auf allen Vieren zu landen. Genauer gesagt, wie eine nasse, streunende Katze mit stumpfem Fell und hervorstehenden Knochen.

Lóa wählte die Nummer der Polizeiwache und musste warten, unendlich lange, wie sie fand, bis sie mit dem Dienststellenleiter verbunden wurde. Er redete schnell und stellte sich als Tómas vor, aber seine Stimme klang mehr wie die eines Laufburschen als eines Vorgesetzten.

»Sie müssen zur Protokollaufnahme vorbeikommen und ein neueres Foto mitbringen, auf dem ihr Gesicht besser zu sehen ist«, sagte er.

»Eigentlich kann ich das Haus nicht verlassen«, entgegnete Lóa. »Ich hatte gehofft, Sie könnten jemanden vorbeischicken. Das Foto kann ich Ihnen ja per E-Mail zukommen lassen.«

Er schwieg, und im Hintergrund war rhythmisches Knallen zu hören. Lóa sah ihn vor sich, wie er mit einer wichtigen Blutprobe den Takt schlug oder immer wieder den Gummibund seiner Unterhose flitschen ließ. Sie hatte grenzenloses Misstrauen.

»So machen wir es«, sagte er schließlich. »Ich stelle Ihnen jetzt ein paar Fragen, Sie schicken uns so schnell wie möglich das Foto und rufen an, wenn sich etwas Neues ergibt oder Ihnen noch etwas einfällt.«

Lóa blieb nichts anderes übrig, als zuzustimmen, zumal sie keine klare Vorstellung davon hatte, wie sie die Sache sonst angehen sollte.

Dann stellte Tómas ihr schnell ein paar Fragen über Margrét. Größe, Gewicht, Augenfarbe, Haarfarbe, wo sie sie zuletzt gesehen und was sie angehabt hätte.

»Hatte sie irgendwelchen Ärger? Hatte sie Kontakt zu älteren Jugendlichen? Hat sie in der letzten Zeit neue Freunde kennengelernt? Ist sie mit jemandem zusammen? Gibt es zu Hause Probleme?«

Während Lóa redete, machte er sich die ganze Zeit Notizen – sie hörte seine Finger über die Tastatur huschen.

»Stimmt das so? Möchten Sie noch etwas hinzufügen?«, fragte er, als er ihr seine Notizen vorgelesen hatte.

»Ich weiß nicht, was ich da noch hinzufügen soll.« Ihr Rücken begann in der Sonne zu schwitzen. »Bis auf das, was ich der Dame am Empfang gestern schon gesagt habe, dass meine Tochter so schnell wie möglich in ärztliche Behandlung muss. Ach ja, und ich habe ihr Handy. Brauchen Sie das? Könnte das bei den Ermittlungen behilflich sein?«

Er schwieg erneut, und Lóa hatte das Gefühl, dass er das Wort *Ermittlungen* für diesen Anlass als etwas zu hochtrabend erachtete. Sie bekam panische Angst, das Protokoll würde nur als Alibi für die Bearbeitung irgendwo herumliegen gelassen.

»Ja, lassen Sie uns das Handy zukommen«, sagte er. »Hat sie einen Computer? Bringen Sie den auch vorbei. Wenn das Mädchen heute oder morgen nicht auftaucht, geben wir eine Fahndung raus. Aber diese Kids kommen immer wieder zurück.«

Lóa lachte kurz auf.

»Machen Sie es gut, meine Liebe, wir rufen an, wenn etwas passiert.«

»Ja, auf Wiederhören, mein Lieber«, sagte Lóa mit patziger Betonung des letzten Wortes. Sie konnte es nicht ausstehen, von Fremden als *meine Liebe* bezeichnet zu werden.

Nachdem sie das Foto abgeschickt hatte, schaltete sie den Wasserkocher ein, holte die Thermoskanne, den Trichter und eine Filtertüte, und während sie darauf wartete, dass das Wasser kochte, dachte sie darüber nach, ob sie Sveinn bitten sollte, mit dem Computer und dem Handy zur Polizeiwache zu fahren. Sie hatte das Gefühl, er werde entweder eiskalt ablehnen oder ihre Bitte gewissenhaft ausführen.

Andererseits war er als präsentable Vertretung für sie kaum geeignet – so unrasiert und fertig, wie er aussah. Außerdem konnte man nicht wissen, ob er nicht plötzlich auf die Idee käme, sie gleich mitanzuzeigen, wenn er schon mal vor Ort war.

Nein, es war besser, auf Björg zu warten oder die Sachen mit dem Taxi zu schicken.

Lóa löffelte Kaffee in den Filter, schüttete bis zum Rand kochendes Wasser hinein, sah zu, wie sich der weiche Schaum ausbreitete, atmete den Duft ein und lauschte, wie die ersten Tropfen auf den Boden der Thermoskanne fielen.

Für einen Moment beruhigten sich Lóas Nerven, lange genug, um in diesem Moment aufzugehen und mit ihrer Umgebung zu verschmelzen, während sie unbewusst auf die dunkle Oberfläche starrte, die langsam im Trichter nach unten sank.

Als es an der Haustür klingelte, erschrak sie so sehr, dass sie herumfuhr und dabei mit der Hand gegen die Kanne schlug, die scheppernd auf den Boden knallte, sodass sich das Kaffeepulver und der Kaffee in der ganzen Küche verteilten. Lóa rannte los, mit Kaffeeflecken auf den Socken und Hosenbeinen, die Treppe hinunter, wo sie die Tür aufriss und einen blonden jungen Mann erblickte, der ihr bekannt vorkam, aber sie wusste nicht, woher. Falls sie ihn überhaupt je gesehen hatte. Er sah so normal aus, dass sie ihn leicht mit jemandem verwechseln konnte.

Die Möglichkeiten jagten in Lichtgeschwindigkeit durch ihren Kopf. War das Nexusboy? Ein Polizeibeamter in Zivil? Ein Freund oder Bekannter von Margrét mit einer Nachricht von ihr?

»Ólöf?«, sagte der Junge, mit dünner, kindlicher Stimme, und als er sich bewegte, knisterte seine schwarze Lederjacke im Pilotenschnitt.

Sie nickte.

»Ist Sveinn hier? Ich hab was für ihn.«

Ihre Lungen fühlten sich an wie ein zerplatzter Ballon. »Komm rein«, sagte sie – unfähig, ihre Enttäuschung zu verbergen –, und er folgte ihr die Treppe hinauf.

»Hier ist jemand für dich!«, rief sie.

Sveinn kam ihr mit großen Augen entgegen und war erstaunt, als er sah, wer gekommen war.

»Lárus?«

»Sie haben mich doch gebeten, Ihnen ein vernünftiges Schmerzmittel zu besorgen, und ich hatte eh nichts Besseres zu tun«, sagte der Junge so ergeben, dass es an Unterwürfigkeit grenzte, obwohl er erfolglos versuchte, lässig zu wirken.

Lóa gruselte die Vorstellung, dass Sveinn für junge Leute ein Held und ein so großes Vorbild war, dass sie ihn kaum ansprechen konnten, ohne nervös zu werden. Fanden sie es so toll, dass er ein Marionettenmeister der Frauenkörper war? Dass er seine eigenen Mösen anfertigte? War er für sie eine Art Pornokönig?

Lóa war in diesen Dingen nie besonders empfindlich gewesen, aber jetzt sah sie plötzlich rot. Ihre gesamte Wut auf die Welt verwandelte sich in heftigen Ekel vor diesen beiden Männern, die sich in ihrem Wohnzimmer gegenüberstanden. Für sie waren die beiden auf einmal fast nicht mehr menschlich.

Sie lehnte sich an die Kommode, und die Wut brodelte in ihr.

»Ich hab das doch nicht wortwörtlich gemeint«, hörte sie Sveinn sagen. »Ich weiß sehr wohl, dass das Zeug rezeptpflichtig ist. Wie hast du es denn gekriegt?«

»Das war kein Problem. Ich bin einfach in die Notaufnahme gegangen und hab gesagt, ich hätte unerträgliche Zahnschmerzen, könnte aber erst nächste Woche zum Zahnarzt«, antwortete der Junge. »Das entspricht vielleicht nicht ganz der Wahrheit, aber der Zweck heiligt doch die Mittel, oder? Oder nicht? Oder was?« Er wirkte immer verzweifelter, je mehr sich Sveinns Gesicht verdunkelte.

»Klar«, sagte Sveinn. »Nett von dir, dass du an mich gedacht hast, aber es fällt mir ziemlich schwer zu verstehen, warum ein junger Mann wie du nichts Besseres zu tun hat, als sich an meine Fersen zu heften.«

Sie schauten schnell zu Lóa, beide gleichzeitig, als hätten sie denselben Gedanken. Neugier glitzerte in den Augen des Jungen wie ein Heringsschwarm, und auf einmal wusste sie, was seine eigentliche Absicht war: Was hatte er anderes hier zu suchen, als sie auszuspionieren? Die Frau auszuspionieren, die wie eine stinknormale Kleinbürgerin aussah, sich aber als trunksüchtige Diebin entpuppte? Sveinns Freunde und Bekannte amüsierten sich bestimmt königlich über seine Abenteuer in der Großstadt. Einige konnten es offenbar gar nicht erwarten, bis er mit seiner Puppe und seinem Reisebericht zurück nach Akranes kam.

»Willst du dich nicht setzen?«, fragte Lóa in vollkommenem Widerspruch zu ihren Gedanken und zeigte Richtung Esszimmer. Oh, wie sehr sie diese innere Autorität verachtete, die ihr vorschrieb, *einen guten Eindruck zu machen*, was auch immer geschah.

Sveinn warf ihr einen bösen Blick zu, aber sie tat so, als hätte sie es nicht gesehen.

»Tja, nee, ich sollte mich beeilen …«, sagte der Junge und wollte sich sichtlich umstimmen lassen.

Lóa nickte.

»Obwohl, eine Tasse Kaffee würde ich vielleicht annehmen, wenn es nicht zu viele Umstände macht«, fügte er hinzu und schaute Sveinn ängstlich an.

Das Lachen, das zu Lóas eigenem Entsetzen aus ihr herausbrach, war ihr vollkommen fremd. Sie wies die beiden an, ihr in die Küche zu folgen, wo sie mit den Händen gestikulierte, als wolle sie den Kaffeesatz und die Flecken auf dem Fußboden segnen oder dieses ungewohnte Chaos vertreiben, das sich so plötzlich ihrer Gedanken und ihres Verhaltens bemächtigt hatte.

»Wie ihr seht, habe ich gerade Kaffee gekocht«, sagte sie, und ihre Stimme klang ebenso fremd wie ihr Lachen.

Sveinn machte ein Gesicht, als wüsste er nicht, was von ihm erwartet wurde, während der Junge höflich lächelte und dann das Foto von Margrét anstarrte.

»Setzt euch ins Esszimmer«, sagte Lóa. »Ich mache einen Nescafé, wenn ich den Boden abgewischt und Wasser gekocht habe.«

Sie wusste nicht, warum sie versuchte, normal zu erscheinen, wenn alle Anwesenden wussten, dass ihre Situation alles andere als normal war.

»Woher kennt ihr euch?«, fragte sie, als sie das Tablett mit drei Kaffeebechern, einem Milchkännchen und einem Korb mit Zimtschnecken abgestellt hatte.

»Wir haben uns bei einem Geburtstag kennengelernt«, sagte Sveinn mit finsterer Miene.

Lóa schaute den Jungen fragend an, aber er schien nicht den Mut zu haben, dieser kurzen Erklärung noch etwas hinzuzufügen.

»Wohnen Sie schon lange hier?«, fragte er und schaute sich mit gespieltem Interesse um.

Sie nickte und presste die Lippen zusammen. Vom Geschmack des Kaffees bekam sie sofort Magenschmerzen.

»Super Idee, ich meine, den Dachboden so zu öffnen, damit die Dachschräge voll zur Geltung kommt«, sagte der Junge. »Ich hab meinem Onkel mal bei so was geholfen. Wir mussten morsche Holzlatten rausreißen, neue einsetzen und das ganze Dach neu isolieren. Sie sind ja noch nicht ganz fertig damit, sagen Sie doch einfach Bescheid, wenn Sie Hilfe brauchen.«

Er schien das ernst zu meinen und fühlte sich offenbar verpflichtet oder sehnte sich nach Gesellschaft.

»Da sagst du was.« Lóa stand auf, immer noch mit einem Stechen im Bauch wie von einer kalten Messerschneide. Sie ging in die Küche, kippte ihren Kaffee in die Spüle, nahm einen großen, braunen Umschlag aus dem Schrank, steckte Margréts Handy hinein, holte den Computer aus ihrem Zimmer und legte beides vor dem Jungen auf den Tisch.

»Wie heißt du noch mal?«, fragte sie.

»Lárus.«

»Lárus, kannst du das für mich zur Polizeiwache am Hlemmur bringen?«, fragte sie. »Der Dienststellenleiter heißt Tómas und wartet darauf. Du musst es ihm persönlich geben. Traust du dir das zu?«

Der Junge verkrampfte sich, berührte den Umschlag mit dem Handy und schaute zögernd zu Sveinn, der zweimal zustimmend nickte.

Lárus trank den heißen Kaffee in einem Zug aus und stand mit gerötetem Gesicht auf. Sein Blick wanderte in jede Ecke, so als wolle er den Raum und die Dinge darin auswendig lernen, und blieb dann auf der Puppe auf dem Sofa haften.

Sveinn lachte laut auf und biss in eine Zimtschnecke. »Schau sie dir ruhig an«, sagte er. »Du musst dich nicht beeilen. Die Polizei stellt nicht gleich die ganze Stadt auf den Kopf wegen einer Jugendlichen, die seit vierundzwanzig Stunden verschwunden ist.«

Lóa wusste, dass das vollkommen richtig war, aber ihr widerspenstiger Geist schien davon überzeugt zu sein, dass Sveinn *verantwortlich* war, in geradezu metaphysischem Sinne. Er hatte kein Recht, so leichtfertig über Margrét zu reden. Er sollte lieber *etwas tun*.

»Welche Jugendliche?«, fragte Lárus.

»Das erzähle ich dir später«, antwortete Sveinn.

Lárus zögerte einen Moment und ging dann in den Flur, wo Lóa ihn mit seiner knirschenden Lederjacke und seinen Schuhen herumhantieren hörte. Dann trat er in die Türöffnung und sagte: »Meldet euch einfach, wenn ihr was braucht.«

# XV

## Mittwoch und Mittwochabend

Etwa zwei Stunden waren vergangen, seit Lárus angerufen und mitgeteilt hatte, er hätte den Auftrag ausgeführt. Sveinn vertrieb sich die Zeit, indem er Patiencen legte, während sich Lóa mit dem Telefon im Schlafzimmer eingeschlossen hatte. Der unterdrückte Klang ihrer Stimme erinnerte ein wenig an Walgesänge in den Tiefen des Ozeans und passte gut zu den Karten, die mit Bildern von Trawlern geschmückt waren.

Die Herz-Königin ähnelte Lóa, und die Pik-Königin war wie ihre Freundin Björg. Die beiden anderen Königinnen waren völlig unbekannt, aber Sveinn taufte sie im Geiste: Móa und Örg.

Als das Handy klingelte, sickerte eine giftige Angst in sein Nervensystem – er musste unbedingt den Klingelton ändern, sobald er sich sicher war, dass die Drohungen aufgehört hatten.

»Ich dachte, du wärst mein Freund, und jetzt entpuppst du dich als Wolf im Lammfellmantel«, sagte Kjartan und wirkte so atemlos, als sei er gerannt.

Sveinn grinste breit. »Was meinst du? Was habe ich verbrochen?«

»Deinen Freunden lügst du vor, du würdest zu Hause bleiben, und dann machst du dich ganz alleine auf eine beschwerliche Reise und hältst einen noch nicht mal auf dem Laufenden.

Findest du, dass ich das verdient habe? Wo ich dich jahrelang durch Dick und Dünn nach Athen getragen habe? Und dann bekommt man mit, dass du dich im Lager des Feindes aufhältst – und? Konntest du sie überwältigen? Hat sie gestanden und bereut?«

»So gesehen schon. Zumindest hat sie mir seit heute Morgen nicht mehr mit Mord gedroht.«

Kjartan prustete los. Sein lautes, heiseres Lachen klang so, als würde es seine Luftröhre zerkratzen. »Du bist mir ja einer«, sagte er, als er endlich wieder sprechen konnte. »Du bist doch vorgestern losgefahren, oder? Und was machst du immer noch da? Unter ihrem Rock rumschnüffeln, oder was? Ich hab dir doch geraten, es zu lassen.«

Jetzt fing er an zu singen, und Sveinn konnte sich nur wundern, wie musikalisch er war und wie schön seine Stimme klang: »Die kleine Lóa aus Brú, die ist hübsch wie eh und je, und von den Männern, da sagt keiner nee …«

»Du hörst einfach nie auf mich, alter Junge«, fügte er im Anschluss an das Lied hinzu.

»Findest du, ich sollte auf dich hören?«, entgegnete Sveinn. »Würdest du auf jemanden wie dich hören?«

»Das würde ich allerdings, solange nichts Besseres im Angebot ist.«

»Da sagst du was«, konterte Sveinn, und auf diese Weise redeten sie weiter über nichts, bis Sveinn merkte, dass Kjartan ihm nur irgendwelche Geschichten aus der Nase ziehen wollte, die er weitererzählen konnte.

»Also dann, entschuldige mich«, sagte er. »Ich muss jetzt die Diebin und die Puppe voneinander trennen. Die fallen übereinander her wie betrunkene Schlammcatcherinnen, sobald ich sie aus den Augen lasse.«

Kjartan gab ein merkwürdiges Geräusch von sich, das Belustigung ausdrücken sollte. Die Formulierung entsprach natürlich genau seinem Geschmack. Vor ein paar Jahren hatte er ständig von diesen Wettkämpfen in irgendeinem Club gefaselt, der darin bestand, dass zwei Frauen versuchten, sich in einem Becken mit Royal-Schokoladenpudding gegenseitig umzuwerfen.

Als Sveinn das Telefonat gerade beendet hatte, klingelte sein Handy schon wieder. Es war seine Mutter, die Therapeutin.

»Wie geht's dir, Svenni?«, fragte sie.

»Ganz okay.«

»Ich dachte, ich könnte mal kurz bei dir vorbeikommen, bist du zu Hause?«

»Nein, und du solltest auch nicht rausgehen. Es ist Sturmwarnung.«

»Du bist nicht zu Hause? Wo bist du denn dann?« Sie klang ehrlich verwundert darüber, dass er nicht zu Hause war. Wie tief war er eigentlich gesunken, wenn seine Mutter schon glaubte, ihn jederzeit antreffen zu können? Was sagte das über sein Sozialleben aus, geschweige denn über sein Liebesleben?

»Ich bin zu Besuch bei meiner Freundin«, sagte er.

»Ach jaaaa?«, entgegnete seine Mutter und sah wahrscheinlich schon ihre zukünftige, ständig schwangere Schwiegertochter vor sich, mit der sie Rezepte und Pflanzenableger austauschen konnte.

Sveinn musterte die welken Topfpflanzen um sich herum und fand, dass sein Leben noch trostloser und armseliger war, als es sich seine Mutter jemals vorstellen konnte.

»Ja, ich musste ihr kurz … helfen«, sagte er.

»Das ist gut, Svenni«, entgegnete sie mit schwindendem Interesse. Vielleicht war sie gar nicht so erpicht darauf, dass er heiratete.

»Ich melde mich am Wochenende noch mal bei dir«, sagte er.

»Alles klar, mein Schatz.«

Sveinn wandte sich wieder der Patience zu und schaffte es, ein paar Trawler anzulegen, als das Telefon erneut klingelte.

Das Display zeigte eine unbekannte Nummer.

»Ja«, antwortete er mit einer bangen Ahnung.

Eine sanfte Frauenstimme nannte seinen Namen: »Sveinn Gudmundsson?«

»Ja?«

»Ich heiße Ásdís und rufe von der Zeitschrift *Haus und Heim* an …«

»Verschwenden Sie keine Energie daran, mir etwas zu verkaufen.«

»Ich will Ihnen nichts verkaufen …«

»Nein?«

»… was Sie nicht haben wollen.«

Sveinn bewunderte ihre Entschlossenheit, legte aber trotzdem auf. Selbst schuld, wenn ihr Job daraus bestand, fremde Leute zu belästigen.

Die Patience ging nicht auf. Sveinn hatte damit gerechnet, dass von drei Runden ungefähr eine aufging. Wobei es kaum eine dämlichere Beschäftigung gab als diese. Patiencen legen war die geistige Endstation.

Er schob die Karten zusammen und schaute zu, wie der Wind wütend an den Zweigen der Bäume riss und die zerfledderten Laubreste vom vergangenen Jahr aufs Meer flohen.

Der Stapel mit den Wissenschaftsmagazinen lag noch am selben Platz, und er nahm ein paar davon mit ins Schlafzimmer. Knüllte die Bettdecke am Kopfende zusammen und lehnte sich dagegen, vorsichtig, um das Wespennest in seiner Schulter nicht aufzuscheuchen, schluckte zwei Tramol und schlug wahllos irgendeine Zeitschrift auf. Die Überschrift des Leitartikels lautete *Die Kraft der Spiegel*, und bevor er einschlief, erfuhr er, dass die Japaner begonnen hatten, die Wände an Bahnhofsgleisen mit Spiegeln auszukleiden, um damit die Zahl der Selbstmörder zu reduzieren. Der Theorie nach fiel es den Menschen schwerer, sich umzubringen, wenn sie mit der sensiblen Macht ihrer eigenen Körper konfrontiert wurden. Sie wollten ihr Leben nicht mehr beenden, wenn sie sich selbst in die Augen schauten.

Sveinn wachte völlig ausgehungert auf, mit einem unruhigen Pochen im Kopf, das vom Knie ausging, und heftigem Ärger im Bauch. Die Dämmerung brach herein, also musste es etwa zehn Uhr abends sein.

Er hätte alles dafür gegeben, jetzt zu Hause zu sein, traute sich die Fahrt aber nicht zu. Sollte er noch ein paar Tramol nehmen und bis zum Morgen weiterschlummern? Nein, er hatte die Packung im Flur liegen lassen, und außerdem würde er die Tabletten gar nicht erst bei sich behalten, wenn er vorher nichts aß.

Als er aufstand, beschwerte sich sein Kreuz lautstark. Großartig. War eigentlich noch irgendein Körperteil heil?

Sveinn schleppte sich aus dem Zimmer, die unverletzte Hand in den Rücken gestützt, und das Erste, was er sah, war, wie Lóa sein Handy weglegte. Sie war barfuß, trug ein knielanges Wollkleid mit bis zu den Fingerknöcheln reichenden Ärmeln, ihre Haare waren klatschnass, und sie machte ein entsetztes Gesicht, das heulende Dämonen in Sveinn weckte. Dieser Anblick, dieses Ereignis, dieser *Augenblick* erinnerte ihn an etwas, an das er sich nicht erinnern wollte. Wobei er sich nur an die Atmosphäre erinnerte – wie bei einem Horrorfilm, der nur ein einziges Gefühl im Gedächtnis hinterlässt, das einem die Seele zerreißt, und eine einzige Szene, die sich nicht einordnen lässt.

Eine schroffe Stimme bahnte sich ihren Weg aus seinem Bauch nach oben: »Was machst du da?«

Warum hatte sie solche Angst? Sah er etwa gefährlich aus? Oder machte sich ihr schlechtes Gewissen bemerkbar?

»Dein Handy hat ein paar Mal geklingelt, und irgendwann bin ich rangegangen«, sagte sie mit zitternder Stimme.

»Irgendwann bist du rangegangen«, wiederholte er mit übertriebener Betonung und merkte sofort, dass er so klang, als hätte er ein schmutziges Geheimnis. Er, der nichts zu verbergen hatte als höchstens seine dunkelsten Gedanken, und die offenbarten sich bestimmt nicht durchs Telefon.

»Entschuldige«, sagte er, »aber du verstehst doch, dass es mir nicht so leicht fällt, dir zu vertrauen, oder?«

»Ich weiß nicht«, entgegnete sie, und da sah er endlich etwas in ihr aufblitzen, von dem er die ganze Zeit gewusst hatte, dass es da war: Verwirrtheit, Hysterie. Sie sah aus, als befände sie sich im freien Fall, als hätte sie just in diesem Moment den Boden unter den Füßen verloren und stürze von einer Felskante.

»Du solltest jetzt besser gehen. Ich will, dass du gehst«, sagte sie.

Einen derartigen Befehl konnte er auf keinen Fall befolgen; er wollte nicht behandelt werden wie ein Hund mit schmutzigen Pfoten.

»Okay«, sagte er, »aber bevor ich gehe, muss ich was essen, damit ich die Schmerztabletten nehmen kann, sonst kann ich mich nicht aufs Fahren konzentrieren, verstehst du?«

»Nein! Nein, hau ab und nimm dieses abartige Ding mit!«

Sie zeigte auf die Puppe, die vollkommen unschuldig auf dem Sofa lag.

»Das abartige Ding ist hier, weil du es ohne Erlaubnis mitgenommen hast«, sagte er mit lauter Stimme.

»Entschuldigung, Entschuldigung, Entschuldigung!«, schrie sie. »Wie oft soll ich das denn noch sagen?! Was soll ich denn noch tun? Über den Fußboden kriechen? Mich in Glasscherben knien? Ich hab dir Schadenersatz angeboten, aber du tust so, als hättest du es gar nicht gehört. Nein, es macht dir Spaß, dich aufs hohe Ross zu setzen und mir Moralpredigten zu halten, als hättest du irgendeinen Grund dafür!«

»Jetzt hör mal, meine Liebe …«

»Ich bin verdammt noch mal nicht deine Liebe!«

»Ich verstehe ja, dass das schwierig für dich ist, aber ich kann nichts dafür, dass dein Vater tot ist«, sagte Sveinn und versuchte, nicht so zu klingen, als würde er sich deswegen immer noch schuldig fühlen.

»Hör auf, über meinen Vater zu reden, du hast ihn doch gar nicht gekannt!«, schrie sie.

»Du hast doch mit dem Thema angefangen«, entgegnete er und versuchte, herablassend zu grinsen, aber in Wirklichkeit war ihm die Sache überhaupt nicht mehr egal. Lóas Wut war so überzeugend, dass er sich wie ein Schuft fühlte. Wie der große, böse Wolf, der gerade alles zerstört hatte.

»Hör zu«, sagte er, »ich kann nicht sofort fahren. Das heißt im Klartext: Ich will keine Sekunde länger bleiben, aber ich muss erst richtig wach werden und was essen und die Tabletten nehmen, bevor ich Auto fahren kann. Außerdem müssen wir noch über diese Vorfälle reden. Wie soll ich mir sicher sein, dass du mich nicht weiter belästigst?«

Lóa warf den Kopf zurück und stieß ein Lachen aus, das Sveinn unheimlich war und seine Abneigung noch verstärkte. Sie setzte sich und hielt sich die Hände vor die Augen, wobei ihr Kleid über ihre nackten Knie rutschte und die Nässe zwischen ihren Zehen glänzte. »Du hast bestimmt fanatische Fans, aber ich gehöre nicht dazu!« Ihre Stimme war nicht nur laut, sondern so schrill, dass sich Sveinns Trommelfell zusammenkrampfte. »Ich habe die Puppe nicht mitgenommen, weil ich sie für ein unschätzbares Kunstwerk halte.«

Sveinn wollte sich keine Blöße geben und sagen, was ihm durch den Kopf ging: dass die Schwarzhaarige zwar kein unschätzbares Kunstwerk, aber dennoch das Beste war, was er bisher produziert hatte, und dass er nach Ansicht vieler Menschen der Fähigste in seinem Fach war. Was bedeutete, dass die Schwarzhaarige wahrscheinlich das weltweit beste Exemplar ihrer Art war, Spieglein, Spieglein an der Wand …

»Sie ist kein unschätzbares Kunstwerk«, sagte er, »aber sie ist sehr wertvoll, und ich muss den Verpflichtungen nachkommen, die ich eingegangen bin.«

»Sehr wertvoll«, äffte Lóa ihn nach. »Wertvoll«, wiederholte sie und lachte wieder dieses fatale Lachen.

Was meinte sie? Durfte er etwa nicht über den Wert der Puppe reden, weil ihre Tochter verschwunden war? Als wären diese beiden Dinge auf irgendeine Weise vergleichbar.

Sveinn bemerkte nicht zum ersten Mal, dass es Frauen schwerer fiel als Männern, zwischen einer Frau und einer Puppe zu unterscheiden. Seine Kunden verglichen die Puppen zwar ständig mit echten Frauen, meist zugunsten der Puppen, weil sie im Leben nur schlechte Erfahrungen gemacht und Ablehnung erfahren hatten, aber trotzdem waren das in ihren Augen zwei unterschiedliche Dinge. Frauen waren hingegen immer unglaublich empfindlich, wenn es um solche Vergleiche ging. Als würden sie überhaupt nicht begreifen, dass man keine Äpfel mit Apfelsinen, sondern Äpfel mit Weihnachtskugeln verglich.

»Ich bin nicht der Feind oder der Täter, nach dem du suchst«, sagte Sveinn. »Ich bin da nur aus Zufall reingerutscht, hab mich dazu verleiten lassen, ein Preisschild auf einen Frauenkörper zu kleben, und dann festgestellt, dass man damit Geschäfte machen kann. Deshalb habe ich einen schicken Pickup und ein Haus und paar Millionen auf der Bank. Das kennst du doch bestimmt, zumindest habe ich den Eindruck, dass du deine Schäfchen ins Trockene gebracht hast.« Er ließ seinen Blick mit übertriebenen Kopfbewegungen durch den Raum schweifen.

Sveinn wusste nicht, warum er das, was er als Nächstes äußerte, eigentlich sagte. Jedenfalls nicht aus purer Gemeinheit. Er war hungrig, was bei ihm dasselbe wie reizbar bedeutete. Die Schmerzen trübten sein Urteilsvermögen und unterdrückten sein Mitgefühl. Und er sah rot, wenn man ihn wie einen Hund behandelte. Außerdem hatte Lóa ihn in den vergangenen Tagen so provoziert, dass sie, wie er fand, keine Nachsicht verdient hatte.

»Hat sich die Scheidung gelohnt?«, fragte er. »Ist dein Exmann ein fetter Business-Hai?«

Lóa blinzelte hektisch mit den Augen, als hätte man sie geohrfeigt, und Sveinn schämte sich auf Anhieb. Aber nicht genug, um sich zu bremsen.

»Die kleine Lóa aus Brú, die ist hübsch wie eh und je«, sang er. »Und dumm dumm dumm dumm und bumm bumm bumm bumm und ihre Geschichte ist allseits bekannt. Sie haben Kinder und ein Haus und allerhand. Doch er schuftet wie ein Pferd und hat selten frei, denn Lóa braucht so allerlei.«

Ihr Gesicht entglitt, und er dachte, sie würde in Tränen ausbrechen. Er musste den Nagel auf den Kopf getroffen haben. Er hatte jedenfalls nicht mitbekommen, dass sie arbeiten ging.

Lóa atmete unnatürlich schnell, und ein unterdrücktes Schluchzen kam über ihre Lippen.

Das Gewissen – die Angst – traf Sveinn mitten ins Herz, und einen Moment überkam ihn das Gefühl, er hätte sich eines schrecklichen Verbrechens schuldig gemacht. Was war schon dabei, wenn eine zweifache Mutter vom Geld des Kindsvaters lebte? Wie konnte er es wagen, ihr das unter die Nase zu reiben, als ob es eine furchtbare Schande wäre? Was dachte er sich eigentlich dabei, einen anderen Menschen, der offenbar nur eine Haaresbreite von einem Nervenzusammenbruch entfernt war, derart anzugreifen?

»Entschuldige, ich …«, setzte er an, aber sie brachte ihn mit einem Schrei zum Schweigen, der wie ein dickflüssiges Konzentrat aus jahrtausendealter Rache klang und das Kleid auf ihrer Brust erzittern ließ. Alles Menschliche schien ihrer Wut gewichen zu sein, und das Tierische blieb in der Falle ihres Körpers stecken. Sveinn hatte keine solche Angst mehr gehabt, seit er mit zwölf Jahren von einem Hund angefallen und ins Bein gebissen worden war. Die Narbe war immer noch sichtbar: rot, weiß und wulstig.

Er stieß ein schnaubendes Lachen aus, wie immer, wenn er sehr große Angst hatte – wie damals, als der Hund mit hasserfüllten Augen und nervösem Zittern um die entblößten Zähne auf ihn zugerannt war. Entweder war sein Gehör vor Schreck verzerrt, oder Lóas Stimme hatte sich total verändert: »Dir ist alles um dich herum scheißegal, oder? Wer zum Teufel bist du eigentlich? Was ist das für ein Leben zwischen all diesen toten Gegenständen?«

»Ich weiß nicht genau …«

»Du weißt genau, was ich meine!«, kreischte sie, dass seine Ohren fast taub wurden. Dann zog sie plötzlich ihren Slip herunter und stieß ihn mit einer Heftigkeit von sich, die wie Öl in das aufgewühlte Feuer in seinem Kopf wirkte, hob den Saum ihres Kleides hoch über ihren Kopf und entblößte ihr Geschlecht und ihre Brüste.

»N … nein«, sagte er und gestikulierte wild in der Luft. Lóa durfte sagen, was ihr in den Sinn kam, er konnte alles ertragen, sein Rücken war breit genug, um als Punchingball für eine verzweifelte Frau zu dienen.

Aber warum konnte sie sich nicht beherrschen? Weshalb musste sie sich so erniedrigen?

»Was soll ich für dich tun?«, sagte sie mit heiserer, schriller Stimme, die den Schmerz in Sveinns Schulter übertönte. »Bin ich Körbchengröße B und unrasiert? Das Verfallsdatum noch nicht ganz überschritten, obwohl die Titten schon ziemlich hängen?«

Ihr Schlüpfer lag auf dem Boden wie ein Vogelbalg, wie der Balg einer verzauberten Friedenstaube: ein weißer Baumwollslip mit ockerfarbenen Rüschen. Erschütternd leblos, als sei ihm etwas genommen worden, und Lóa kroch jetzt auf allen Vieren, hatte immer noch das Kleid über den Kopf gezogen, das blaugrüne Kleid, das nur ihr Haar und ihr Gesicht verdeckte. Ihre Hände und Knie auf dem staubigen Boden, ihr nackter Hintern, der in die Luft ragte, ihre bebenden Brüste – das alles war doppelt erschütternd, weil ihr Kopf unter dem Kleid verborgen war.

»Lass uns einfach ficken wie seelenlose Hunde, dann ist es gut, und du kannst verschwinden«, sagte sie.

Ihre Entwürdigung, ihre Körperhaltung und ihre schneidende Stimme verletzten Sveinn zutiefst. Verletzten seine Ästhetik, sein Taktgefühl und seine Moral. Er konnte sich kaum erinnern, je einen solchen seelischen Schmerz verspürt zu haben, doch dann wurde ihm plötzlich klar, dass er einfach nur schockiert war.

»Fick mich einfach, dann kannst du mich dafür bezahlen, bevor du gehst«, sagte Lóa. »Ach, wie blöd von mir! Ich schulde ja dir was! Du kriegst den Fick für meine Schulden, und dann sind alle zufrieden, okay?«

Mitten im Satz entglitt ihre Stimme und wurde zu einem heftigen Weinen, das die Worte zerfetzte: »Und dahan si-hind ah-lle zuh-frieh-den ...«

Weinend kroch sie fort und schrie auf, als sie ihr Knie auf dem Weg aus dem Wohnzimmer gegen die Türschwelle rammte.

Sveinn beruhigte seine Augen und seinen Kopf, indem er die Schwarzhaarige und das kleine Stück Fußboden und Wand fixierte, das er im Flur sehen konnte. Wenn er das Kinn reckte, konnte er ein kleines Stück der Wohnungstür sehen.

Dann folgte er Lóa in den Flur und in das Zimmer, in dem er tagsüber geschlafen hatte. Sie lag zusammengerollt auf dem schmalen Bett, ihr Rücken hob und senkte sich unter Schluchzen, und Sveinn breitete die Bettdecke über sie, vorsichtig, als fürchte er, sie würde nach ihm schnappen, wenn er sich zu schnell bewegte.

Er löste ihren schweren Kopf aus dem Kleid, und als er ihren Hals und ihre Schultern mit der Hand berührte, spürte er, dass ihre Haut kochend heiß war.

Er schleuderte das Kleid auf die Kommode unter dem Fenster.

»Soll ich einen Arzt rufen?«, fragte er.

»Nein!«, schluchzte sie.

»Soll ich gehen?«

Sie antwortete nicht, drehte aber ihren Kopf so, dass er ihr Gesicht sehen konnte.

Er setzte sich in den Sessel am Kopfende des Bettes und sah, wie sie weinte, ihre Wangen und Schläfen schwarz von verlaufener Wimperntusche, das Weiß ihrer Pupillen rot unterlaufen und ihr feuchtes Haar wie ein Schleier vor ihrem Gesicht.

# XVI

## Mittwochabend

Lóa hatte schon lange das Gefühl, dass ihr Leben erschreckend frei von Bedeutsamkeit war. Aber was war bedeutsam? Politik? Geld? Wessen Leben war bedeutsam, wenn ihres es nicht war?

Sie wusste nicht genau, was ein bedeutsames Leben ausmachte, spürte aber jetzt deutlicher als je zuvor, dass ihr Leben es nicht war – jetzt, wo sie es noch nicht einmal schaffte, Ernährerin und Mutter in einem zu sein.

Sie hatte sich früher nie über ihre Rolle beklagt. Hätte sie Karriere machen wollen, hätte sie sich nicht auf die Erziehung der Kinder konzentrieren können, und nur in diesem Bereich war sie unverzichtbar. Es war weder ehrenhaft noch bedeutungsvoll, den Leuten einzureden, nach immer unerreichbareren Vorstellungen von Luxus streben zu müssen, und obwohl ihre Chefs lieber nicht auf sie verzichtet hätten, fanden sie für ihren Job schnell einen Ersatz.

Sie wusste, dass der Wunsch nach persönlicher Verwirklichung Eitelkeit gleichkam, der Sicherheit eines vollen Magens und einer vorhersehbaren Zukunft entsprungen. Deshalb hatte sie solche Überlegungen nie ernst nehmen können, aber jetzt sehnte sie sich nach ihrer alten Aufgabe: morgens zur Arbeit zu gehen, originelle Ideen zu entwickeln, auf dem Nachhauseweg einzukaufen, das Abendessen zuzubereiten, Ína bei den Hausaufgaben zu helfen, die Waschmaschine einzuräumen, fernzusehen, ein schlechtes Gewissen zu haben.

Obwohl es noch hell war, war der Tag bereits ockergelb und ausgelaugt. Björg hatte vorbeigeschaut und eine Cognacflasche mitgebracht, die inzwischen halb leer war, und die letzten Stunden hatte Lóa mit zahllosen vergeblichen Telefonaten verbracht – die meisten mit der Polizei in Reykjavík. Mittlerweile kannte sie alle, die bei dieser Behörde einen Telefonhörer abnahmen, und Lóa war sich nicht sicher, ob sie sich darüber freuen oder Angst davor haben sollte, endlich ernst genommen zu werden.

Sie saß auf der Bettkante, in ihrem eigenen beißenden Angstgeruch, und betrachtete das Durcheinander in dem offenen Kleiderschrank, als das Telefon, halb unter der Bettdecke neben ihr vergraben, dumpf klingelte. Es war ihre Mutter.

»Ja«, antwortete Lóa.

»Bei dir ist ständig besetzt, Lóa.«

»Ja.«

»Hast du was von ihr gehört?«

»Nein, Mama, ich hab doch gesagt, dass ich mich bei dir melde.«

»Lóa«, entgegnete ihre Mutter. »Ína ist bei ihrem Vater. Ich habe ihn angerufen, wie du mir gesagt hast, und er wollte sie unbedingt sofort abholen.«

Lóa wurde innerlich ganz kalt, ohne genau zu wissen, warum ihr das so zusetzte. Ína war bei ihrem Vater am besten aufgehoben, bis Margrét gefunden war. Die Kleine reagierte auf alles so empfindlich.

»Warum hast du ihm nicht schon vorgestern Bescheid gesagt?«, fuhr ihre Mutter fort. »Du darfst nicht immer nur das

Schlechteste von ihm denken. Ich habe ihm versprochen, dass du ihn anrufst, wenn du die Zeit und die Ruhe hast, und damit war er schließlich einverstanden. Meld dich bei ihm, Lóa. Ihr müsst euch gegenseitig unterstützen.«

»Ich weiß. Natürlich. Ich melde mich nachher bei ihm.«

»Gut zu hören, Liebes«, sagte ihre Mutter, und in der anschließenden Stille nahm Lóa eine merkwürdige Nervosität wahr.

»Ich wollte dich schon lange mal was fragen … wie geht es dir eigentlich finanziell?«

»Mach dir keine Sorgen, Mama. Ich kann meinen Dispo ausschöpfen, bis ich wieder anfange zu arbeiten.«

»Behältst du den Job denn auch sicher?«, fragte ihre Mutter mit unverhohlener Furcht. Offenbar fiel es ihr schwer zu glauben, dass Lóas Chefs sich so ehrenhaft verhielten und Verständnis für ihre Situation aufbrachten.

»Ich weiß nicht, warum du dir gerade jetzt Gedanken darüber machst, ja, ich behalte meinen Job.«

»Kann Hjálmar dir bis dahin nicht unter die Arme greifen? Er ist immerhin ihr Vater.«

»Indem er mir Geld gibt? Es war meine Entscheidung, mich beurlauben zu lassen. Er hat eine große Familie und verdient nicht viel mehr als ich. Sei doch um Gottes willen nicht so altmodisch, Mama, was spielt das denn verdammt noch mal gerade jetzt für eine Rolle?«

Lóa wusste, dass es sich um eine Schutztaktik ihrer Mutter handelte: allerlei Details zur Sprache zu bringen, um die echte Gefahr, die drohte, zu verhüllen. Aber diesmal hatte Lóa keine Geduld für solche Kunststückchen.

»Ich möchte nur nicht, dass du dir darüber auch noch Sorgen machen musst«, sagte ihre Mutter. »Sie sind nun mal zu zweit, und du bist alleine …«

Lóas Nerven begannen, rot zu glühen. Manchmal hasste sie ihre Mutter mehr als alles Böse auf der Welt. »Ich habe genug Geld«, sagte sie, »hör endlich auf, neue Probleme zu erfinden, wenn es schon genug andere gibt.«

Nach einer kurzen Pause entgegnete ihre Mutter: »Hat sich denn bei euch alles geklärt, bei dir und deinem Freund, wie heißt er noch mal?«

»Sveinn«, antwortete Lóa. »Es gab eigentlich nichts zu klären. Ich rufe dich später oder morgen noch mal an«, fügte sie hinzu, bevor ihre Mutter Kraft schöpfen konnte, um nach der Puppe zu fragen.

Lóa zwang sich, die Nummer ihres Exmannes zu wählen, obwohl er der letzte Mensch auf der Welt war, mit dem sie in diesem Moment reden wollte. Aus dem Hintergrund hörte sie ohrenbetäubenden Lärm, und er war außer Atem, als sei er gerannt. »Was ist passiert?«, fragte er. »Warum hast du mir nicht direkt Bescheid gesagt? Was hast du dir dabei gedacht, Mensch?«

»Es ist nichts passiert«, antwortete sie. »Sie ist einfach verschwunden. Ich weiß nicht, ob es geplant war oder nicht. Wo bist du eigentlich?«

»In der Notaufnahme. Ína hat ein Loch im Kopf, das genäht werden musste. Sie war gerade erst zur Tür rein, hat ein viel zu großes Nachthemd über ihre Klamotten gezogen, ist durchs Haus gerannt, über den Saum gestolpert und mit dem Kopf gegen die Heizung geknallt. Wo hat sie eigentlich diesen Fummel her? Oder trägst du jetzt so was?«

»Nein«, sagte Lóa. »Wie geht es ihr? Soll ich mit ihr reden?«

»Sie hat vom Arzt ein Trostpflaster bekommen – ein dunkelbraunes Pferdchen in vier Teilen zum Zusammenbauen. Mach dir keine Sorgen um sie. Und Margrét hat sich seit Montag nicht mehr gemeldet? Hast du schon mit ihren Freundinnen gesprochen?«

»Was glaubst du denn?«

»Ist ja schon okay«, sagte er. »Ich setze mich selbst mit der Polizei und der Schule in Verbindung, und du sagst mir sofort Bescheid, wenn was passiert, ja?«

»Ja, natürlich, und entschuldige, dass ich dich nicht früher angerufen habe. Ich habe einfach gehofft, sie würde am selben Abend oder in der Nacht nach Hause kommen. Ich habe gehofft, sie würde endlich anfangen, sich wie eine normale Jugendliche zu benehmen. Außerdem habe ich mich geschämt«, sagte Lóa, und ihre Stimme brach, wobei sie die Tränen zum Glück zurückhalten konnte. »Ich schäme mich dafür, dass ich sie aus den Augen gelassen habe, und für ihren Zustand. Ich habe schreckliche Fehler gemacht und solche Angst, dass es zu spät ist, sie wiedergutzumachen.«

Am anderen Ende der Leitung herrschte vollkommene Stille, und Lóa musste sich zusammenreißen, um nicht das bisschen Kontrolle zu verlieren, das sie noch hatte. »Bist du noch dran?«, fragte sie.

»Ja.«

Während sich Lóa nach dem Baden abtrocknete, saubere Klamotten anzog und sich die Augen schminkte, hörte sie Sveinns Handy ununterbrochen klingeln. Der Ton erinnerte an das Telefon bei ihren Eltern, bevor ihr alter Herr in ein drahtloses Wunderding mit Diskoklingelton investiert hatte.

Unglaublich, dass der Mann so viel schlafen konnte und noch nicht mal vom Lärm seines eigenen Handys wach wurde.

Lóa überlegte, ob sie ihn wecken sollte, beschloss aber, lieber das Klingeln auszuschalten. Als sie jedoch das Handy in der

Hand hielt, übernahm etwas anderes die Kontrolle: Ihre Gedanken waren erfüllt von Margrét – von ihrem Gesicht, ihrem Körper, ihrer Stimme –, und sie hatte sich nicht mehr unter Kontrolle. Mit glühender Fingerkuppe drückte sie auf die Taste, die dem hartnäckigen Anrufer den Weg in ihr Heim im Framnesvegur bahnte, direkt zu ihren Ohren.

»Scheiße, Mann, ich stopfe eine Flasche voll mit Pferdemist und ramme sie dir in den Arsch, bis sie zerbricht«, sagte eine harte, kalte Synthesizerstimme. »Der Tod ist noch zu gut für dich. Du hast es verdient, in ewigen Qualen zu schmoren, du Schwein. Wenn ich dir einen Knochen nach dem anderen abhacke, merkst du vielleicht, dass du nicht Gott bist. Wenn ich dir die Haut mit der Peitsche abziehe, bereust du vielleicht, dein kostbares Leben mit Gräueltaten verschwendet zu haben.«

Lóa ließ den Hörer sinken. Sie stand wie angewurzelt da, mit Übelkeit im Magen und der brennenden Schuld in ihrer Hand, als Sveinn aus Margréts Zimmer kam und das Gesicht verzog, wie in direkter Fortsetzung der wüsten Beschimpfungen.

»Was machst du da?«, sagte er.

Ihr starrer Geist verkrampfte sich noch mehr.

»Entschuldige«, sagte er, »aber du verstehst bestimmt, dass es mir ziemlich schwerfällt, dir zu vertrauen, oder?«

»Ich weiß nicht«, hörte sie sich sagen und wusste sofort, dass das der Wahrheit entsprach. Sie konnte sein grenzenloses Misstrauen nicht verstehen. Allerdings wusste sie jetzt, dass sie Sveinn mit seiner Verbitterung und seinen ordinären Widersachern nicht länger beherbergen wollte.

»Du gehst jetzt besser«, sagte sie. »Die Straßen sind wieder frei.«

»Ich lege keinen Wert darauf, noch länger hierzubleiben, Schätzchen«, sagte er, und die unterdrückte Erregung in seiner

Stimme verstärkte Lóas Panik. »Aber ich kann nicht fahren, bevor ich was gegessen habe. Ich würde umkippen, bevor ich überhaupt im Auto sitze, verstehst du?«

»Nein«, sagte sie, »nein, hau ab.«

»Warum regst du dich denn so auf?«

»Ich will dir nur klarmachen, dass du dein Handy und dein Busenwunder nehmen und gehen sollst. Ich entschuldige mich noch mal, dass ich die Puppe mitgenommen habe, aber jetzt will ich sie loswerden. Du kannst selbst entscheiden, ob du mir glaubst, aber ich habe sie nicht mitgenommen, weil ich sie für ein unschätzbares Kunstwerk halte, ohne das ich nicht mehr leben kann.«

»Ich weiß sehr wohl, dass sie kein unschätzbares Kunstwerk ist«, entgegnete er, »aber sie ist sehr wertvoll.«

Das war zu viel für sie. Niemand wusste, ob Margrét tot oder lebendig war, und dieser Sveinn stand wie ein Idiot vor ihr und verherrlichte dieses groteske Plastikding, das nichts anderes tat, als Abartigkeit und Zank aufkommen zu lassen.

»Ja«, bekräftigte er, »sie ist siebenhunderttausend Kronen wert.«

Seine Hände wirbelten durch die Luft, so als sei er kurz davor, die Kontrolle über sie zu verlieren, und aus seinem Mund sprühte Spucke. Offenbar war er mit sich selbst nicht ganz im Reinen, und Lóa konnte kaum glauben, dass er seinen Ärger in dieser Situation an ihr ausließ.

»Ich habe genug von eurer verkrampften Einstellung zu meiner Arbeit«, sagte er.

»Wer wir?«

»Ihr Frauen.« Seine Stimme war so durchdringend, dass Lóa Kopfschmerzen bekam. »Ich habe genug von eurer dummen Eifersucht. Jeder normale Mann schämt sich dafür, Sex mit einer Puppe zu haben, sie überhaupt bei sich im Haus zu haben, wie ein Muttersöhnchen, das nicht ohne seinen Teddy einschlafen kann. Es ist nicht männlich, auf eine tote Beute einzurammeln. Es ist keine Herausforderung. Du brauchst keine Angst zu haben, dass eines Tages keiner mehr einer lebendigen Frau hinterherschaut, weil sich alle solche Bettgenossinnen wie die Schwarzhaarige angeschafft haben. Jedenfalls könntest du aufhören, mich fertigzumachen. Ich produziere Puppen, aber nicht die Nachfrage nach ihnen. Die Nachfrage schaffen eher Zicken wie du, die verängstigte Weicheier in meinen Laden treiben. Aber mir jagt man nicht so leicht Angst ein, merk dir das!«

Lóas Wut entflammte wie ein Schmerz in ihrem Bauch: dass er es wagte, in dieser angespannten Situation so mit ihr umzugehen! Wahrscheinlich war er nicht ganz richtig im Kopf, so wirr wie er die ganze Zeit redete, und Lóa sehnte sich heftig nach einem logischen Zusammenhang.

»Diese dämliche Puppe ist mir scheißegal, ich will dich nur nicht mehr sehen«, schrie sie. »Und ich frage mich, warum du dich mit etwas befasst, das du so abstoßend findest!«

»Aus keinem besonderen Grund, meine Liebe. Ich bin da nur zufällig reingeraten. Wenn du verstehen würdest, dass das Leben aus puren Zufällen besteht, wärst du vielleicht nicht so herrisch und rachsüchtig. Lass die Dinge doch einfach mal geschehen. Versuch, dich zu entspannen.«

»Entspannen? Etwa so wie die?« Lóa zeigte auf die Puppe, die in ihrer Schwerfälligkeit platt auf dem Sofa lag. Ihre leblosen Augen starrten entrückt an die Decke und hinaus ins Universum. Ihr Gesicht friedlich wie der Tod. Ihr Haar ein schwarzer Bach, der in einem munteren Wasserfall von der Sofakante fiel.

»Tja, vielleicht nicht ganz so wie sie«, sagte er. »Obwohl du bestimmt einiges von ihr lernen könntest, zum Beispiel dich zu entspannen.«

Lóas überspannte Muskeln zuckten in steigender Erregung, die sie versuchte zu unterdrücken, wobei sie nur noch schlimmer wurde und ihren Magen in Aufruhr versetzte. Sie musste sich fast übergeben.

»Ich kann nichts dafür, dass sich dein Vater umgebracht hat«, sagte er.

»An welcher Krankheit leidest du eigentlich, wenn ich fragen darf?«, entgegnete sie. »Ich verstehe kaum die Hälfte von dem, was du sagst. In deinem Kopf gibt es nicht einen logischen Zusammenhang.«

»Ach ja?«

»Ja. Zusammenhang ist der Klebstoff, der die Gedanken zu einer Kette zusammenfügt, so dass sie kein willkürlicher Müllhaufen mehr sind, verstehst du? Das ist jetzt schon das zweite Mal, dass du urplötzlich meinen Vater erwähnst.«

»Du hast das Thema doch zuerst auf ihn gebracht«, erwiderte er. »Warst du ein Papakind? Man muss ja kein Psychologe sein, um zu kapieren, wie krankhaft besessen du von dem Kerl bist, vor allem nach seinem beeindruckenden Abgang.«

Lóa linste verstohlen zu der Cognacflasche und war entsetzt, als sie sah, dass sich nur noch ein kleiner Rest darin befand. Sie konnte sich gar nicht erinnern, das Zeug so schnell getrunken zu haben, und starrte die wenigen Tropfen an, die noch übrig waren.

Sveinn redete immer weiter und fing dann, zu Lóas Entsetzen, an zu singen. Sein Gesang zerriss die restlichen Fäden ihres Realitätsgefühls, und der Wahn, der schon die ganze Zeit an ihr gezerrt hatte, wurde zu ihrem Schicksal. Alles erschien in Nebel gehüllt, und Lóa hatte keine Kontrolle mehr über ihren schweren, gequälten Körper, der sich schluchzend wand. Sie meinte, keine Luft mehr zu bekommen, aber da sich ihre Brust hob und senkte, atmete sie wohl eher zu viel Sauerstoff ein. Sie versuchte, langsamer zu atmen, hatte aber keinen Einfluss mehr darauf.

»Und von den Männern, da sagt keiner nee«, sang Sveinn. »Und dumm dumm dumm dumm und bumm bumm bumm bumm und ihre Geschichte ist allseits bekannt. Sie haben Kinder und ein Haus und allerhand.«

Lóa spürte den Geschmack cognacdurchtränkter Galle im Mund und wusste kaum mehr, was sie tat. Von weit weg hörte sie die kreischende, schrille Ausgabe ihrer eigenen Stimme, die aus dem jämmerlichen Opfer in ihrem Inneren hervorbrach. Vielleicht sprach sie noch nicht einmal aus sich selbst heraus, sondern mit einer verbitterten, allweiblichen Stimme, die durch die Jahrhunderte echote, getrieben von unterdrücktem Schmerz und passiver Aggression.

Es war ohnehin übertrieben zu sagen, sie spräche. Sie schrie, schluchzte und spuckte die Worte aus, die sie selbst gar nicht mehr wahrnahm, so aufgelöst war sie. Und das war nur der Anfang, denn schon bald reichten die Worte nicht mehr, und ihr Körper übernahm in einem bizarren Tobsuchtsanfall die Führung, was nie passiert wäre, wenn sich ihr Bewusstsein nicht ausgeschaltet hätte. Lóa war nicht mehr Lóa. Sie war ein namenloser Gefühlsausbruch, ein winziger Galletropfen in der Speiseröhre des Universums. Es war wie eine Art Anti-Nirwana, denn obwohl Ekstase und Verschmelzung stattfanden, folgte kein Frieden oder Wohlgefühl. Es war erleichternd, alles rauszulassen, sich wie ein Stück Dreck behandeln zu lassen, aber auch schmerzhaft und zerstörend.

»Du kriegst den Fick für meine Schulden, und dann sind alle zufrieden, okay?«, hörte sie sich sagen, und dieses Wort,

*Fick*, brachte ihr schonungslos ins Bewusstsein, dass sie keine Kontrolle mehr über sich hatte – das war keine Formulierung, die sie normalerweise benutzte –, sie musste in Deckung kriechen, bevor sie sich noch mehr erniedrigte, falls es nicht ohnehin schon zu spät war, falls sie nicht bereits endgültig das Privileg eingebüßt hatte, als anständiger Mensch angesehen zu werden.

Lóa schrie auf, als sie mit dem Knie gegen die Türschwelle stieß, und ihre Arme zitterten, als sie sich völlig entkräftet in Margréts Bett hievte. Die Welt hatte sich in ein Karussell verwandelt, das sich zu schnell drehte, und Lóa wurde seekrank, und nichts drang mehr in ihre kreisenden Gedanken, die wie trübes Wasser in den Abfluss gesaugt wurden.

Der Puppenmacher war ins Zimmer gekommen und sagte etwas.

Sie dachte, dass sie ihn vielleicht besser verstehen würde, wenn sie ihn anschaute, während er sprach, doch als sie sich zu ihm gedreht hatte und seine fettglänzenden Haare, seine schütteren Bartstoppeln, seinen Gipsarm in der Schlinge und seine beschämte Abneigung sah, wirkte er noch unverständlicher und fremder.

War sie so unerträglich? Vielleicht stieß ihn nicht nur ihr Verhalten ab, sondern auch sie selbst – ihre Erinnerungen, ihre Gedanken und ihr Körper? Warum sehnte sie sich nach Verständnis und Anerkennung von einer Person, die sie nichts anging?

»Ich kann nicht mehr«, sagte sie.

Er schaute schnell weg.

Lóas Augen brannten, und sie konnte sie nicht offen halten. Doch bei dem Gedanken einzuschlafen bekam sie Panik. »Geh nicht«, sagte sie. »Weck mich, bevor du gehst. Und geh sofort ans Telefon, wenn es klingelt, oder mach die Tür auf und weck mich, egal, wer es ist.«

Sie hörte, wie er das Zimmer verließ und die Tür hinter sich zuzog.

# Dritter Teil

# XVII

## Mittwochabend

Es war kurz vor Mitternacht, und Sveinn schlurfte an der Wohnungstür vorbei in die Küche, wo er feststellte, dass es im Kühlschrank ziemlich dürftig aussah.

Er versuchte, gelassen zu bleiben, aber wie sehr er sich auch bemühte, er zitterte am ganzen Körper, hatte einen sauren Geschmack im Mund, verspannte Kiefer und brennend heiße Wangen.

Das Mindeste, was man von den Leuten erwarten konnte, war, dass sie sich darüber klar wurden, was sie wollten und was nicht. Aber Lóa verhielt sich wie das Zerrbild einer Frau: Fahr zur Hölle – hilf mir. Geh weg – bleib hier.

Sveinn wollte schnell etwas essen, zwei Schmerztabletten schlucken und dann nach Hause fahren – mit oder ohne der Schwarzhaarigen. Vielleicht konnte er Lárus anrufen und ihn bitten, ihm zu helfen, die Puppe ins Auto zu tragen.

Aber nein, das ging nicht. Er konnte Lóa in diesem Zustand nicht alleine lassen. Wahrscheinlich war sie eine Gefahr für sich selbst und andere. Machte man sich nicht strafbar, wenn man jemanden ignorierte, der in Gefahr war?

Warum fühlte er sich eigentlich für diese Frau verantwortlich? Wo waren ihre Mutter, ihre Familie, ihre Freundinnen?

Ihm blieb nichts anderes übrig, als die Entscheidung zu verschieben. Ins Wohnzimmer zu gehen und noch ein paar Wissenschaftsmagazine zu holen. Den Kühlschrank näher in Augenschein zu nehmen. Er fand ein Glas mit eingelegtem Hering, scharfen Senf, Schimmelkäse, Ananassaft. Sveinn schaltete das Licht ein und suchte nach Keksen oder Knäckebrot, wobei sein Blick auf ein paar alte Fotoalben in dem Regal mit den Kochbüchern fiel. Er schlug eins auf und sah blonde Kinder in weiten Latzhosen und maschinegestrickten Wollpullovern. Mit Lämmern auf dem Arm, auf Rechen gestützt, die doppelt so lang waren wie sie, und ohne Sattel zwischen verrosteten Wellblechplatten und schiefen Zäunen umherreitend. Kinder mit Milchbärten, Kinder in der Badewanne und vereinzelte Erwachsene mit starrem Lächeln und steifen Schultern, weil sie sich der Kamera bewusst waren. Männer, die sich vorbeugten, als trauten sie der Kamera nicht zu, bis zu ihnen hinzureichen. Frauen, meist mit etwas Essbarem in der Hand oder mit vor der Brust verschränkten Armen.

Sveinn schob die Zeitschriften ans andere Ende des Tisches, stapelte die Alben neben dem Glas und der Saftpackung auf, piekste drei süße Heringshappen auf die Gabel, steckte sie in den Mund und begann zu blättern. Doch, das musste Lóa sein, vielleicht mit sechs Jahren, mit weißblondem, lockigem Haar und einem tiefen Grübchen. Gut, dass sie zu dem Zeitpunkt noch nicht wusste, was als Erwachsene auf sie zukam. Und da trug irgendein Hüne sie auf dem Arm, wahrscheinlich ihr Vater. Hatte sie nicht erzählt, er sei Europameister im Bankdrücken gewesen? Was für breite Schultern, und Arme wie die Schenkel einer Riesin.

War das Hans Sigurjónsson aus Hlíd im Svarfadardalur? Wie hatte er noch mal auf dem Foto in der Todesanzeige ausgesehen?

Grauhaarig, rundlich, nicht besonders eindrucksvoll. Keinesfalls so muskulös wie der auf dem Bild. Wahrscheinlich hatte er im Alter etwas abgebaut. Obwohl Lóa doch erzählt hatte, er hätte fast bis zu seinem letzten Atemzug Gewichte gestemmt.

Sveinn musterte das Gesicht des Mannes und versuchte, die Züge eines Selbstmörders darin zu erkennen – aber es gelang ihm nicht. Da war nichts zu sehen als angeschlagene Gesundheit und maskuline Einfalt.

Da saßen sie, der Hüne und Lóa, auf der Motorhaube eines dunkelblauen Benz. Das heißt, sie saß, während er sich mit dem Rücken an den Wagen lehnte. Sie war ein bisschen älter, trug kurze Haare und einen kleinen Geldbeutel um den Hals. Im Hintergrund belaubte Bäume, gut gepflegte Blumenbeete und die Mutter in der Türöffnung – die, der er begegnet war, als es ihn zum ersten Mal in diese Wohnung verschlagen hatte, nur ein Vierteljahrhundert jünger und mit einem wesentlich hübscheren Lächeln.

Sveinn zuckte zusammen, als sein Handy klingelte.

Es war Kjartan, und während der um das eigentliche Thema herumredete, fand Sveinn endlich in einem der Küchenschränke eine Packung Haferkekse, beschmierte einen Keks mit Senf und legte zwei Heringshappen und eine Scheibe Schimmelkäse darauf.

»Soll ich dir glauben, dass du immer noch in Reykjavík bist?«, fragte Kjartan.

»Ja«, antwortete Sveinn und schob den Keks in den Mund.

»Ist die Kleine so wild im Bett? So sind sie, diese Kriminellen. Machen nichts anderes als vögeln und sich vermehren. Kein Wunder, dass es mit der Menschheit den Bach runtergeht. Aber du bist doch eigentlich nicht so. Von dir hätte ich so was nie gedacht, wo du doch so schwer verletzt bist.«

»Es ist ja nicht …«, setzte Sveinn an.

»Jetzt red dich nicht raus. Ich mache dir deswegen keinen Vorwurf. Du bist schließlich Künstler und brauchst Inspiration. Bei uns, die wir kein ausschweifendes Sexleben haben, verkümmert die ja einfach. So wie die Geschlechtsorgane verkümmern und die Seele verkümmert«, sagte Kjartan, schon ganz heiser vom Moralisieren. »Die Seele besteht nicht aus trockener Vernunft, sie ist kein Aristoteles. Die Seele ist Sokrates! Der es wagte zu sterben!«

Sveinn musste lachen, obwohl er solche Anspielungen nicht leiden konnte, da sie sich leicht verselbstständigten und zu echten Missverständnissen wurden.

»Solltest du nicht längst im Bett sein, Alter? Was willst du?«, fragte er.

»Nur kurz fragen, wie es dir geht, und abchecken, ob diese Frau schon alle Energie aus dir gesaugt hat«, antwortete Kjartan.

»Da kannst du dir sicher sein«, entgegnete Sveinn. »Aber sag mal: Weißt du, ob der alte Hans aus Hlíd Krafttraining gemacht hat? War der Typ doppelt so breit wie andere Männer?«

»Das weiß ich nun wirklich nicht, ich kannte ihn genauso wenig wie du«, antwortete Kjartan.

»Du verfolgst das ganze Gerede über die Geschichte doch viel mehr als ich«, sagte Sveinn. »Du weißt ja, dass ich keine Lust hatte, mir das anzutun.«

Kjartan schwieg, bis auf ein paar Schmatzer und Räusperer, und sagte dann: »Auf den Fotos in den Zeitungen war er mittelgroß und normal breit, aber warum willst du das wissen?«

Sveinn spürte, wie die Luft aus seinen Lungen wich wie aus einem angestochenen Reifen.

»Bist du noch dran?«, fragte Kjartan.

»Ja.«

»Ich verstehe nicht, was der Körperbau eines toten Mannes jetzt noch für eine Rolle spielt.«

»Ich suche nur nach einem Zusammenhang. Man bekommt doch immer eingetrichtert, der Sinn des Lebens sei die Suche nach einem Zusammenhang. Ständig wird behauptet, es gäbe eine Verbindung zwischen unterschiedlichen Dingen, und man würde sich besser fühlen, wenn man die entdeckt.«

»Das sind ja wirklich Neuigkeiten«, sagte Kjartan und lachte zögernd, so als hätte er eine schwere Last auf der Brust. »Wann, wenn überhaupt, hast du vor, nach Hause zu kommen?«

»Heute oder spätestens morgen früh«, antwortete Sveinn. »Ich komme dann morgen Nachmittag mit der Schwarzhaarigen bei dir vorbei.«

Sveinn blätterte weiter das Album durch, ohne die nötige Ruhe, die Details ins Auge zu fassen. Er dachte an Lóa. Der selige Hans Sigurjónsson konnte nicht ihr Vater sein, wenn Kjartan ihn als durchschnittlich groß bezeichnete.

»Warum drangsaliert sie mich dann?«, dachte er. »Sie steht ja total neben sich, wenn sie sich von Zeitungsklatsch derart in Rage bringen lässt.«

Das Handy klingelte.

*Anonym.*

Das war die Gelegenheit, sie auf frischer Tat zu ertappen, jetzt musste sie zugeben, dass sie hinter den Anschuldigungen steckte, die ihn so aus dem Gleichgewicht brachten. Sveinn ging so schnell er konnte durch den Wohnbereich in den Flur, aber das Klingeln verstummte, kurz bevor er Lóas Zimmer erreichte. Trotzdem öffnete er vorsichtig die Tür und spähte hinein. Lóa sah aus, als schlafe sie. Oder eigentlich schien sie wie tot. Ihr Atem war nicht zu hören, und er konnte nicht sehen, ob sich ihre Brust bewegte.

Er zog die Tür zu und wollte zurück in die Küche, aber mit jedem Schritt verstärkte sich sein unangenehmes Gefühl. Er hielt inne, schlich zurück in Lóas Zimmer und hielt ihr die Hand unter die Nase.

Er war sich nicht sicher, ob er Wärme oder Feuchtigkeit oder irgendetwas spürte, das darauf hinwies, dass sie atmete, und sein Herz schlug schneller. Seine Nackenhaare richteten sich auf, und ein unbekannter Schmerz zog sich durch sein Rückenmark.

Bevor er sich versah, hatte er sich zu ihr hinuntergebeugt, sich mit der unversehrten Hand am Bettrand abgestützt und die Wange an ihren halb geöffneten Mund gelegt. So gekrümmt stand er da und hielt die Luft an, bis seine Oberschenkel anfingen zu zittern. Und da spürte er es endlich. Ein minimaler Temperaturunterschied, wenn sie aus- oder einatmete, der Geruch von Cognac und Feuchtigkeit, die auf der Haut kitzelte, als schritten Millionen winziger Insekten zum Tanz.

Sveinn erhob sich und atmete erleichtert auf. Wie war er nur auf die Idee gekommen, sie sei tot? Der Aufenthalt in diesem hysterischen Haus musste ihm schon ziemlich zugesetzt haben.

Nein, es war ungerecht, ihre Reaktion auf das Verschwinden ihrer Tochter als Hysterie zu bezeichnen. Er konnte sich natürlich nicht in ihre Lage versetzen – hatte selbst nie Kinder gehabt oder erleben müssen, dass sie krank wurden oder von zu Hause wegliefen. Trotzdem war das keine ausreichende Entschuldigung für ihr Verhalten.

Der Gedanke, Lóa zurückzulassen ohne sie umgestimmt zu haben, löste einen fast körperlichen Unmut in ihm aus. Er wollte keine weiteren Briefe und Anrufe mehr erhalten.

Sobald ein Problem seinen ungekämmten Schopf in sein Leben steckte, nahm er es normalerweise mit ihm auf und löste es.

Er war immer froh gewesen, keine Angst vor Initiative zu haben oder sich, wie die meisten anderen, zu viele Gedanken über die Dinge zu machen. Aber mit so jemandem wie Lóa hatte er bisher noch nie zu tun gehabt – sie war eine Problemkategorie für sich. Sveinn fühlte sich, als hätte man ihn an den Füßen aufgehängt und als verfinge er sich immer mehr im Seil, je heftiger er strampelte. War es in einer solchen Situation nicht am besten, ruhig zu bleiben und abzuwarten? Wenn er sich nicht länger gegen das Unvermeidliche wehrte, tauchte vielleicht eine kleine Maus auf, biss das Seil durch und befreite ihn von seinem Schicksal.

Aus irgendeinem Grund sah er Margrét in der Rolle der Maus vor sich. Margrét, die er bisher nur auf einem gerahmten Foto an der Wand gesehen hatte, wo sie, etwa zwölf Jahre alt, vor einer gelben Hauswand stand und schief in die Kamera lächelte, die Augen gegen die Sonne zusammengekniffen, das T-Shirt ordentlich in die kurze Hose gesteckt, um den Oberkörper nicht zu entblößen, der die Ahnung eines Busens wie ein offenes Geheimnis trug.

Sveinn beschloss, zurück in die Küche zu wandern, noch etwas zu essen, ein paar Tramol zu schlucken und einige Artikel über die neueste Technik und Wissenschaft zu lesen. Dann würde er die Schwarzhaarige auf den Fußboden ziehen und sich aufs Sofa legen, bis Lóa morgen früh aufstand.

Wenn sie nach dem Aufwachen einigermaßen klar im Kopf wäre, würde er versuchen, an ihre Vernunft zu appellieren. Und wenn das nicht reichte, würde er eben mit der Puppe nach Hause fahren, einen Schäferhund kaufen, sich eine Geheimnummer zulegen und die unter strengen Auflagen an Freunde und Verwandte verteilen.

## XVIII

## Donnerstag

Manchmal meinte Lóa, den Klang all dessen, was ihr durch den Kopf ging, zu hören. Es klang nicht wie eine Cocktailparty, sondern eher so, als würde Gott auf eine seiner Welten horchen. Überall Stimmen, Musik, Entsetzen, Wellengang, Planetenrauschen und Meteore in rasendem Flug, unerträgliche Schande, die mit schneidendem Wehklagen hervorbrach, und so weiter. So fühlte sie sich, während sie im Bad ihr Gesicht wusch, Gesichtscreme auftrug und sich in die Küche schleppte, wo offene und zugeklappte Fotoalben zwischen Zeitschriften und Kekskrümeln auf dem Tisch lagen. Von dort ging sie ins Wohnzimmer, wo Sveinn unter einer Decke auf dem Sofa schlief und die Puppe zusammengesunken in den Armen des Sessels lag, und da wurde ihr klar, dass sie gar nicht wusste, wo sie hingehen und was sie machen sollte.

Also blieb sie stehen und betrachtete die fremden Schlafenden: Sveinn mit einer fast ängstlichen, verbitterten Miene, die Puppe unendlich friedlich mit bis zum Hals zugeknöpftem Schlafanzug und einem Gesichtsausdruck, der an eine Heilige in einem Renaissancegemälde erinnerte. Und zum ersten Mal spürte Lóa jene Eifersucht auf die Puppe, derer Sveinn sie am Tag zuvor bezichtigt hatte. Nicht nur aus den offenkundigen

Gründen: eine Schönheit zu sein, der die Zeit nichts anhaben konnte. Bewundert zu werden, ohne etwas dafür tun zu müssen. Noch nicht einmal vom Blick anderer abhängig zu sein, obwohl eigens als Augenweide erschaffen. (Ach, die Schönheit. Von den Menschen andauernd mit Güte und Gerechtigkeit verwechselt. Wie leicht es doch war, einem so hübschen Gesicht sämtliche menschlichen Vorzüge zuzuschreiben.) Nein, nicht allein deshalb, sondern weil die Puppe etwas besaß, das sich Lóa in diesem Moment mehr als alles andere wünschte: Bewusstlosigkeit.

Lóa bekam Angst, als sie merkte, dass sie vielleicht noch nie so kurz davor gewesen war, Margrét und ihr Verlangen, sich vom Leben abzukoppeln, zu verstehen. Zu verstehen, dass man sich nicht zutraute, am Spiel teilzunehmen, das trotzdem immer weiterging.

Doch, es war durchaus möglich, sich wie Margrét zu verhalten. Alles von sich zu schleudern, sich hinzulegen und auf den Tod zu warten.

Lóa taumelte gedankenverloren in den Flur, den Mittelpunkt der Wohnung und den natürlichsten Platz, wenn man nicht wusste, wohin man wollte oder mit welcher Absicht. Dort fiel ihr Blick auf das Foto, das vor der Stallwand auf Jadur geknipst worden war, dem Hof, auf dem Lóa bis zu ihrem sechsten Lebensjahr aufgewachsen war. Margrét war auf dem Bild elf Jahre alt, trug eine Prinz-Eisenherz-Frisur, machte einen Handstand und strotzte vor Lebendigkeit. Ihre muskulösen Arme konnten ihren straffen Kinderkörper problemlos halten. Jeder, der das Foto sah, würde meinen, das Mädchen steuere mit voller Fahrt in eine leuchtende Zukunft.

Doch als Margrét in die Pubertät kam, hörte sie auf, etwas zu *tun*, und fing an zu *warten*. Als sei ihr aus Angst, etwas falsch zu machen und abgelehnt zu werden, all ihre Entschlossenheit abhanden gekommen. Als hätte jemand zu ihr gesagt: »Du sollst dich an einer Spindel stechen und in einen hundertjährigen Schlaf fallen.« Gerade, als sie mit Perfektion die Rolle des Prinzen beherrschte, verwandelte sie sich in Dornröschen. Weshalb? Lóa wusste es nicht, erinnerte sich aber, sich in ihrer Jugend ähnlich verhalten zu haben, wenn auch nicht so vehement wie Margrét.

Eine alte Erinnerung schoss ihr durch den Kopf, an ihre Mutter, die grüne Tomaten auf die Fensterbank legte, damit sie in der Sonne rot und schön wurden. Lóa entsann sich, wie grenzenlos erstaunt sie gewesen war über die Fähigkeit ihrer Mutter, Dinge die Farbe wechseln zu lassen, aus Ungenießbarem etwas Essbares zu machen. Damals, als ihre Füße vom Stuhl noch nicht auf den Boden reichten, hatte sie sich nichts sehnlicher gewünscht, als erwachsen zu werden und sich in die Fleisch gewordene Vollzugsgewalt zu verwandeln. Doch je weiter die lang ersehnte Verwandlung voranschritt, desto mehr faszinierten sie ganz andere Dinge.

»Was machst du da?«, fragte Sveinn, der gerade aufgewacht war, aus der Türöffnung. Bereits zwei Morgen in Folge sprach Sveinn sie mit genau diesen Worten an, nur dass er gestern hart und wütend geklungen hatte und jetzt zaghaft, fast entschuldigend. Vielleicht war er auch nur feige und konnte ihr nicht in die Augen schauen, weil er sich schämte, Zeuge ihres gestrigen Verhaltens geworden zu sein.

»Ich fahre gleich nach Akranes, um eine Frau zu besuchen, die ich letztens schon treffen wollte, als ich vor deinem Haus liegengeblieben bin«, antwortete sie. »Du kannst mitkommen, wenn du willst. Ich helfe dir mit der Puppe.«

Sie hatte den Plan nicht zu Ende gedacht, aber als sie hörte, wie sie ihn in Worte fasste, wusste sie, dass dies das Einzige war, das sie tun konnte: die Dinge ihre Farbe wechseln lassen, anstatt hinter der Dornenhecke zu verharren, ihre eigenen puppenhaften Tugenden aufzulisten und leise zu fragen: »Warum ich?«

Die Fahrt nach Akranes fühlte sich länger an als in ihrer Erinnerung, und es war, als spanne sich ein Gummiband um Lóas Brust, je kleiner die Hauptstadt im Rückspiegel wurde. Sie hatte Björg angerufen und sie gebeten, bei ihr in der Wohnung zu bleiben, falls Margrét in der Zwischenzeit auftauchen sollte. Björg hatte versprochen, wach zu bleiben, obwohl sie sich unausgeschlafen fühlte, und Margrét notfalls mit Gewalt festzuhalten. Doch der Gedanke, nicht zu Hause zu sein, um die verlorene Tochter in Empfang zu nehmen, ließ den Asphalt unter den Autoreifen zäh wirken, die Esja tragisch und bedrohlich werden und eine weiße Wolkenbank wie einen Tsunami aus dem Meer ragen. Die Wellen hatten etwas Unheimliches – sie rührten an etwas in Lóas Innerem, das man besser nicht verletzte. Die ganze Zeit versuchte sie, sich einzureden, dass sie nicht unüberlegt und überstürzt handelte, sondern einen triftigen Grund für ihr Vorgehen hatte. Wenn jemand etwas über Margréts Aufenthaltsort wusste, dann war es Marta. Diese alte, sanfte Eigenbrötlerin, der Margrét mehr vertraut hatte als ihrer eigenen Mutter.

Lóa schaltete das Radio ein, lauschte den Todesmeldungen und Beerdigungsankündigungen, und die ernste Stimme des Sprechers schien ihr zu versichern, dass sie die ganze Zeit recht gehabt hatte – das Leben war das Opfer und der Tod sein Henker. Zugleich spürte sie jedoch den saugenden Strudel, der Margrét lockte und faszinierte: den Trost des Todes, seine heilende Kraft und die Befreiung aus dem banalen Leid des Alltags.

Dann folgten die Kurznachrichten, stark geprägt vom soeben erwähnten Leid des Alltags, und anschließend eine Suchmeldung nach Margrét: *Die Polizei Reykjavík sucht ein sechzehnjähriges Mädchen. Sie ist 1,74 Meter groß, sehr schlank und hat blonde, schulterlange Haare. Als sie zuletzt gesehen wurde, trug sie Jeans und ein rotes, langärmeliges T-Shirt mit dem Motiv von einem gehörnten Schaf mit der Aufschrift:* BE KIND.

Der Dienststellenleiter hatte Lóa angerufen, als sie gerade das Haus verlassen wollte, und ihr die Beschreibung vorgelesen. Er klang so, als täte es ihm leid, Lóas Besorgnis anfangs heruntergespielt zu haben, wiederholte aber trotzdem mehrmals, dass sie fast immer gute Erfolge bei Suchmeldungen nach Kindern vorzuweisen hätten, die von zu Hause weggelaufen seien. Dass in all den Jahren, die er schon bei der Polizei sei, alle Jugendlichen, nach denen man offiziell gefahndet hätte, wieder aufgetaucht seien.

Lóa bemühte sich, seinen Worten Glauben zu schenken, doch die Angst wollte nicht von ihr weichen, und in ihrem Bauch rumorte es noch stärker, als sie auf den Parkplatz vor dem Altenheim bog. Sie fürchtete sich davor, auf diese naive Frau zu treffen, der gegenüber sie sich so grundlos unfreundlich verhalten hatte, und ihr zu gestehen, dass sie Margrét genau zu dem Zeitpunkt verloren hatte, als es ihre Pflicht gewesen wäre, wie ein Feldwebel auf sie aufzupassen.

Sveinn, der ihr in seinem Auto folgte, fuhr nicht auf direktem Weg nach Hause, wie sie erwartet hatte, sondern blieb ihr dicht auf den Fersen, parkte seinen Wagen quer auf zwei Parkplätzen, stieg aus und begann, auf dem Rücksitz herumzuwühlen.

Sein Verhalten hatte sich seit gestern verändert. Sein Misstrauen war von Gewissensbissen verdrängt worden, seine Schärfe von entschuldigender Milde und aufdringlicher Hilfsbereitschaft. Als hätte er im Traum eine Offenbarung gehabt. Wer wusste schon, was in seinem Kopf vorging.

Auf dem Gehweg vor dem Haus blieb sie stehen und zwang sich, ruhig zu atmen. Auf dem Vordersitz des roten Pick-ups saß eine junge, schwarzhaarige Frau in einem karierten Schlafanzug und wartete. Längerfristig wirkte ihre Reglosigkeit allerdings unheimlich, und nach einer Weile sah sie nicht mehr so aus, als warte sie, sondern als liege sie in einem tiefen, verzauberten Schlaf.

Lóa hatte plötzlich das Gefühl, keine missratene Mutter mehr zu sein, die ihrer Aufgabe nicht gerecht wurde, sondern eine Heldin in einem Abenteuer, deren Aufgabe es war, das Mädchen im Schlafanzug zu wecken. Alles, was sie tun musste, war, gefährliche Drachen zu töten, um ein halbes Königreich zu erobern. Sie musste Schatzkisten füllen, musste Antworten auf Rätsel finden.

Da tauchte Sveinn plötzlich auf. Er wiederum schien zu glauben, sie beschützen zu müssen. Was auch immer ihm das brachte. Seelenheil vielleicht. Vergebung seiner Sünden. Er sah besorgt aus, ging mit großen Schritten und zog die grüne Wachsjacke über, die sie an einem Haken bei ihm zu Hause im Flur hatte hängen sehen. Ein Ärmel baumelte lose herunter und schlug im Wind.

Lóas Gefasstheit reichte gerade aus, um sich auf den Beinen zu halten und einigermaßen deutlich zu sprechen. Sie wischte mit einer Handbewegung alle Bedenken weg, lief mit schnellen Schritten in das helle Gebäude, durch einen Flur und fand schnell eine Mitarbeiterin, eine Frau in einem blauen Kittel, die damit beschäftigt war, aus einem großen Behälter auf Rädern Wäsche zusammenzufalten.

»Verzeihung«, sagte Lóa und ignorierte das Zittern in ihrer Stimme. »Wohnt Marta Jónasdóttir bei Ihnen?«

Die Frau nickte.

»Darf ich mal kurz mit ihr sprechen? Es ist dringend, dauert aber nicht lange.«

»Ich weiß nicht, ob sie in ihrem Zimmer ist«, antwortete die Frau und legte ein halb gefaltetes Laken beiseite.

Lóa sah, dass Sveinn wie ein Idiot im Flur stand, während er aussah, als wäre er jetzt lieber woanders. Dennoch humpelte er auf sie zu und ließ sich nicht abschrecken.

Die Frau brachte sie ein Stockwerk höher in einen langen Flur, zeigte auf eine Tür in der Mitte, klopfte leicht an und eilte dann grußlos davon.

»Wer ist da?«, schnurrte es von drinnen, und Lóa erschrak, weil sie Martas Stimme anders in Erinnerung hatte. Dann stand Marta selbst gebückt in der Tür und starrte Lóa an, als hätte sie sie noch nie gesehen. Ein geduldiges Lächeln umspielte ihre Lippen, und in ihren Augen lag ein mildes Fragen, als hätte sie keinen eigenen Willen. Lóa spürte, wie die altvertraute Abneigung in ihr hochwallte. Sie bemühte sich vergeblich, das drohende Knurren tief in ihrer Seele zum Schweigen zu bringen. Marta hatte nun mal diesen Einfluss auf sie, daran ließ sich nichts ändern. Außer, ihn mit allen verfügbaren Satintüchern der Zivilisation zu verhüllen.

Marta setzte sich in einen großen Sessel, der mit brodierten Rosen verziert war, und Lóa bemerkte, dass ihre Füße nicht bis auf den Boden reichten, sondern schlaff von dem bestickten Polster hingen. Sie trug hautfarbene, kniehohe Nylonsocken und weiße Gesundheitslatschen mit Luftlöchern sowie ein zwei Nummern zu großes, hellbraunes Kleid mit dunkelbraunem Laubmuster.

»Wollt ihr meine Uhr sehen?«, fragte sie neckisch und zeigte ihnen ein altes, zerkratztes Zifferblatt.

Lóas Mund wurde noch trockener. »Wie hübsch«, sagte sie, »woher hast du das?«

Marta zog ihre Hand mit verängstigtem Gesicht zurück, versteckte die Kostbarkeit hinter ihrem Rücken und wich Lóas Blick aus. Sie schien vergessen zu wollen, dass sie da waren, und sich einzureden, sie sei allein im Raum – sie murmelte vor sich hin, schlug mit ihrem kleinen Fuß einen Takt in der Luft und schielte in alle Ecken, aber nie zu Lóa oder Sveinn.

Lóa hätte am liebsten aufgegeben – nicht die Sache mit Marta, sondern einfach alles –, wäre zum Auto gerannt und losgefahren. Aber wohin? Rund um Island? Mit der Fähre zu den Färöern? Diese Art von Dramatik konnte nur lächerlich wirken, wenn man auf einer Insel lebte – etwa so, wie wenn man bei einem Wutanfall den Ausgang nicht fand, schwungvoll in den Schrank stürmte und die Tür hinter sich zuknallte.

Bei dem Gedanken lächelte sie eisig, bis sie merkte, dass Sveinn sie anschaute.

»Kannst du einen Moment draußen warten?«, fragte sie, und obwohl ihr gespaltener Geist ihm misstraute, spürte sie eine Leere, als er hinaushumpelte und die Tür hinter sich zuzog. Ihr schauderte davor, mit Marta allein zu sein. In der Ecke neben der Tür standen ein kleines Schreibpult und ein Stuhl, beides aus dunklem Holz, und Lóa zog den Stuhl heran und setzte sich, obwohl sich jeder einzelne Nerv in ihrem Körper dagegen sträubte.

»Viele Grüße von Ína«, sagte sie. Das war nur eine indirekte Lüge. Ína hätte bestimmt mitgewollt, wenn sie gewusst hätte, wo es hinging.

Marta kratzte sich eifrig in der Armbeuge.

»Du erinnerst dich doch an sie, oder? Und an Margrét? Erinnerst du dich nicht an die beiden? Ína fragt immer, ob du uns bald mal besuchen kommst.«

»Sind sie schon verheiratet, die beiden Hübschen?«, fragte Marta.

»Nein«, sagte Lóa, »nein, aber Margrét ist verschwunden, und ich glaube, sie will nicht, dass man sie findet. Weißt du, wo sie sein könnte?«

Marta befingerte die Uhr in der Tasche ihres Kleides, baumelte mit den Beinen und schlug mit leisem Knallen ihre Schuhe zusammen.

»Weißt du, wo sie sich verstecken könnte?«

»Sollte sie nicht einfach einen guten Arzt heiraten?«, entgegnete Marta und schaute Lóa flehend an.

Lóa schüttelte den Kopf und verzog das Gesicht, damit ihr nicht die Tränen kamen.

»Danke für deinen Besuch, und komm doch morgen noch mal wieder. Komm unbedingt morgen wieder, meine liebe Kleine«, sagte Marta und tätschelte kraftlos Lóas Handrücken. Der Schauer, der über Lóas Rücken kroch, verschwand auf Anhieb, als sie spürte, dass Martas Hand nicht kühl und schlaff war, wie sie sich vorgestellt hatte, sondern warm und fest.

# XIX

## Donnerstag

»Wir fahren hintereinander her«, sagte Sveinn. »Du hast keinen Ersatzreifen und solltest in diesem Zustand nicht alleine durch die Gegend fahren.«

Er war sich sicher, dass sie *ein Lahmer führt einen Blinden* oder etwas Ähnliches dachte. In ihren Augen musste er lächerlich wirken. Sein Arm war gebrochen, er humpelte, war paranoid und cholerisch, hatte fast die ganze Zeit wie ein Säugling geschlafen und war dennoch entschlossen, sich unentbehrlich zu machen.

Aber sie lachte nicht, sondern schaute ihn nur gramgebeugt an. Ausgelaugt und verschrumpelt wie eine Mutterkartoffel schüttelte sie ihre Haare aus dem Gesicht und sagte: »Soll ich dir helfen, die Puppe runterzutragen?«

Als er durch den Hvalfjördur-Tunnel hinter ihr herfuhr, löste sich die Wirklichkeit auf, als würde sie in einem Stück abgeschält oder als würde ein Schleier von ihr genommen. Er wusste nicht, was es war, aber auf einmal verstand er nicht mehr, was sie dort zu erledigen hatten oder was irgendein lebendiges Wesen grundsätzlich irgendwo in Zeit und Raum zu erledigen hatte.

Sein erster Gedanke, nachdem er am Morgen auf dem Sofa die Augen aufgeschlagen hatte, war, dass Lóa ihn auf keinen Fall am Abend zuvor von einer Geheimnummer aus angerufen und sich eine Sekunde später schlafend gestellt haben konnte. Er schämte sich so sehr, dass er sie noch nicht mal im Geiste ansprechen konnte, geschweige denn laut. Sein ganzes Verhalten war darauf ausgerichtet gewesen, dass Lóa diejenige war, die ihn verfolgte, und obwohl er sich nicht mehr genau erinnern konnte, was er gestern Abend zu ihr gesagt hatte, wusste er noch genau, dass er seine gesamte Wut auf die Stalkerin, auf die Gesellschaft, die sie geprägt hatte, und die Welt im Allgemeinen an ihr ausgelassen hatte.

Lóa fuhr geradewegs an seinem Haus vorbei in den Ortskern und hielt vor dem Altenheim.

Zwei Tramol. Ein klebriger Schluck schale Limonade, die er unter Tüten und Jacken begraben auf dem Rücksitz fand, und da stand Lóa ziemlich wackelig im Sturm und wartete vor dem Haupteingang auf ihn, als würde sie sich alleine nicht hineintrauen.

Sie hielten sich ziemlich lange im Foyer auf, ohne jemanden zu sehen oder etwas anderes zu hören als entfernte Stimmen und Geklapper. Sveinn schob vorsichtig die nächstliegende Tür auf und spähte in eine lange, blitzsaubere Küche. Es war niemand da, aber das Geräusch des Wassers in der großen Spülmaschine wirkte heimelig und beruhigend.

Er drehte sich wieder zu Lóa und wollte gerade fragen, ob er einen Angestellten suchen sollte, da marschierte sie schon durch den Flur. Von hinten sah sie so entmutigt und niedergeschlagen aus, dass sie ihm furchtbar leidtat.

Jetzt stand sie in einer Türöffnung und redete mit jemandem, winkte Sveinn dann heran, und sie stiegen zu dritt – er, Lóa und eine blonde junge Frau in einem hellblauen Schwesternkittel – die Treppe hinauf in einen anderen Flur und blieben vor einer geschlossenen Tür stehen. Die Frau im blauen Kittel klopfte, ging dann weg und war schon um die Ecke verschwunden, als eine dünne Stimme auf der anderen Seite der Tür fragte, wer da sei.

»Lóa«, sagte Lóa, und als keine Reaktion kam, fügte sie lauter hinzu: »Ólöf, die Mutter von Margrét und Ína.«

Daraufhin öffnete sich die Tür, und Sveinn konnte seine Verwunderung kaum verbergen, denn die Person, die vor ihnen stand, sah nicht aus wie die gutmütige alte Dame, die er sich vorgestellt hatte, als Lóa ihm von ihrer alten Kinderfrau erzählt hatte, sie ähnelte eher einem runzeligen Kind. Ziemlich klein, mit winzigen Händen und einem Buckel, lächelte sie mit freudloser Unterwürfigkeit zu ihnen hoch.

»Dürfen wir reinkommen?«, fragte Lóa.

»Ja«, antwortete die Frau mit fast fragendem Tonfall und setzte sich in einen Sessel mit aufgestickten Rosen. Ihr Buckel hinderte sie daran, gerade zu sitzen, und sie erinnerte Sveinn an eine Schildkröte, wie sie dahockte und sie mit zusammengekniffenen Augen, hängendem Kopf, die Arme dicht am Körper, anschaute.

Langsam griff sie mit der Hand in ihre Schürze, umkrallte etwas und hielt es dann hinter ihren Rücken.

»Geht es dir gut hier?«, fragte Lóa sanft, und als Sveinn zu ihr blickte, sah er, dass sie ihre eigenen Sorgen einen Moment beiseite geschoben hatte und versuchte, sich bei dieser merkwürdigen Person einzuschmeicheln.

»Ja«, antwortete die Frau, schnitt eine Grimasse, als fechte sie einen inneren Kampf aus, und fügte dann hinzu: »Wollt ihr meine Uhr sehen?«

Sie zeigte sie ihnen zögernd, als rechne sie damit, dass sie ihr das Ding aus der Hand reißen würden: eine bandlose, zerkratzte Männeruhr, die ihre winzige Handfläche fast ausfüllte.

»Was für eine hübsche Uhr. Woher hast du die?«, fragte Lóa und trat näher heran, aber die Alte umkrallte die Uhr sofort wieder und versteckte sie hinter ihrem Rücken.

Lóa konnte ihre Enttäuschung nicht verbergen, hatte aber offenbar noch nicht alle Hoffnung aufgegeben und bat ihn, draußen zu warten.

Sveinn hatte noch nicht lange in dem dämmerigen Flur gestanden, als ein schlitzäugiges Mädchen mit einem Krankenhauswagen vorbeikam. Darauf lagen verschiedene Dinge, die er nicht kannte, aber auch eine vertraute weiße Schachtel mit blauem Deckel.

Das Mädchen hielt mitten im Flur an, ließ den Wagen stehen und drehte sich um; vielleicht hatte sie etwas vergessen.

Sveinn sah nach rechts und links, lauschte auf Schritte und trat dann zu dem Wagen und musterte die Aufschrift auf der Schachtel. Tramol mit einem feuerroten Dreieck. Was für ein Schweineglück! Er kippte die Hälfte davon in seine Jackentasche. Sie hatten bestimmt genug von dem Zeug hier. Nach Anweisung der Ärzte sollte er das Medikament schon längst abgesetzt haben, aber die Schmerzen ließen nicht nach, und Sveinn hatte nicht vor, mehr als nötig zu leiden.

Lóa kam aus dem Zimmer und zog vorsichtig die Tür hinter sich zu. Sie war blass. Sogar ihre Lippen waren blass. Sveinn konnte sich nicht erinnern, schon einmal jemanden gesehen zu haben, der vor Anspannung blass wurde. Er hatte davon gehört und darüber gelesen, es aber noch nie mit eigenen Augen gesehen.

»Du kannst nach Hause fahren, wenn du willst, aber ich muss mit jemandem reden, der hier was zu sagen hat.«

Sveinn schüttelte den Kopf. Er konnte nicht fahren.

»Entschuldigung, könnten wir mit dem Heimleiter sprechen?«, sagte er zu dem schlitzäugigen Mädchen, das zurückgekommen war und mit konzentriertem Blick den Wagen vor sich herschob.

Sie schaute ihn an, brauchte einen Moment, um seine Worte zu verstehen, und zeigte dann auf eine Tür am Ende des Flurs. In gebrochenem Isländisch sagte sie: »Heimleiterin da drin.«

Lóa schien jegliche Höflichkeit vergessen zu haben, klopfte nur kurz an, öffnete dann die Tür, ohne hereingebeten worden zu sein, setzte sich auf den erstbesten Stuhl, legte ihre Hand auf die Stirn und starrte ins Leere. Sveinn stand nervös neben ihr und schaute einer Frau um die sechzig in die Augen, die konzentriert telefonierte. Sie trug eine Seidenbluse, einen grauen Bubikopf und hatte rotgeschminkte Lippen.

»Nein, das geht nicht«, sagte sie. »Nein, morgen. Ja. Sagen Sie mir morgen Bescheid.«

Sie legte auf, bot Sveinn einen Platz an und sagte: »Was kann ich für Sie tun?«

»Ich bin hier, um Marta Jónasdóttir zu besuchen«, sagte Lóa.

»Die wohnt in Zimmer Nummer zweihundertneunzehn.«

»Ich habe sie schon getroffen«, entgegnete Lóa und sah aus, als friere sie, obwohl es ziemlich warm im Raum war. »Ich möchte nur wissen, wie es dazu kam, dass sie hier gelandet ist. Wann sie sich so verändert hat.«

»Sind Sie miteinander verwandt?«, fragte die Heimleiterin, lehnte sich im Stuhl zurück und wirkte nicht so, als nehme sie Lóas aufdringliche Art persönlich.

»Nein«, antwortete Lóa. »Sie ist eine Freundin der Familie.«

Die Heimleiterin überlegte, tippte ihre Computertastatur an, rückte einen Bilderrahmen und ein Glas mit Stiften zurecht und sagte dann: »Ich denke, es ist in Ordnung, wenn ich Ihnen etwas über sie erzähle. Ich hatte selbst gerade erst angefangen, hier zu arbeiten, als sie vor dreißig Jahren hergeschickt wurde.«

»Das kann nicht sein«, protestierte Lóa. »Es ist noch gar nicht so lange her, als sie auf meine Töchter aufgepasst hat, und da war sie zweiundsiebzig. Hat sie jedenfalls gesagt. Ich fand allerdings, dass sie älter aussah.«

»Wir sprechen von derselben Person, meine Liebe«, sagte die Heimleiterin. »Sie war gerade mal vierzig, als sie sie herbrachten. Es war nach dem Tod ihrer Mutter die beste Lösung für sie. Die war hier im Ort berühmt. Ich kann mich noch gut an sie erinnern. Wir Kinder hatten Angst vor ihr, sie brach schnell in Tränen aus, wenn jemand sie ansprach. Sie hat ihren bodenlangen, schwarzen Sonntagsmantel nie ausgezogen, obwohl sie in der Fischfabrik arbeitete und der Mantel längst völlig verdreckt war. Sie hat sich wohl nie davon erholt, dass ihr Freund damals die Verlobung gelöst hat.«

Sveinn hörte widerstrebend zu, wie die Heimleiterin erzählte, das Unglückskind Marta sei jahrzehntelang in dem stinkenden Haus eingesperrt gewesen, aus Rache für die Treulosigkeit ihres Vaters.

Das war alles etwas zu abenteuerlich für Sveinns Geschmack, und er bereute es, sich nicht aus dem Staub gemacht zu haben, als sich die Gelegenheit dazu geboten hatte. Er hätte schon längst zu Hause sein, die Schwarzhaarige sauber gemacht, ihr ein neues Kleid angezogen und sie in den Karton verfrachtet haben können. Wobei, das stimmte ja gar nicht. Nichts von alldem konnte er tun, solange sein linker Arm nutzlos auf seiner Brust baumelte. Also konnte er genauso gut dasitzen und zuhören, wie sich die beiden Frauen in Unglück und Horror suhlten, wie Frauen es nun mal taten.

»Ich habe gehört, sie wäre ans Bett gefesselt worden«, sagte die Heimleiterin. »Es war ein Kinderbett, das mit der Zeit natürlich viel zu klein für sie wurde. Sie durfte niemanden sehen, nur einmal wurde ein Arzt gerufen, der ihr Penizillin verschrieben und ihr seine Uhr geschenkt hat. Ich weiß nicht, wie ihre Mutter es bewerkstelligt hat, sie nicht zur Schule zu schicken. Ich weiß nicht, warum die Leute das zugelassen haben, in einem so kleinen Ort, wo jeder jeden kennt. Aber so war es.«

Sie drehte einen blauen Kugelschreiber zwischen ihren Fingern und fügte hinzu: »Ich habe Marta einmal gesehen, als ich klein war. Ein schneeweißes Gesicht hinter dem Fenster.«

Sveinn schaute zu Lóa und sah, dass sie total am Ende war. Es musste unangenehm sein, solche Geschichten über eine Frau zu hören, die auf ihre Töchter aufgepasst hatte. Er rutschte auf seinem Stuhl herum und betastete seinen gefühllosen Finger. Die Schmerzen in seiner Schulter waren unerträglich, aber er konnte die geklauten Tabletten nicht vor dieser fremden Frau nehmen, der er instinktiv Respekt dafür zollte, mit dem Herz bei der Arbeit zu sein. So wie er.

»Wir haben sie zu dritt gebadet, als sie herkam«, erzählte die Heimleiterin. »Sie hatte nicht nur Läuse, sondern auch Flöhe, die ich selbst ertrinken sehen habe. Ich dachte, das überlebe ich nicht. Wir mussten ihr beim Baden die Uhr abnehmen, aber sie hat sich so daran festgekrallt, dass das Band gerissen ist. Anschließend haben wir selbst ein Läusebad genommen, zur Sicherheit.«

Die Heimleiterin befeuchtete ihre Lippen, ohne dass der Lippenstift abging, und fügte hinzu: »In den ersten Wochen hatte sie Angst vor Zugluft und konnte ohne fremde Hilfe nicht über eine Türschwelle gehen. Wir mussten sie an die Hand nehmen und von einem Zimmer ins andere führen. Sie durfte in ihrem Zimmer essen, weil sie sich nicht zu den anderen in den Speisesaal traute. Sie hatte Angst vor fremden Menschen, großen Zimmern, fast allen Lebensmitteln, dem Radio, schnellen Bewegungen, fließendem Wasser, Kindern und Tieren.«

»Die arme Frau«, dachte Sveinn. »Die arme, bedauernswerte Person.«

»Ihre Mutter hat ihr Lesen beigebracht und ihr Bücher aus der Bücherei ausgeliehen«, erzählte die Heimleiterin. »Sie liest immer noch gerne, das ist eigentlich das Einzige, was sie tut. Und sie geht spazieren, wenn jemand Lust hat, sie zu begleiten, entfernt sich aber nie weit vom Haus.«

Lóa stand auf und setzte sich wieder. »Was hat sie denn ganz allein in der großen weiten Welt gemacht? Ist sie aus dem Heim weggelaufen?«

Die Heimleiterin schüttelte den Kopf. »Nach sechzehn oder siebzehn Jahren bei uns war sie selbstständiger als die meisten anderen, und wir waren froh, als ihr Onkel angeboten hat, sie zu sich zu nehmen. Keiner weiß, warum er sich nicht schon früher bei uns gemeldet hat. Aber er befand sich viel im Ausland und wollte natürlich, so wie alle, nichts mit den beiden zu tun haben. Ein paar Mitarbeiter haben geglaubt, er brauchte vielleicht nur eine billige Haushälterin, und diese Stimmen verstummten erst, als er starb und ihr seine Wohnung vererbte. Jetzt besitzt sie also eine schuldenfreie Wohnung in Reykjavík, die leer steht, seit sie wieder hergezogen ist. Sie hat niemanden, der ihr dabei helfen kann, sie zu vermieten. Sie hat auch niemanden, der ihre Finanzen regelt, und ich habe keine Vollmacht dafür.«

»Wo liegt die Wohnung?«, fragte Lóa.

»In der Ránargata. Ich habe versucht, sie dazu zu bringen, ein Testament aufzusetzen. Es wäre wesentlich besser, wenn sie selbst über ihr Eigentum bestimmt, sonst fällt die Wohnung der Stadt zu, wenn es soweit ist. Aber das interessiert sie nicht. Sie glaubt nicht an den Tod und kümmert sich nicht um Geld oder Besitztümer.«

Ein Lächeln zog sich über ihre roten Lippen, als sie hinzufügte: »Aber sie mag Hochzeiten, besonders wenn es sich um reiche und berühmte Leute handelt, sie besitzt eine große Sammlung von Klatschzeitschriften mit Hochzeitsfotos. Anka, eine unserer Mitarbeiterinnen, war so nett, ihr einen großen, polnischen Hochzeitskatalog mit weißen Rüschenkleidern mitzubringen. Ihre Lieblingsbücher sind Liebesgeschichten mit Happy End, besonders Arztromane, und sie schaut sich gerne Muscheln und Quallen am Langasandur an. Wenn Sie ihr eine Freude machen wollen, kaufen Sie ihr das neuste Heft aus einer Groschenserie oder laden Sie sie zu einem Strandspaziergang ein.«

Lóa räusperte sich, strich sich das Haar aus der Stirn, stand auf und setzte sich wieder. Tränen liefen ihr über die Wangen, und als sie das Wort ergriff, war ihre Stimme brüchig.

»Ich wusste noch nicht mal, dass sie nur ein paar Schritte von uns entfernt gewohnt hat … Dann hätte ich vielleicht ab und zu bei ihr vorbeigeschaut oder sie eingeladen, mit uns zu Abend zu essen. Wenn ich das gewusst hätte …«

»Ach, das ist doch …«, setzte Sveinn an, aber Lóa fiel ihm ins Wort: »Nein, das verstehst du nicht, ich habe sie noch nicht mal gemocht. Ich war oft abweisend zu ihr. Es ist zu spät, sich jetzt den Kopf darüber zu zerbrechen, aber ich kann einfach nicht …«

Sie verstummte und schaute aus dem Fenster hinter der

Heimleiterin. Auf das Gras, die Häuser, den Himmel und die bläulichen Berge.

»Es ist nie zu spät, meine Liebe«, sagte die Heimleiterin, und ihre warme, herzliche Art berührte Sveinn wie der Duft von frisch gebackenem Weihnachtskuchen. »Marta hat nicht viele Freunde, und auch wenn sie nicht redselig ist, freut sie sich über Besuch. Oder über kleine Geschenke. Bücher, Süßigkeiten, Ziergegenstände. Ich kenne niemanden, der sich über so wenig freuen kann wie Marta. Sie strahlt tagelang, wenn ihr jemand was geschenkt hat.«

## XX

## Donnerstag

Als Lóa vor Sveinns Haus parkte, war er schon ausgestiegen und stand ratlos auf der Beifahrerseite vor der offenen Wagentür. Sie ging zu ihm und sah, dass er den Sicherheitsgurt von der Puppe gelöst hatte. Nach dieser Kraftanstrengung schien er aufgegeben zu haben. Er stand wie angewurzelt da, mit plötzlich erschlafftem Gesicht und hängenden Schultern, hielt die Hand um die Armschlinge und tat so, als sehe er Lóa nicht, obwohl sie direkt neben ihm stand.

»Soll ich dir helfen?«

»Warum nicht«, antwortete er endlich, als sei er noch gar nicht auf die Idee gekommen, dass er sich selbst bemitleiden könnte.

»Wie hast du es eigentlich geschafft, dich so zu verletzen?«, fragte sie.

Er schürzte nur die Lippen – schnaubte wie ein Packpferd kurz vor dem Zusammenbruch – und trat zur Seite, damit sie an die Puppe kam.

Die Brüste der Puppe wippten schwer und steif auf Lóas Armen, als sie sie in eine Art Heimlich-Griff nahm und aus dem Wagen zog. Sie wollte sie weiter Richtung Haus schleppen, aber Sveinn hielt sie laut brüllend zurück – »Pass auf die Beine auf!« –, knallte die Autotür zu, bückte sich, nahm mit seiner unverletzten Hand die Fußgelenke der Puppe und humpelte hinter Lóa her, die sich mit der Last rückwärts tastete, bis sie an der Tür angelangt waren. Dort platzierte er die nackten Füße der Puppe vorsichtig auf den Boden, fischte den Schlüssel aus seiner Manteltasche und öffnete die Tür.

Sie legten die Puppe auf einer sauberen Plastikplane in der Werkstatt auf dem Boden ab und gingen wieder in die Küche. Lóa setzte sich an dem Tisch, Sveinn holte Brot und Aufschnitt aus dem Kühlschrank, briet ein paar Eier und schwenkte eine Flasche Portwein.

»Nur ein Glas«, sagte Lóa.

»Ach was«, sagte Sveinn. »Meine Großmutter väterlicherseits hat, als ich siebzehn war, zu mir gesagt: Willst du etwa nie anfangen zu trinken? Willst du dein Leben wirklich als Abstinenzler verbringen wie dein Großvater? Nüchternheit ist was für Leute, die sich nicht trauen, dem Irrealen ins Auge zu schauen. Eine Garantie für Unglück und Elend. Schau dir deinen Großvater an, diesen Idioten, nüchtern wie ein Baby. Bei ihm sind alle Tage gleich, und er ist jeden Tag gleich, immer gleich langweilig.«

Lóa lachte laut auf, den Geschmack des Portweins wie ein honigsüßes Blumenfeld auf den Lippen. Das Lachen rührte an der Panik und der Sorge in ihrem Inneren, und sie bekam wieder einen Kloß im Hals und legte die Scheibe Brot weg, ohne hineingebissen zu haben. Sie stand auf. Die Tränen ließen sich kaum noch zurückhalten.

»Wo ist das Bad?«, fragte sie und schluckte mehrmals. »Ich habe es letztens schon gesucht und nicht gefunden.«

»Im Flur, erste Tür rechts«, antwortete Sveinn.

»Die habe ich versucht, die war abgeschlossen.«

»Nein, nur verzogen von einem Wasserschaden. Man muss sie beim Öffnen ein bisschen anheben und sich beim Zumachen dagegenlehnen. Es gibt noch ein zweites Klo am Eingang, direkt gegenüber der Haustür.«

Lóa eilte in das Bad am Eingang, schloss hinter sich ab und musterte den Raum, das verschlissene, aber saubere Handtuch, das an einem verbogenen Nagel hing, die weiße, abblätternde Tapete, das hellgrüne Klo und das dazu passende Waschbecken. Hier war sie schon mal gewesen, wahrscheinlich öfter als einmal, an dem Abend, als der Reifen geplatzt war, aber am nächsten Morgen war sie zu betrunken oder zu verzweifelt gewesen, um sich daran zu erinnern.

Sie stützte sich am Waschbecken ab und schaute in den Spiegel. Ihre Gesichtsmuskeln waren wie erstarrt, ihre Augen hart und kalt. Sie kannte die Frau im Spiegel nicht, und ein Schauer kroch über ihren Rücken. Der Kloß steckte in ihrem Hals fest, aber es kamen keine Tränen. Also brauchte sie sich auch nicht in diesem Raum mit dem starken Putzmittelgeruch, der in der Nase und den Augen juckte, einzuschließen.

Sie nahm wieder am Tisch Platz und setzte zu einem zweiten Versuch mit dem Butterbrot und dem Portwein an. Die Kaffeemaschine spritzte die letzten Tropfen in den Filter, und Sveinn stellte eine randvolle Tasse mit schwarzem Kaffee vor ihr auf den Tisch. Sie trank die Hälfte davon, obwohl ihr Magen heftig protestierte.

Von der Garderobe am Eingang drang dumpfes Telefonläuten zu ihnen. Sveinn stellte seine Tasse ab und ging raus, doch als er mit angstvollem Gesicht zurückkam, klingelte das Telefon in seiner Hand immer noch.

»Willst du nicht rangehen?«

»Das bringt nichts«, antwortete er und knetete eifrig seinen kleinen Finger, eine schlechte Angewohnheit von ihm. »Das ist die nette Bekannte, die ich noch nie getroffen habe. Die macht unglaubliche Komplimente, die lassen einen einfach nicht kalt.«

Lóa wurde schlecht bei dem Gedanken an die Beschimpfungen, die sie gestern Abend am Telefon mitanhören musste.

Sveinn öffnete die Schublade unter dem Spülbecken, zog eine Karte heraus und reichte sie ihr.

*Unser Schöpfer und Vater in Sünde,* ***Sveinn Gudmundsson****, verstarb unerwartet am Freitag, dem dreizehnten Juni, im Kreise seiner Familie.*

*Die unschuldigen Püppchen*

»Das lag an dem Morgen, als du die Schwarzhaarige mitgenommen hast, bei mir im Briefkasten. An dem Tag hat der Telefonterror richtig angefangen«, erzählte er. »Bis dahin hat sie nur ein paar Mal angerufen und immer direkt aufgelegt, wenn ich rangegangen bin.«

Er verstummte, senkte den Blick und fügte dann hinzu: »Ich dachte, du wärst es gewesen.«

Es dauerte eine ganze Weile, bis die Bedeutung dieser Worte zu Lóa vordrang.

Die Synthesizerstimme dröhnte in ihrem Kopf: »Wenn ich dir die Knochen abhacke, merkst du, dass du nicht Gott bist. Wenn ich dir die Haut abziehe, bereust du, dass du dein Leben mit Gräueltaten verschwendet hast.«

Sie drehte die Karte um und sah den Zeitungsausschnitt. Die Todesanzeige von Hans Sigurjónsson aus dem Svarfadardalur.

»Wer ist dieser Hans?«

Sveinn zuckte mit den Achseln: »Ein alter Kunde.«

»Woher weißt du, dass deine Brieffreundin und die feige Anruferin dieselbe Person sind, und woher weißt du, dass es eine Frau ist?«

»Ich weiß es einfach.«

»Und was will sie von dir?«

»Ich glaube, ich soll sterben, damit die Menschheit überleben kann«, antwortete er, nahm einen Lappen vom Spülbeckenrand, wischte den Tisch um die Gläser und Tassen herum vorsichtig ab und spülte den Lappen aus, bevor er ihn ins Spülbecken fallen ließ. »Meistens schweigt sie allerdings nur«, fügte er hinzu und setzte sich schwerfällig Lóa gegenüber an den Tisch.

Lóa musste an das Gemälde denken, das bei Björg und ihrem Freund zu Hause hing, bevor sich ihre Wege getrennt hatten. Es war ein Bild von einem Mann und einer Frau an einem gedeckten Küchentisch, und unter ihren Füßen stand mit schwarzen Buchstaben: *Du magst mich nur, wenn ein Tisch zwischen uns steht.*

Sie aßen und tranken schweigend.

»Warum gehst du das nächste Mal nicht ran und sagst ihr das, was sie hören will?«, sagte Lóa. »Sprichst im Namen der Welt, nein, des Bösen in der Welt, und bittest um Verzeihung?«

Er starrte sie an. »Du bist nicht ganz bei Trost. Du weißt nicht, was du da redest.«

Sie ließ sich nachschenken, aber als das Glas schon ihre Lippen berührte, besann sie sich und kippte den Inhalt in Sveinns Glas, obwohl ihr der Verzicht ins Brustbein stach.

»Hast du Angst, dass sie das Land verlässt?«, fragte Sveinn.

»Margrét? Das kann sie nicht. Sie ist minderjährig und hat kein Geld.«

»Hat sie ihren Ausweis dabei?«

Lóas Schultern versteiften sich, als ihr klar wurde, dass

Margrét ihren Ausweis dabei hatte. Sie hatte ihn für die Prüfung vorzeigen müssen.

»Sie wollte immer nach New York«, sagte Lóa.

Die Vorstellung, dass Margrét schon so weit weg war oder auf dem Weg dorthin, schien ihr wie ein Alptraum aus einem düsteren Volksmärchen.

»Aber im Radio lief eine Suchmeldung, die wird heute Abend auch im Fernsehen gesendet und steht morgen in der Zeitung.«

Sveinn nickte langsam.

Lóa griff nach dem Telefon, stürzte ins Wohnzimmer, wo sie vor ein paar Tagen eingeschlafen war, schloss die Tür hinter sich und rief bei Tómas auf der Polizeiwache an.

»Margrét hat ihren Ausweis dabei«, sagte sie. »Sie wird doch aufgehalten, wenn sie versucht, das Land zu verlassen, oder?«

Er schwieg und antwortete dann: »Warum glauben Sie, dass sie das Land verlassen will?«

»Wir haben keine Ahnung, wo sie ist. Sie könnte durchaus auf dem Weg zum Flughafen sein.«

»Ich gebe eine Meldung raus«, sagte Tómas, »aber es ist unwahrscheinlich, dass sie so ehrgeizige Pläne hat.«

»Unwahrscheinlich ist mir nicht genug!« Lóa spürte, wie etwas Rohes aus der Tiefe heraufkroch – lehmige, rissige Nägel, die versuchten, sich an die Oberfläche zu scharren. »Die Hälfte aller Ereignisse ist unwahrscheinlich! Wachen Sie auf, Mann! Trinken Sie einen starken Kaffee oder so. Das Leben ist nicht so vorhersehbar, wie Sie glauben. Bei Ihrem Optimismus hätte meine Tochter schon längst zu Hause sein sollen!«

»Ich verstehe ja, dass Sie aufgewühlt sind …«, begann er, und Lóa legte schnell auf, bevor sie ihm etwas an den Kopf warf, das sie anschließend bereuen würde.

Als sie wieder in die Küche kam, wartete Sveinn ganz ruhig

und mit verwundertem Gesicht auf sie, als begreife er gar nicht, dass sich jemand so schnell bewegen konnte wie Lóa und einfach zwischen den Zimmern hin- und herrannte.

»Du solltest ins Bett gehen. Und nicht so viele Schmerztabletten nehmen. Die vertragen sich auch nicht so gut damit«, sagte Lóa und zeigte auf die Portweinflasche.

»Musst du gerade sagen, ich habe doch gesehen, was du gestern Abend mit der Cognacflasche gemacht hast«, sagte er und wirkte im selben Moment wie vor den Kopf geschlagen, so als fürchte er, schon wieder zu weit gegangen zu sein.

Er war fast schön, als er versuchte, die Wirkung seiner Worte durch ein Lächeln abzumildern.

# XXI

## Donnerstag

Bevor sich Lóa verabschiedete, konnte Sveinn sie dazu bewegen, ihm zu helfen, der Puppe den Schlafanzug aus- und das neue Seidenkleid anzuziehen, sie abzuwischen, ihr Haar zu kämmen und sie in ein sauberes Laken zu wickeln – sie sorgfältig in das weiße Leinen einzupacken, so dass nichts mehr von ihr zu sehen war, noch nicht einmal ein Zeh oder eine Haarsträhne. Gemeinsam schleppten sie die Puppe zurück ins Auto, Lóa schnallte sie an, setzte sich dann in ihren knallgrünen Renault und winkte zum Abschied, als die Reifen über den mit Kies belegten Parkplatz rollten.

»Dein Mantel!«, schrie Sveinn gegen den Wind an, als Lóa noch in Rufweite war, humpelte ins Haus und holte den Mantel. Er roch immer noch nach Parfüm.

»Danke.«

Es hatte etwas Widersprüchliches und Falsches, sich von Lóa zu verabschieden, ohne etwas über das Schicksal ihrer Tochter zu wissen. Sveinn war instinktiv davon ausgegangen, dabei zu sein, wenn Nachrichten von Margrét kämen. Jetzt würde er vielleicht nie erfahren, was mit ihr passiert war.

Es war kurz vor drei. Kjartan war bestimmt zu Hause, und Sveinn beschloss, mit der Schwarzhaarigen zu ihm zu fahren.

Er holte seinen Mantel und die Autoschlüssel und setzte sich neben sie.

»Was für ein Theater wegen dir, Schätzchen«, sagte er zu der weißen Leinenlarve, in der sein Meisterwerk steckte.

Sie nickte einmal, als der Wagen abrupt zurücksetzte, verhielt sich aber ansonsten ruhig, wie man es von ihr erwartete.

Kjartan stand auf dem Hof und reckte sich, als sie vorfuhren.

»Was, was, was, bist du schon hier? Ich habe noch nicht mal gebadet oder mich umgezogen.«

»Jetzt trag sie schon rein, ich bin kein Packesel«, sagte Sveinn.

»Nehee«, meckerte Kjartan. »Langsam, langsam. Erst ins Bad und saubere Klamotten.«

»Sie ist gut eingepackt, wie du siehst.«

»Entschuldige bitte, aber ich kann sie nur anfassen, wenn ich geschniegelt und gestriegelt bin, ob sie nun eingepackt ist oder nicht«, erwiderte Kjartan. »Sieh's einfach als Kompliment an, Meister.«

»Dann warte ich hier, während du dich für dein Date zurechtmachst.«

»Bei dem verdammten Wind? Willst du dich nicht lieber ins Wohnzimmer setzen?«

»Ist doch viel weniger Wind als gestern. Man stirbt ja nicht gleich, wenn man 'ne kleine Brise abbekommt«, sagte Sveinn und wandte sein Gesicht mit geschlossenen Augen der Sonne zu. Obwohl er immer noch Schmerzen in der Schulter hatte, fühlte er sich wie beim Aufwachen nach einem anstrengenden Traum.

Da hörte er das sonore Motorengeräusch eines Autos, das vorbeifuhr, stehen blieb und dann bis ans Gartentor zurücksetzte. Sveinn öffnete die Augen und sah genau das, was er erwartet hatte: Lárus in seiner silbergrauen Angeberkarre.

»Lárus!« Lachen brodelte in ihm hoch, denn auf einmal fand er den emsigen Blick des Jungen gar nicht mehr unerträglich, sondern in seiner Vertrautheit drollig und liebenswert. »Grüß dich, mein Lieber. Ist alles in bester Ordnung, ich warte nur auf Kjartan.«

Der Blick des Jungen fiel auf das weiße Paket auf dem Vordersitz des Pick-ups. »Na dann«, sagte er. »Ich will euch nicht stören.«

»Das tust du nicht, wir haben nichts Besonderes vor«, entgegnete Sveinn. »Willst du nicht bleiben und uns helfen, die Unruhestifterin ins Haus zu tragen? So wie ich Kjartan kenne, hat er bestimmt ein paar Bierchen im Kühlschrank.«

Lárus strahlte, als hätte man ihm die halbe Welt geschenkt. Als hätte man ihm die Schwarzhaarige geschenkt und sie wäre plötzlich in seinen Händen zum Leben erwacht.

»Hast du den eigentlich schon lange?«, fragte Sveinn und zeigte auf den Silbergrauen.

»Hab ihn letztes Jahr gekauft, auf Raten. Er frisst meinen halben Lohn, aber das ist es mir wert«, antwortete Lárus mit tiefer Stimme vor lauter Zuneigung zu dem Auto.

»Ach ja? Und was willst du mit deinem Leben anfangen, wenn du keine Lust mehr hast, in der Kabine am Tunnel rumzuhocken?«

»Ich will im Herbst auf die Handwerksschule gehen«, antwortete Lárus. »Vielleicht Elektriker oder Maurer werden.«

»Klingt gut, aber egal was du tust, geh bloß nicht auf die Kunstschule.«

»Auf die Idee würde ich nie kommen«, sagte Lárus, und sie lachten viel länger als nötig. Besonders Lárus hatte Schwierigkeiten, sich zu bremsen. Er schien vor lauter Glück kurz vorm Nervenzusammenbruch zu sein.

»Über welche Jugendliche habt ihr eigentlich geredet, du und die Frau, die dich bestohlen hat?«, fragte er, als er sich wieder beruhigt hatte.

»Über ihre Tochter. Sie heißt Margrét. Margrét Lóudóttir. Sie ist immer noch verschwunden. Ihre Mutter macht sich natürlich furchtbare Sorgen und ich inzwischen auch.«

»Margrét?«

»Kennst du sie?«

»Ich weiß nicht, ob es dieselbe ist, aber mein Freund Nexi kennt eine Margrét. Ich weiß allerdings erst seit kurzem, dass sie Margrét heißt. Er hat sie immer Marge genannt. Er hat gesagt, ihre Mutter hätte ihn letztens angerufen und wäre total ausgerastet, obwohl er überhaupt nichts gemacht hat und keine Ahnung hatte, dass sie abgehauen war.«

Als Kjartan zurückkam, frisch dem heißen Badewasser entstiegen, von der Hitze gerötet und mit einer viel zu großzügigen Portion Gel im Haar, hatte Lárus das Paket schon ins Wohnzimmer getragen. Sveinn fühlte sich wie zu Hause, hatte drei Flaschen Bier aus dem Kühlschrank geholt, Salzstangen in ein Glas gefüllt und alles auf den Wohnzimmertisch gestellt.

»Gibt's was zu feiern?«, fragte Kjartan.

»Klar gibt's was zu feiern«, entgegnete Sveinn. »Mach das Paket auf!«

»Der Meister ist ja gespannter als ich«, sagte Kjartan und blinzelte Lárus zu.

Lárus grinste, mehr aber auch nicht. Seine Ergebenheit bezog sich offenbar nur auf Sveinn.

»Kann ich es nicht später aufmachen?«

»Bist du etwa zu schüchtern?«, fragte Sveinn.

Lárus lachte.

»Na, wenn es dir so wichtig ist, Applaus und Verbeugungen für dein Meisterwerk zu bekommen, mache ich es eben auf.« Kjartans Stimme war deutlich anzuhören, dass er sich nicht wohl bei der Sache fühlte.

»Er schämt sich«, dachte Sveinn. Aber wofür? Schämte er sich angesichts von Lárus' Unschuld?

Kjartan wickelte die Schwarzhaarige aus dem Laken. »Sie ist hübsch, das muss man schon sagen«, sagte er einfältig. »In dem schicken Seidenkleidchen und keine einzige Schramme, trotz ihrer waghalsigen Reise nach Reykjavík.«

»Die Haare sind verfilzt«, sagte Sveinn. »Die werden nie mehr so glatt und glänzend, wie sie mal waren. Du bekommst sie zum halben Preis, was anderes kommt nicht in Frage.«

»Du bist ja wirklich bester Laune«, sagte Kjartan und verhüllte den Körper der Puppe wieder mit dem Laken, als meinte er, sie schäme sich.

Sveinn schaute zu Lárus und sah, dass der Junge froh war, die Schwarzhaarige nicht mehr sehen zu müssen. Warum stellten die sich eigentlich so an? Waren sie am Ende genauso schlimm wie die Weiber, wenn es um den Unterschied zwischen einer Frau und einer Puppe ging?

»Was ist der Unterschied zwischen einem Apfel und einer Weihnachtskugel?«, fragte Sveinn.

»Was?«, fragten Kjartan und Lárus gleichzeitig. »Was hast du gesagt?«

»Ach, nichts.«

Das Handy klingelte in seiner Manteltasche.

*Unknown.*

»Ich muss jetzt los«, sagte Sveinn. »Wir sehen uns.«

Er stürmte aus dem Haus, startete den Wagen und antwortete dann: »Hallo?« Keine Antwort, nur starrende, blutende Stille.

»Willst du nichts sagen? Heute keine Pöbeleien?«

Stille.

»Du hast wahrscheinlich recht, Hansdóttir«, sagte Sveinn in die Leere hinein. »Die Welt wäre besser, wenn es Männer wie mich nicht gäbe. Ich habe gerade gemerkt, dass sich sogar meine treuesten Kunden für mich schämen.«

Er hatte das Handy zwischen sein Ohr und seine unverletzte Schulter geklemmt und war, während er sprach, runter zum Fußballplatz gefahren, wo er den Wagen anhielt und über den Langasandur aufs Meer hinausschaute.

»Ich habe keine andere Entschuldigung, als dass in meinem Kopf irgendwas fehlt. Anstandsgefühl vielleicht. Gottesfurcht. Ich weiß es nicht. Unsere heutige Zeit ist verkommen, und ich habe mit Schuld daran. Tut mir leid. Bitte verzeih mir, tu es mir zuliebe und dir zuliebe. Ich lebe ein Hundeleben, nur damit du es weißt. Ich habe kaum Bekannte, keine Freundin und mache eigentlich nichts anderes als arbeiten, außer jetzt, da ich den Arm gebrochen habe und mich noch nicht mal betäuben kann, indem ich mich totschufte.«

Hansdóttir räusperte sich, und Sveinn wunderte sich über den Bassdonner, der aus dem Hörer drang und das Bild von Louis Armstrong in seinem Kopf hervorrief. Diese Frau musste eine kräftige, tiefe Whiskystimme haben. Wie viele Päckchen filterlose Zigaretten sie wohl am Tag rauchte?

Die Stille im Hörer veränderte ihre Beschaffenheit, und als Sveinn aufs Display schaute, sah er, dass Hansdóttir aufgelegt hatte.

Seine Äußerung hatte einen merkwürdigen Einfluss auf ihn. Während des Redens hatte sein Körper wie ein Lügendetektor funktioniert, die Nerven hatten sich abwechselnd an- und entspannt, je nachdem, wie stark seine Übertreibungen oder wie ehrlich seine Geständnisse waren. An einigem, was er gesagt hatte, war ein Fünkchen Wahrheit, aber anderes war völlig absurd. Er musste vor Erleichterung lachen, als er feststellte, dass sein Leben nicht so miserabel war, seine Schuld nicht so groß und seine Verantwortung nicht so allumfassend, wie er vorgegeben hatte.

Die Erleichterung spürte er ebenso körperlich wie geistig – alles vibrierte vor Leben und Schmerz und weckte Erinnerungen daran, wie es sich anfühlte, dicht neben einem anderen Menschen zu liegen, der Mutter, der Geliebten. Ihre Rippen an der Wange zu spüren und ihr Herz zu hören. Feuchter Atem auf der Haut, lebhafte Augen, ihre Stimme, überraschende oder vorhersehbare Worte. Ja, und die Lippen an ihre Herzschlagader zu legen und ihren Puls zu spüren.

Plötzlich nahm eine Entschlossenheit von ihm Besitz, die er lange nicht mehr gespürt hatte. Wobei er sich nie darüber klar gewesen war, ob es ein Zeichen von Weisheit oder völliger Dummheit war, nicht in Angst zu leben – angesichts dieses unberechenbaren Lebens, durch das die Menschen sich die meiste Zeit quälten.

Sveinn schloss die Augen, seine Lungen füllten sich mit Luft und stießen sie mit einem Seufzen wieder aus, das tief in die Erde drang, und unzählige winzige Blitze fuhren aus der klaren Luft in seinen tauben Finger. Es war kein taubes Kribbeln, sondern mehr so wie jenes, das Pinocchio gespürt haben musste, als seine hölzernen Glieder zu Fleisch wurden.

Sveinn biss sich leicht auf den Finger und spürte den Druck, die Wärme und Nässe in seinem Mund. Er schwenkte den zum Leben erwachten Finger, lachte leise und versuchte, im Dunst am Horizont auszumachen, wo das Meer auf den Himmel traf, obwohl beides unendlich blau war.

# XXII

## Donnerstag & Freitag

Der Berg Akrafjall, das Gras, die Zaunpfähle. Lóa steckte in einem sich ständig wiederholenden Alptraum. Fuhr schon wieder dieselbe Strecke, mit einem galligen Geschmack im Mund und dem Gefühl, vom Leben, vom Unglück und von ihren eigenen Fehlern gejagt zu werden.

Der Tunnel erwartete sie mit seinem starrenden Schlund. Sie wollte nicht in dieses schwarze Loch hineinfahren. In die Dunkelheit unter dem Meer. Etwas in ihr schrie, dass sie nicht dort hineinfahren sollte. Instinktiv drosselte sie das Tempo.

Sie fuhr an den Straßenrand und bremste scharf. Der Fahrer hinter ihr schaffte es gerade noch abzuschwenken und hupte, bis er an der Zollschranke am Eingang des Tunnels stehen blieb.

Wie konnte sie so geistesabwesend sein, wenn so viel auf dem Spiel stand? Wie konnte es sein, dass sie hörte, was man zu ihr sagte, die Worte verstand, aber ihre Bedeutung nicht? Die Reifen quietschten, als sie mitten auf der Nationalstraße wendete und wieder Richtung Akranes raste. Auf das helle Gebäude am Meer zu.

Die Heimleiterin stand in ihrem Büro und zog gerade einen grauen Wollmantel an. Als Lóa in der Türöffnung erschien, schaute sie verwundert auf.

»Wer hat den Schlüssel?«, fragte Lóa. »Haben Sie den Schlüssel?«

»Welchen Schlüssel?«

Die Angst hatte Lóa fest im Griff, als die Tür des Altenheims hinter ihr zufiel. Sie trat ins Freie mit einem Schlüsselbund mit drei Schlüsseln und einem winzigen Portrait der heiligen Therese von Lisieux.

Jetzt, wo sie einen Verdacht über Margréts Aufenthaltsort hatte, sammelte sich die Panik zu einer brodelnden Kugel in ihrem Bauch. Sie hatte Angst, Margrét aus ihrem Versteck ins Ungewisse zu treiben. Oder sich zu irren, womit sich der letzte Strohhalm in Staub auflösen würde. Sie fürchtete, Margréts Verschwinden wäre eine Strafe der Götter, weil sie Marta nicht nur enttäuscht, sondern ihr Unglück sogar noch verstärkt hatte.

Lóas Gedanken wirbelten wie Kristalle in ihrem Kopf. Die scharfen Kanten verletzten sie, und das Handyklingeln in ihrer Tasche stachelte sie an, so dass Lóa meinte, es könnte jeden Moment aus ihren Augen und Ohren bluten.

Ihr Exmann meldete sich am Telefon. »Ína will nach Hause«, sagte er. »Sie heult schon seit einer Stunde. Traust du dir zu, sie …?«

»Natürlich«, antwortete Lóa. »Björg ist zu Hause. Ich sage ihr Bescheid, dass ihr unterwegs seid.«

Lóas Körper war von einem dröhnenden Herzschlag erfüllt, als sie den Wagen in der Ránargata parkte und an Martas Haus hinaufschaute. Es war ein Holzhaus mit Betonverkleidung, rot mit schwarzem Dach. Die Wohnung befand sich im Erdgeschoss, die Fensterbänke waren mit kleinen Figuren vollgestellt, und vor den Fenstern hingen lange, weiße Rüschengardinen.

Lóa schloss leise die Wagentür, schlich die gemauerte Treppe hinauf, wählte einen beliebigen Schlüssel aus, konnte ihn aber nur halb ins Schlüsselloch stecken. Der nächste glitt widerstandslos hinein, und Lóa trat in den dunklen Vorraum. Von dort sah man ein Wohnzimmer mit Teppichboden und eine kleine Küche.

Es roch nach Wolle und leicht nach Hammelfett wie auf einem alten Bauernhof.

Die Stille im Wohnzimmer wirkte wegen einer großen Standuhr, die schweigend in der Ecke stand, noch intensiver. Das Sofa zierten braune, gelbe und orangene Streifen. Auf Couchtisch, Anrichte und Bücherregal lag dicker Staub, und hinter den halbtransparenten Vorhängen schimmerten die Figürchen: ein braunes Schneehuhn, eine liegende Katze, eine Afrikanerin mit einem Halsring, Kinder in Kleidchen und Matrosenanzügen, ein behäbiger Frosch, eine Babuschka, ein Mädchen mit einem Regenschirm, ein bärtiger Mann in gelber Joppe und Südwester.

Lóa ging zum Bücherregal und ließ ihre Augen über die Buchrücken wandern: die gesammelten Werke von Thorbergur Thordarson und Halldór Laxness, unzählige Bände *Biographien bekannter Bauern*, noch mehr Bände *Rettungs- und Havariegeschichte Islands*, *Kapitänsverzeichnis*, *Steuermannsverzeichnis*. Im untersten Regal standen neuere Romanübersetzungen, und was war das? Lóa kniete sich hin und hielt die Luft an, während sie die Streifen im Staub in Augenschein nahm. Ihr Herz schlug bis in den Hals.

Sie schaute unters Sofa und unter die Anrichte, sprang dann auf die Füße und ging in die Küche.

Ein Stuhl war ein kleines Stück vom Küchentisch abgerückt worden, darauf lag ein dickes, besticktes Kissen. Violette Stiefmütterchen auf rotem Grund. Die Tischplatte war staubbedeckt, bis auf die Stelle vor dem Stuhl.

Lóa meinte, Margrét vor sich zu sehen, mit einem aufgeschlagenen Buch und aufgestützten Ellbogen, aus dem Fenster starrend und an ihrer Nagelhaut knabbernd. Mit Trauer im Blick und eingesunkenen Schultern.

Auf der Arbeitsplatte stand ein einziges Glas, das sauber und trocken aussah, doch als Lóa es umdrehte, rann ein Wassertropfen daran herunter und blieb am Rand hängen. Sie öffnete alle Schränke, fand aber nur ein paar Reiskörner und eine angebrochene Packung Zuckerwürfel.

Das Badezimmer war wie ausgestorben, keine Gegenstände auf dem Rand des Waschbeckens oder im Spiegelschrank, der Boden der Dusche war trocken. Aber über dem Klo stand das Fenster zum Garten offen. Davor hing eine ausgefranste Gardine, weiß mit hellroten Rosen. Befanden sich auf dem Klodeckel Fußabdrücke oder nur Gebrauchsspuren auf dem weißen, gesprungenen Kunststoff?

Lóa nahm ein kleines Handtuch vom Haken und wischte damit über den Deckel, der weißer wurde.

Als ein lautes Knallen ertönte, lief sie mit dem Handtuch in der Hand in den Flur, aber es war nur eine Autotür, die zugeschlagen wurde, und dann hörte sie sich entfernende Schritte.

In der Wohnung gab es zwei Schlafzimmer, jedes mit einem schmalen Bett, Nachttisch, Lampe und Kleiderschrank ausgestattet. Die Gardinen sorgfältig zugezogen. Lóa betrat das erste und öffnete den Schrank. Die Fächer waren leer, aber auf der Seite mit der Stange, an der nackte Drahtbügel hingen, lagen Federbetten, Kissen und Decken aufgestapelt. Lóa schaute unters Bett, ging dann in das andere Zimmer und öffnete auch dort den Schrank. Dort fand sie die Federbetten und Decken nicht sorgfältig zusammengefaltet, sondern auf einem Haufen zusammengeknüllt, der fast bis zur Kleiderstange reichte.

Lóas Handy klingelte.

»Wie geht es dir, Liebes? Wo bist du?«, fragte Björg.

»In Martas Wohnung«, antwortete Lóa. »Ich habe rausgefunden, dass sie eine Wohnung hat, die den ganzen Winter leer stand.«

»Echt?«

Die fröhliche Hoffnung in Björgs Stimme beunruhigte Lóa. Sie wollte sich nicht zu früh freuen.

»Ich bin mir sicher, dass Margrét hier war, aber sie ist unauffindbar. Ich will wissen, ob sie noch mal zurückkommt. Kann sein, dass ich bis heute Abend oder morgen früh warten muss.«

»Mach dir keine Gedanken«, sagte Björg. »Ich bleibe hier, bis du kommst. Und Ína geht es gut. Sie malt und schaut fern.«

Lóa setzte sich an den Küchentisch, auf den Stuhl am Fenster, den Platz, den Margrét sich, den Spuren nach zu schließen, ausgesucht hatte, und versuchte, wie ihre Tochter zu denken. Sich vorzustellen, wohin sie gegangen sein könnte. Die Stille strömte von allen Seiten auf sie ein, nur ab und zu von einem Auto durchbrochen, das langsam durch die Straße rollte. Es war schon kurz vor fünf. Lóa beschloss, Tómas auf der Polizeiwache, ihren Exmann und ihre Mutter anzurufen.

Gegen Mittag hatte sie ein paar Stunden auf dem Sofa gelegen und war mehrmals eingenickt. Die Sonnenstrahlen, ausgedünnt und von den Rüschengardinen gefiltert, schienen auf ihre Augenlider und hinderten sie daran, fest einzuschlafen. Sie meinte, ständig irgendwo in der Wohnung das Telefon klingeln zu hören, was nicht sein konnte, denn es lag neben ihr auf dem

Tisch. Ihr war zu heiß unter der Decke, aber wenn sie sie wegschob, fror sie.

Der gestrige Abend war wie eine endlose Gewaltszene im Fernsehen gewesen. Das schnelle Schlagen in ihrer Brust in keiner Verbindung mit der dahinkriechenden Zeit außerhalb ihres Körpers und alles völlig zusammenhanglos. Lóas Mutter war nach ihrem Anruf sofort gekommen und hatte sich gegen Morgen in einem der Zimmer schlafen gelegt. Sie hatten nicht viel miteinander geredet – beide auf das eventuelle Auftauchen Margréts konzentriert, und Lóa war zu nervös gewesen, um länger als ein paar Minuten bei einem Thema zu bleiben. Sie hatte versucht, sich auf ein Buch zu konzentrieren, aber kein Wort von dem verstanden, was sie gelesen hatte.

Ihre Kleidung war feucht von Schweiß, ein bitterer Geruch lag in der Luft, und das Tageslicht setzte ihr an diesem vierten Tag nach Margréts Verschwinden zu. Ihr war kalt, ihr Rücken war steif, und ihre Hüfte schmerzte zunehmend.

Sie stand auf, vorsichtig, so als fürchte sie, etwas zu zerbrechen, zog ihre Schuhe an und ging in die Küche. Das Essen, das ihre Mutter mitgebracht hatte, stand fast unberührt auf dem Tisch. Ein paar zusammengewürfelte Dinge aus ihrem Kühlschrank: Brot, Käse, eine Gurke, Orangensaft. Lóa trank den lauwarmen Saft direkt aus der Tüte und schaute zu ihrer Mutter ins Zimmer, die zusammengekauert ohne Bettbezug unter dem Federbett lag, ein gepunktetes Kissen unter dem Kopf.

Es war merkwürdig, frische Luft zu atmen, als hätte sie Angst gehabt, in dieser verlassenen Wohnung lebendig begraben zu werden. Der Wind hatte sich etwas gelegt, und Lóa ließ den Wagen stehen und ging zu Fuß nach Hause. Das Grün sammelte noch Kraft, und die Pflanzen ließen sich vom Sturm nicht unterkriegen.

Framnesvegur 19. Ein unbekanntes Haus. Sie fühlte sich dort plötzlich fremd, sogar der Geruch im Treppenhaus war ungewohnt.

Björg und Ína saßen am Esstisch und spielten Mau Mau. Beide drehten sich Lóa zu und legten ihre Karten beiseite, aber Lóa ging geradewegs zum Bücherregal und ließ ihren Finger über die Buchrücken gleiten. Da war es: *Hollywood Weddings.* Ein Bildband mit einem goldenen Cover, das Björg ihr mal geschenkt hatte. Es präsentierte die Monroe, Audrey Hepburn und andere elegante Damen in weißen Kleidern am Arm gutaussehender Männer in schwarzen Anzügen. Lóa betrat die Küche, suchte für das Buch eine kleine, durchsichtige Plastiktüte heraus und postierte sich in der Tür zum Wohnzimmer, um sich zu verabschieden.

»Fährst du schon wieder?«, fragte Björg und erhob sich halb.

»Ich muss die Schlüssel zurückbringen«, entgegnete Lóa und hielt die heilige Therese hoch. »Meine Mutter ist noch in der Wohnung.«

Das Letzte, was sie sah, war Ína, die ihr mit tödlich verwundetem Blick hinterherschaute.

Lóa fuhr nicht wirklich Auto, sondern fühlte sich eher wie ein Fahrgast in ihrem eigenen Körper, der offenbar genau wusste, wo es hingehen sollte. Wie die Pferde, die früher von allein mit einem erfrorenen oder erschöpften Menschen auf dem Rücken den Weg nach Hause fanden.

Sie ermahnte sich im Stillen, sich keine allzu großen Hoffnungen zu machen und sich um Himmels willen nicht einzubilden, ihre Wallfahrt mit dem abgegriffenen Bildband würde dazu führen, dass der liebe Gott Margrét rotwangig und gesund vom Himmel fallen ließ.

Sie parkte den Wagen, knöpfte ihren Mantel zu und marschierte ins Foyer.

Das laute Klappern aus dem Speisesaal ließ darauf schließen, dass die Mitarbeiter gerade nach dem Mittagessen die Tische abräumten. Lóa rannte die Treppe hinauf, eilte durch den Flur, klopfte an die Tür und wartete.

Sie klopfte noch einmal, aber nichts geschah.

Sie legte ihr Ohr an die Tür und lauschte.

Nichts.

Sie griff nach der Türklinke und trat ein. Im Zimmer herrschte Totenstille, und der muffige Geruch von verstaubten Kissen und Polstern und altmodischem Kölnischwasser hing in der Luft.

Das Zimmer wirkte sauber und ordentlich, das Bett war sorgfältig gemacht, es herrschte keine Unordnung, noch nicht einmal überflüssige Dinge oder Ziergegenstände standen herum – außer einer Hirschkuh aus Porzellan mit einem Bambi an jeder Seite und einem Standrahmen mit einem Bild von einer jungen Asiatin, die einen Bonsai in einem Tontopf in der Hand hielt.

Lóa trat ans Fenster, legte die Tüte mit dem Buch auf die Fensterbank neben die Asiatin, schaute in den eingezäunten Garten und auf das ruhige, blaue Meer mit den kleinen, glitzernden Wellen dahinter. Ihr Blick wanderte zurück in den Garten, und plötzlich sah sie die beiden: zwei krumme Gestalten auf einer Bank. Die eine mit so dünnem, feinem Haar, dass die Kopfhaut durchschien, die andere mit matten, trübbraunen, verfilzten Haaren. Die eine in einem hellblauen, zugeknöpften Mantel, die andere in einer schwarzen Daunenjacke mit Fellkapuze. Die eine sehr klein, die andere ungefähr mittelgroß.

Lóa legte beide Hände auf die Brust, um ihr Herz zu beruhigen, das so schnell schlug, als trachte man nach ihrem Leben.

Und dann rannte sie wieder los, die Treppe hinunter, durch den Haupteingang nach draußen und hinters Haus. Durch das angelehnte Gartentor.

Da war sie. Es war Margrét. Blass und verängstigt schaute sie ihre Mutter verlegen an, als sei sie auf frischer Tat ertappt worden. Schaute dann weg. Ihrem verwirrten Blick nach zu urteilen mehr aus Scham denn aus Feindseligkeit.

Lóa griff nach Margréts anorakbekleidetem Arm, um sich davon zu überzeugen, dass sie es tatsächlich war, drückte zu, bis sie sich wand, und schloss sie dann in ihre Arme.

Es fühlte sich an, wie eine Windböe oder eine daunengefüllte Tüte mit hauchzarten Kinderknochen zu umarmen. Es war, wie fast nichts in den Arm zu nehmen, und über Lóas Lippen drang ein dünner Schrei. Sie rechnete damit, dass Margrét sie wegstoßen würde, aber sie fing in ihrem Arm an zu zittern, und Lóa brauchte eine Weile, bis sie merkte, dass das Mädchen heftig weinte. Sie hielt sie lange im Arm, fast schwindelig vor Erleichterung, bis das stockende Weinen von krampfartigem Schluchzen abgelöst wurde.

Die ganze Zeit über schaute Marta lächelnd in die Ferne, als sei dies alles ganz normal. Betrachtete die knospenden Baumkronen und Blumen und das erwachende Gras, als sei dort die echte Dramatik zu finden.

»Sie will heiraten, die arme Kleine«, sagte sie. »Ich leihe ihr natürlich Geld für alles, was sie braucht. Wir müssen einen Saal mieten, Essen und Getränke bestellen und die Einladungskarten drucken lassen, und das Kleid kostet ja auch seinen Teil, wie du dir bestimmt denken kannst. Man kann ja nicht erwarten, dass die jungen Leute das ganz ohne Unterstützung machen.«

Margrét schluchzte noch lauter, und in Sekundenschnelle wurde Lóa klar, dass sie von Marta Geld haben wollte.

Aus irgendeinem Grund wog die Last der Schuld plötzlich nicht mehr so schwer auf ihren Schultern.

»Was ist das für eine Jacke, Schatz?«, fragte sie und merkte, dass sie zu laut sprach. Die Jacke spielte keine Rolle, sie wollte nur Margréts Stimme hören.

»Ich hab sie in der Schule geklaut«, antwortete Margrét. Ihre Stimme vom Weinen dumpf und gepresst.

»Und wo warst du letzte Nacht?«, fragte Lóa, obwohl sie nicht mit einer Antwort rechnete. »Ich habe in Martas Wohnung auf dich gewartet.«

»Bei meinem Freund«, schniefte Margrét in ihre Schulter. »Du kennst ihn nicht.«

»Du willst doch nicht heiraten, oder?«, fragte Lóa mit leiser Stimme.

Margrét schüttelte den Kopf.

# XXIII

## Freitag

Sveinn saß am Computer in der Werkstatt und versuchte, sich darauf zu konzentrieren, die in Frage kommenden Bestellungen auszudrucken und den anderen eine höfliche Absage zu erteilen. Er stellte eine steigende Nachfrage nach männlichen Puppen fest und war sich nicht sicher, wie er reagieren sollte. Sich auf den neuen Markt stürzen und ihn als natürliche Expansion ansehen? Wollte er sich mit nackten Männerpuppen mit erigiertem Penis auseinandersetzen?

Es gab viele Dinge, bei denen er nicht wusste, wie er auf sie reagieren sollte. Wenn er versuchte, sich die Zukunft vorzustellen, sah er nur hautfarbenen Nebel und ständige, eintönige Schufterei. So konnte es nicht weitergehen. Er stand an einem Wendepunkt, ohne es darauf angelegt zu haben. Er bemühte sich nie um Veränderungen – sie kamen einfach und kassierten ihn ab wie der Zehnte, schnitten ihn ab wie eine reife Weizenähre.

Er blickte sich im Raum um und wusste, dass sein hiesiges Leben zu Ende war. Er hätte schon längst die Reißleine ziehen müssen. Warum sollte er jeden einzelnen Handgriff selber ausführen, wenn er von Anfang an alles auf Massenproduktion ausgerichtet hatte? Eine ungewöhnlich komplizierte Massenproduktion zwar, aber dennoch sollte er jedes Detail betrachten wie ein Uhrmacher ein Uhrwerk. Sorgfältig die Zahnräder zusammenfügen, die Maschine dann in Gang setzen und nicht weiter darüber nachdenken. Sich lieber auf andere, noch schönere und kompliziertere Apparate konzentrieren, die in der Zukunft entstehen würden, mit seiner Imagination die Leere füllen und sie von den Bäumen pflücken. Das war es, was er am besten konnte: die Hand öffnen und die kühle, glatte Schwere von etwas spüren, das aus nichts entstanden war. Seine Aufgabe war, sich nach runden, duftenden Ideen zu recken und sie in die materielle Welt zu bringen. Er hätte nie in Monotonie verharren sollen, wie er es in den letzten Jahren getan hatte, während er sich gemüht hatte, der Nachfrage gerecht zu werden.

Die ganze Zeit über hatte er sich glücklich gepriesen, nicht mehr an der Uni sein zu müssen, und wahrscheinlich wäre das im Vergleich zu dieser Höllenmühle das kleinere Übel gewesen. Aber jetzt sah er das alles in anderem Licht. Jetzt schien es vergleichbar damit, als sich der hölzerne Pinocchio aus einer toten Holzpuppe in einen lebendigen kleinen Jungen verwandelt hatte. Das war gewiss nicht die Art von Märchen, die seine Mutter ihm bei seiner Geburt gewünscht hatte. Es war auch nicht das Märchen, das er sich ausgesucht hätte, wenn er mit offenen Augen hinaus ins Leben gegangen wäre.

Aber es reichte nicht zu wissen, was man nicht wollte – die Menschen mussten sich auch darüber klar werden, wohin ihre Sehnsüchte sie führten.

Sveinn graute bei dem Gedanken an das Produkt, das seine internationalen Kollegen gerade entwickelten und für die perfekte Ware hielten: eine neue Art von Puppe mit Sensoren unter der Haut und kleinen Lautsprechern im Hals. Das waren keine schönen Handwerksstücke mehr, sondern protzige Peinlichkeiten. Wie die kleinen Sprechblasen, die die eigentlich schönen Fotoserien in exklusiven Männermagazinen verschandelten: *Ich heiße Jeezebel und liebe es, mit meinem Hund spazieren zu gehen und spätabends ein Schaumbad zu nehmen.*

*Voilà.* Die Schönheit lächerlich gemacht, das Täuschungsspiel so übertrieben, dass sich die Männer verarscht fühlen sollten, wenn sie auch nur einen Hauch von Intelligenz und Fantasie besaßen.

Jetzt würde er endlich das in die Tat umsetzen, worüber er schon lange nachgedacht hatte, ohne es wirklich zu planen: eine richtige Firma gründen, eine Fabrik einrichten lassen, einen Geschäftsführer, einen Verkaufsleiter, eine Buchhalterin und eine Sekretärin einstellen. Nein, er musste sich nicht schinden, bis ihm die Knochen und die Augen wehtaten. Er würde dafür sorgen, dass seine Lehrlinge seinem Ruf alle Ehre machten und ihre Arbeit genauso hochwertig war, als hätte er ihre Hände persönlich geführt. Natürlich würde er ihnen einen ordentlichen Lohn zahlen, damit die Stimmung am Arbeitsplatz angenehm war und er eine gute Belegschaft halten konnte. Er war kein unmoralischer Vertreter des Kapitalismus.

»Ich habe nämlich Ehrgefühl, auch wenn manche sich das nicht vorstellen können«, dachte er und freute sich, weil sein Herz ihm sagte, dass das stimmte. Die Selbstzweifel, die ihn in den letzten Tagen in Beschlag genommen hatten, waren zum Glück verschwunden.

Er wandte sich wieder dem Computer zu, durchsuchte seinen Posteingang nach Mails von Athene, aber sie schien das Interesse verloren zu haben. Das überraschte ihn nicht. Das Böse war banal und gewöhnlich. Es erschien meistens in der Stumpfheit derer, die nicht nachdachten, und nur selten als eine Macht, die hemmungslos tobte, bis nur noch versengte Erde, Tod und

Zerstörung zurückblieben. Nein, das Böse schnüffelte mal hier und schnappte mal dort, bis das Interesse nachließ und der Köter seines Weges trottete.

Sveinns Handy kündigte den Eingang einer SMS an. Hatte er sich zu früh gefreut?

*Verlorenes Schaf gefunden. Mit leichten Anzeichen von Dehydration und Herzrhythmusstörungen, aber lebendig.*

Wieder summte das Handy, und ein weiterer Umschlag erschien auf dem Display.

*Danke für deine Gesellschaft an diesen schrecklichen Tagen. Wäre wohl nicht so cool geblieben, wenn du nicht so ein Dummkopf wärst und noch dazu mit gebrochenem Arm.*

Er erschrak. Warum bedankte sich Lóa bei ihm? Wenn das sarkastisch gemeint war, dann hatte er mit dieser Art von Sarkasmus bisher noch keine Bekanntschaft gemacht. Sein Herz zog sich zusammen. Was sollte er antworten? Was meinte sie eigentlich?

Er legte den Daumen auf die Tasten und schrieb: *Du bist nicht cool geblieben, und mein Arm ist genauso wenig gebrochen wie deiner, aber danke gleichfalls.*

*Lóa saß mit ausgestreckten Beinen auf einer karierten Decke und sonnte ihre nackten Beine, die nach dem Winter ganz weiß waren, obwohl es schon Ende Juni war. Um sie herum überall gelber Sand. In der Nähe waren ein paar Quallen an Land gespült worden und lagen sterbend in der Sonne, weißtransparent und in ihrem Leiden schön.*

*Ína schaufelte völlig versunken nassen Sand in einen Eimer, um daraus Baumaterial für eine absonderliche Pyramide herzustellen, die halb fertig war; eine Eimerfüllung nach der anderen wurde auf den Kopf gestellt und bildete eine Art Fundament, das an Säulenbasalt erinnerte, und ein zweites kleineres Fundament türmte sich auf das erste.*

*Marta stand wie hypnotisiert am Ufer und sah zu, wie die Wellen sanft gegen ihre Stiefel schlugen. So stand sie schon ganz lange, ohne aufzuschauen, ohne den Mädchen, dem Himmel, dem Strand oder dem Meer Beachtung zu schenken. Jedes Mal, wenn sich eine Welle zurückzog, sog sie den Sand unter Martas Füßen weg und bedeckte sie wieder damit, so dass ihr das Wasser bereits fast bis zu den Knöcheln reichte.*

*»Pass auf, dass du kein Wasser in die Stiefel bekommst!«, rief Lóa, mehr in der Hoffnung, Marta aus ihrer Trance zu reißen, als*

*aus Sorge, sie könnte nasse Füße bekommen. Marta drehte sich langsam um und lächelte wohlwollend, der Saum ihres blauen, kurzärmeligen Sommerkleids war schon schwarzblau vor Nässe. Dann nahm sie ihre vorherige Beschäftigung wieder auf und starrte nach unten, den Kopf zwischen den Schultern eingezogen und die Hände auf den Hüften zu winzigen Fäusten geballt.*

*Lóa stand auf, klopfte sich den Sand von der kurzen Hose, kniff die Augen in der Sonne zusammen und beobachtete Margrét unauffällig. Sie telefonierte und malte mit dem Fuß riesige Buchstaben in den Sand; sie trug rote Turnschuhe, Jeans und einen langen, weißen Kapuzenpulli mit blauen Streifen. Sie hatte ihre Haare unter der Kapuze versteckt und erinnerte Lóa unangenehm an eine Nonne, an eine Anhängerin von Mutter Teresa in einer weißblauen Kutte. Margréts Psychologe hatte gesagt, ihre Krankheit sei in früheren Jahrhunderten eine Nonnenkrankheit gewesen. Die gläubigsten Nonnen wurden von Magersucht dahingerafft, in dem verzweifelten Bestreben, den anderen Nonnen und Gott, der zugleich ihr Vater und ihr Ehemann war, zu zeigen, wie emsig sie in ihrer Selbstablehnung waren.*

*Margréts zerrissene Stimme wurde von einer Brise herangetragen.*

*»Ja«, sagte sie. »Ich hab nur Ausgang. Ich muss gleich wieder in die Klapse.«*

*Und sie lachte ein klirrendes Lachen.*